U0620430

# |大豆科学泰斗|

# 王金陵

虹 静 张彬彬 王志坤 ◎ 编著

李文滨 ◎ 主审

科 学 出 版 社

北 京

# 内 容 简 介

　　本书是为我国著名大豆科学家王金陵教授百年诞辰而编写的一部人物传记。本书以先生人生轨迹为主线，政务、教学、科研工作为副线，以时间为切片，以故事为节点顺势展开，生动地讲述了一位学者、大豆科学育种学家、农业教育学家从政、从教、从事大豆科学研究的人生风采。故事真实，情节生动，能给读者留下深刻的启迪和思考。本书具有一定的真实性、文学性、科学性和可读性。不仅是一部具有历史性的纪实文学，也是一部具有一定文学色彩的长篇传记文学。

　　本书的受众为从事大豆科学研究的学者、科学家和相关技术人员，从事植物科学研究的相关人员，农业院校的师生，以及对农业、农学感兴趣的社会人士。

**图书在版编目（CIP）数据**

大豆科学泰斗王金陵 / 虹静，张彬彬，王志坤编著. —北京：科学出版社，2017.11

　　ISBN 978-7-03-055118-4

　　Ⅰ. ①大… 　Ⅱ. ①虹… 　②张… 　③王… 　Ⅲ. ①传记文学－中国－当代

Ⅳ. ①I25

中国版本图书馆CIP数据核字（2017）第268671号

责任编辑：李秀伟　白　雪 / 责任校对：郑金红

责任印制：肖　兴 / 封面设计：北京铭轩堂广告设计有限公司

**科学出版社** 出版

北京东黄城根北街16号

邮政编码：100717

http://www.sciencep.com

**北京汇瑞嘉合文化发展有限公司** 印刷

科学出版社发行　　各地新华书店经销

\*

2017年11月第　一　版　　开本：787×1092 1/16

2017年11月第一次印刷　　印张：18 3/4

字数：242 000

**定价：298.00元**

（如有印装质量问题，我社负责调换）

# 序 Foreword

今年是著名作物遗传育种学家、农业教育家王金陵先生的百年诞辰。王先生的弟子们酝酿举办表达对师尊怀念和感恩的纪念活动，其中包括记载王先生一生的传记文学《大豆科学泰斗王金陵》适期付梓。此书以时间为轴，分童年轶趣、辗转求学、立志农学、扎根东农、开拓先河、铅色岁月、官正人杰、德育桃李、耄耋风华等章节，通过先生不同时期的剪影片段，全面展现他的非凡经历、大豆情怀和卓著成就。

王金陵先生 1940 年在金陵大学师从王绶教授开展大豆研究，完成了《大豆的分类》毕业论文，从此与大豆结下不解之缘。虽几经磨难，却坚守信念，将一生奉献给我国大豆事业。王先生遵循实践和理论相结合，坚持并不断探索发展"一手出品种，一手出论文"的理念。他是我国大豆杂交育种的开拓者，他采用混合个体选择法育成了"东农 4 号"大豆品种，年最大推广面积超过 1000 万亩，获得了全国科学大会奖。他从地理远缘亲本 Logbew 与东农 47-1D 杂交组合选育出的超早熟品种"东农 36"，把中国大豆种植北界向北推进了 100 多公里。他选育出的 30 多个大豆品种取得了巨大的社会经济效益。他重视大豆遗传育种理论与方法研究，提出的大豆生态育种理论对我国大豆品种改良产生了深远而持久的影响。在大豆进化与演化、生态类型划分、光周期反应、重要性状遗传和野生大豆种质资源育种利用等方面发表了一系列经典论著，建立了完整的理论体系，获得多项科技成果和奖励。

王金陵先生受命创建了东北农学院农学系，为首任系主任。

他亲手创建了大豆研究室，构建了优秀的研究梯队。他历任黑龙江省副省长、省人大常委会副主任、全国人大第七届和第八届常委。他工作一丝不苟，淡泊名利。他坚持试验、生产、教学三结合，强调理论联系实际，解决生产问题。他治学严谨，教书育人60余载，从不以权威自居；对后辈循循诱导、耐心启发，言传身教，诲人不倦，培养了大批农学和大豆科学人才，遍布全国各地。他创办并主编全世界唯一的大豆学术期刊《大豆科学》，为国内外大豆科学的交流作出了重要贡献。

《大豆科学泰斗王金陵》寓意于故事之中，娓娓道来，虽篇幅不长，却从细微处见精神。王金陵先生不平凡的人生经历、执着的科学历程及对农学和大豆科学的建树历历在目。《大豆科学泰斗王金陵》是一本生动的传记，透过王先生的故事给后辈以无穷的启迪。今天我们纪念王金陵先生就是要以王先生为楷模，更好地学习并锤炼自己。在王金陵先生众多优秀品格和卓著成就中，后辈们尤其要学习的是他遇逆境而不易的爱国情怀，维护国家大豆产业发展的强烈责任心，崇尚实践、理论紧密联系生产实际的学风，开拓大豆研究新方向新领域的创新精神，以及团结祥和、平易近人、循循善诱的育人风范。

王金陵先生出生于江苏徐州，名号金陵，曾生活在金陵，就学于金陵中学，学成于金陵大学，与南京农业大学有不解之缘。论资排辈王金陵先生是我导师马育华先生的学弟、我的师叔。我的成长与发展得益于王先生多方面指教、启迪和提携，我由衷地敬佩并感谢王金陵先生。我在努力学习王金陵先生。

王先生的传人，这次纪念活动的组织者李文滨教授嘱我为《大豆科学泰斗王金陵》作序，欣然命笔。

盖钧镒

2017/5/29

# 目录 Contents

序

# 第一章 童年轶趣

民国·徐州·金陵·浦口江边，风帆百里，胡家花园，人影绰约·考棚边墙，远远入画，伴随着风声、雨声，扫过了日月尘埃，留下了零碎而迷蒙的记忆·1917年，那个满载着中国历史的南京古城，在一片安静与祥和中，正滋生着一些鲜为人知的故事·而那些故事，总是能感染、感动着我们，让我们在梳理曾经过往之时，想起那年那月，江南的水色，教堂的钟声·

# 1 家族往事

民国。徐州。金陵。浦口江边，风帆百里，胡家花园，人影绰约。考棚边墙，远远入画，伴随着风声、雨声，扫过了日月尘埃，留下了零碎而迷蒙的记忆。

1917年，那个满载着中国历史的南京古城，在一片安静与祥和中，正滋生着一些鲜为人知的故事。而那些故事，总是能感染、感动着我们，让我们在梳理曾经过往之时，想起那年那月，江南的水色，教堂的钟声。

丁巳年，癸卯月，丙辰日。春燕啼晓，水雾弥天。湿漉漉的徐州，温仄仄的黄集乡，突然被一声婴儿响亮的啼哭而撕破了以往的宁静。南京金陵神学院学堂内，一位身着长衫的青年，换上牧师礼袍，站在十字架前虔诚地祈祷，感恩上帝赐予他一个新鲜的小生命，感恩他的长子王金陵诞生。

王金陵的出生，给王氏家族带来了添人进口的喜悦。王金陵的祖父王宜召，自是焚香叩拜列祖列宗，庆贺王家香火得传，后继有人。而他的父亲，正在南京金陵神学院读大学的王恒心，喜悦之余，取金陵之地名兼学院之校名作为儿子的乳名，以此作为纪念自己在南京金陵神学院学习的这段经历。可令他没有料想到的是，他的长子王金陵长大后，开创了中国大豆杂交育种的先河，在世界大豆的科学史上，创下深沉质朴、光芒不朽的丰碑。

王金陵的祖籍，不是徐州，是山西洪洞县。洪洞县曾是一个山清水秀、安泰富足的地方。元末战乱，逃难避难的人蜂拥而至，县城不大，却人满为患。到了明朝初年，虽然朱元璋统一了天下，却到处是战争的创伤，战后的疮痍，加之黄河泛滥，饥荒连年，举国上下贫困而萧条。为了恢复农业生产，发展经济，均衡人口，太平民生，朱元璋采取了遣返、军屯、商屯、民屯等移民政策，以招诱、征派的办法，强迫山西百姓移民。从山西洪洞县迁往全国各地的移民高达数百万人，而王金陵的祖辈就是那时移民到山东藤县盖村的。

藤县有个祠堂，老辈人都叫它三槐堂，因三棵老槐树得名。关于那三棵老槐树的由来，我们无需细究，但三槐堂王氏宗排，至今还在。王金陵的祖辈也自有谱系，按照他家的家谱，家、宜、恒、裕、慎……，王金陵的爷爷王宜召，就是取之"宜"字，父亲王恒心取之"恒"字，王金陵本应取之"裕"字，但因各种原因，一直沿用父亲取的乳名，所以在他的六个兄弟之中，只有他的名字中不带有"裕"字。

清末。光绪。徐州。前街。王家祖辈都是农民，到了王宜召这辈迁徙到了徐州。先是在徐州东南角那个乡下寻得一席之地，后来搬迁到徐州西北铜山县黄集乡南片街（前街）定居。旧时的乡下，对外乡人，还很是欺生的，所以王家既然想在此扎根，自然要认个本家，这样在这里娶妻生子，耕田种地，也就无人滋事，和泰安宁了。

## 2 父亲王恒心

王宜召妻子早逝，生有四子三女。除了种地外，还在集市上帮忙做"斗行人"。斗行人是旧时在集市上参与粮食交易的人。因王宜召人缘好，交际广，对黄集各商号也非常熟悉，一直参与粮食交易。但祖辈逃荒至此，家境早已落寞，虽然很是努力，依然是个没有文化的农民。王宜召在做斗行人时，深知知识的重要性，所以，在王恒心七八岁时，就把他送到私塾，想

父亲王恒心

让他能认识几个字，帮自己记记账，做做生意。但王恒心进了私塾之后，对知识产生了强烈的兴趣，并且一发不可收拾。

王恒心，字冰斋，少年时一心想当医生，悬壶济世，光宗耀祖。但作为农民的儿子，他能够理解家境的贫寒，体谅父亲的艰难，所以，当他听说徐州有洋人开办的学校不收学费，就毅然决定，放弃在黄集念私塾，到徐州去寻找免费学校继续读书。

清末民初，十几岁的王恒心，带着求学的梦想来到了徐州古城。可就在他刚踏进城门时，就被城门守兵拉住，强行减掉了辫子。留辫子本身是满洲人的风俗，从初期被视为蛮夷之俗，到后来被迫接受，再到后来成为天朝大国之特征，经过世代相传，已经根深蒂固在每一个中国人的骨子里。剃辫子对一个刚从乡下踏入城镇的书生来说，犹如剥掉衣服，既羞愧难当，又无可奈何，哭过之后，也只能坦然接受罢了。

王恒心在徐州就读的学校是培心书院，是来自美国传教士葛马克创办的教会学堂。葛马克是当年美国大学兴起的大学生志愿参加海外宣教热潮中，被美国基督教新教加尔文宗教南长老会派遣来中国办教育和文化事业的，目的是宣传神学。教会办的学堂不收学费，或交很少的学费就可以进学堂学习，前提是必须要信教。王恒心念不起私塾，又想继续读书，只能选择教会创办的学校，遵守学校的规定。

王恒心在培心书院一边干杂活，一边读书。因勤奋好学，成绩优异，毕业后，被安排在徐州东南一个叫袁家洼（音）的地方，在那里的小学教书、宣教。

转眼，王恒心少年长成，到了安家立业的年龄。旧时儿女的婚姻大部分都是父母做主，王恒心母亲这时已经过世，他的婚事也就落在了王宜召一个人身上。王宜召托媒在徐州城北敬安集为王恒心选了一个女子。女子姓郭，是当地的农民，因家境贫寒，没有文化，也没有名字，嫁到王家后，才有了中国女性传统式的名字"王郭氏"。

旧时的婚姻，对王郭氏来讲，无怨无悔，对王恒心来说，也算得上如意称心。王恒心在王郭氏进门后，为她取名郭静心，希望妻子一生都能贤淑雅静，吉顺平安。因王恒心教书教得好，很多外籍传道士推荐他前往南京金陵神学院读大学。在校期间，王恒心看到很多中国人因看不起病而失去最好的救治机会，看到很多中国孩子因交不起学费而伤心辍学，于是，放弃了医者之梦，立志教育，想让更多穷孩子走进学堂进行学习。

金陵神学院毕业后，王恒心再次回到徐州，被封立为西关教会牧师，成为徐州地区第一位中国籍牧师，并一做就是五十年。

# 3 祖父王宜召

王恒心在徐州做牧师不久，便把父亲王宜召、妻子郭静心、长子王金陵及弟弟妹妹接到了徐州。

王金陵小时候备受祖父王宜召的宠爱。在王家能上桌吃饭的，除了父亲王恒心、祖父王宜召之外就是王金陵了。因王金陵年龄太小，每次吃饭总是跪坐在最次座上，在父亲的教导下祷告谢饭。王金陵也自会大声地祷告："感谢天父，赐我食物，身体健康，灵德进步。荣耀耶稣，阿门。"

黄集乡是一个用土围墙围起来的比较大的村落，距离徐州有二十多公里，分南、中、北三条街。中街两侧有一些砖瓦房，是当地比较富裕人家居住的地方。黄集乡有个集卖市场，周边二三十里的农民每天天不亮，就来这里买卖菜蔬、鸡鸭、肉类等。土围墙有很多缺口，车马进出都要走东门或者北门。

南片街住的大部分是农民。王家在南片街的院落很大，坐北朝南有两间堂屋，土坯围墙，麦秸屋顶，是典型的农民住宅。堂屋东面有一间附宅和两间东锅屋，堂屋住人，附宅做仓库，东锅屋做厨房。堂屋对面，在院落南侧，有两间南屋，一间王宜召自己居住，一间作为门洞供家人出入。王家住宅很是气派，再加上有三十多亩[①]耕地，在当地算得上中等人家，所以，每逢夏季或春暖花开，王宜召总会带着王金陵回黄集乡下玩耍。

那年，那月，那日，那个早晨，太阳刚刚跳出水面，教堂的钟声已敲响。王宜召一大早就起来，准备带王金陵回乡下黄集去。小孩子总是藏不住太多的心事，听到钟声之后，王金陵急匆匆起来，吃过早饭，就跟着爷爷上路了。

旧时的徐州，交通工具主要是马车和驴车。雇车有些奢侈，也不适合百姓人家消费，王宜召只好选择步行。走到红旗营盘时，王金陵的步履渐渐变得迟缓沉重了。王宜召心疼孙子，担心再走下去会把王金陵累坏了，打算雇条毛驴与王金陵一起骑。王宜召做过斗行人，自然会讨价还价。为了省钱，王宜召在讨价时对雇主说，雇毛驴只给小孩骑。价格谈下来，王宜召便偷偷对王金陵讲："到时候你就说你一个人不会骑。"可年幼单纯的王金陵并不懂得祖父的伎俩，口头上是答应了，但看见毛驴立即说："我自己能骑，自己能骑。"即生气又尴尬的王宜召，只好将王金陵抱上毛驴，自己一路陪行回到黄集乡。

王金陵小时候还有个乐趣，就是跟爷爷去姥姥家。有一次，在姥姥家，当地地主招工摘棉花，王金陵跟着二姨三姨去了棉

---

① 1 亩 ≈ 666.67m²。

花地。到了地里，二姨看左右没人，就把一大团棉花递给三姨，三姨用衣服包好，偷偷地溜回了家。王金陵在地里玩耍时受了野风，回到家就开始发烧，吓坏了姥姥和两个姨，她们想尽办法进行救治，二姨三姨搂着王金陵发汗，直到第二天天亮，高烧才退去。王金陵好了之后，在院子里玩耍，发现房根底下有个瓦罐，就找来一根绳子，把它当铃铛系在了大花狗的头上，狗受惊吓，跑了起来，把瓦罐打碎了，惹得姥姥及家人，想起来就要说笑一阵子。

黄集乡。田地里。亲友家。王金陵的到来，似乎让这里多了一种不一样的快乐气息，南片街的小伙伴们听说王金陵来度假了，早早地守候在王家老宅的门前，等着王金陵一起到田地里玩耍。也许，那个年代，小孩子玩的游戏都比较接地气，除了田野里的泥巴，更多的是田地里的植物或昆虫了。

一望无际的麦田，土生土长的蛐蛐，唧唧唧唧叫个不停的蝈蝈，飞来飞去的蝴蝶，一下子活泛起来了，它们似乎早已准备好，要与这些年幼好动的孩子们，来一场斗智斗勇的比赛，或嬉戏欢闹的游戏，但所有的结果都不重要，重要的是王金陵在这片土地上，用单纯的记忆，恬淡的感知，对芬芳的泥土，清凉的晨风，灿烂的晚霞，都产生了浓厚的兴趣，并与之不离不弃，相伴了一生。

# **4** 母亲郭静心

中国有句老话，那就是母以子为贵。王金陵的母亲郭静心是一个"小脚"女人，土生土长的乡下人，温厚雅静，贤淑善良。自幼深受中国传统女德的熏陶，拥有吃苦耐劳，质朴勤俭的性格。郭静心嫁入王家时，婆婆早已过世，家里除了公公王宜召和王恒心，还有六个未成年的弟弟妹妹。所以，郭静心进门就当家，进门就与公公王宜召一起担负起这一大家子的生活重担。

母亲郭静心

中国还有句老话，那就是老嫂比母。郭静心自从被父亲用小推车推着送到王家嫁给了王恒心，她要做的不仅是要伺候好公公王宜召，还要像母亲一样将几个未成年的小叔小姑抚养成人，并为他们主持结婚嫁娶。

郭静心刚过门时，最小的小姑只有几岁，为了方便照顾，晚上睡觉时，郭静心让她睡在自己的脚下，小姑经常尿床，经常把她"浇醒"，但她从不责怪，而是不厌其烦地给小姑换洗。

民国初期，时有战乱，徐州也不例外，所以徐州百姓的生活都很困难。王家在南片街虽然是中等人家，但家大人口多，过日子要精打细算，才能维持温饱。为了不浪费粮食，郭静心从不上桌吃饭，总是要等大家吃过，她再把剩下的饭菜和在一起，加点面，做碗面汤，或烙一张饼，以此来充饥。久而久之，郭静心与王家兄妹相处得非常和睦、融洽，王家的兄妹自然也跟她非常亲切，像尊重母亲一样尊重她。

郭静心虽是小脚女人，思想和胸怀却很宽广，为人处世也很大方。王金陵小时候，经常陪着母亲做家务，听她讲做人的道理。郭静心对王金陵说："你要好好念书，不要总想着种地赚钱，置房置地，那些东西走到哪儿都带不走，可学到的知识，长的是自己的本事，走到哪儿都跑不了。"古语云，言教不如身教，也许就是母亲在王金陵年幼时的引领，才让喜爱大自然，对世界充满好奇的王金陵勤俭好学，为中国大豆杂交育种开创了历史性的先河，创下了不朽的丰碑！也许就是这简单质朴的说教，让一个孩童，在母亲身边，在懵懂的世界里，学会了一份理解和思考。

郭静心母子来到徐州，先是住在县衙门街东北处一所民宅里，后搬到石碑坊街（即现在的中枢街）教会西屋。郭静心在西屋又生了几个孩子，其中两个男孩一个女孩，都是在出生后不久就夭折了。

那是哪年哪月哪日，具体时间已经模糊不清了，但王家的后人，清晰地记得在教会医院，白墙昏灯之下，王金陵感染了伤寒，虽然得到医院医护人员最好的救治和照顾，但还是奄奄一息，生命垂危。二弟王裕华不满一岁也因染上伤寒住进了维坤医院后院的单间病房，他们都是在葛师娘（葛大夫）全力以赴地医治、二姨（当时是医院的护士，后来是妇产科主任）精心细致地照顾、母亲哭喊地祷告下，创造了人生中第一个起死回生的奇迹。

年幼的王金陵，经历了生死对抗，自然形成了一种对美好生活的向往。在他幼小的世界里，看到了母亲不辞辛苦，日夜操劳，从母亲那里学到了勤以持家、俭以养德的优良品质。因此他更加懂得体恤母亲，主动帮助母亲做家务，不管是拉风匣，还是买米买菜，都做得非常认真，非常仔细。

铅华岁月，水色江南，战乱中的徐州，虽然是兵家必争之地，但对一个天真的孩童来说，天空飞旋的战机，水中迂回的战船，似乎都与他关系不大。特别是对生活在教会里的王金陵来说，那些只不过是记忆中的风景，朦胧的过往而已。

# **5** 玩伴小马可

传教士涌入中国，其主要目的是传教，但因语言障碍，举步维艰。所以，他们开办学校，想以此来排除语言障碍。但他们没有想到，在中国日益强大之后，他们带入中国的不仅仅是先进的科学知识，也把中西合璧的教育形成一种潮流。

1922年。徐州。正心幼儿园。那年，王金陵六岁，一直重视教育的王恒心，把他送到了教会培心女中幼儿园。培心幼儿园是培心女子中学下办的一所幼儿园，属于教会幼儿园，在此读书的多数是教会信徒的子女。那天，王金陵背上书包，走进教室，与一群年龄相仿的孩子们坐在了一起。

培心女中是教会办的，教会的老师多是外国人，也有一些中国人，他们平时交流都用英语。所以王金陵在上幼儿园时，就接触外国人，接触英文，学会了用英语与周边的人进行交流。这为他后来能说一口流利的美式英语，翻阅大量的国外英文资料，打下了良好的基础。

与王金陵一起走进培心女中幼儿园的，并与之成为一生朋友的，是一个叫马可①的小男孩。马可出生于江苏徐州，比王金陵小一岁，父母也是基督教徒。相似的家庭背景，相同的宗教信仰，相仿的年纪，让他们很快成为了要好的朋友。

王金陵与马可在培心女中幼儿园共同的老师叫田芝兰。在上学后的第一个圣诞节，田老师给小朋友们每人发了一个糖果包。玩耍时，马可的糖果包掉在了地上，摔了一个破洞，丢了很多糖。王金陵发现后，立即把自己的糖果拿出来，分出一半给马可。从此，两个人的友谊更加深厚了。

1923年9月，王金陵与马可一起从培心幼儿园毕业转入徐州西关保罗小学。

校园。操场。实践课。西关保罗小学也是教会办的学校，学校经常鼓励学生开展实践活动，号召大家种植一些小植物。

---

① 马可：作曲家、音乐理论家。江苏徐州人。中华人民共和国成立后，曾任中国音乐学院副院长、中国歌剧院院长。一生写了二百多首（部）音乐作品，其中以歌曲《南泥湾》《我们是民主青年》《咱们工人有力量》《吕梁山大合唱》，秧歌剧《夫妻识字》，歌剧《周子山》（与张鲁、刘炽合作）、《白毛女》（与瞿维、张鲁、向隅等合作）、《小二黑结婚》，管弦乐《陕北组曲》等流传最为广泛。

我国著名音乐家马可

王金陵出生在徐州黄集乡，经常跟祖父到乡下去玩，对农家农事很是了解，特别是田野里泥土的气息，碧草青禾的芳香，既熟悉又喜欢。而对音乐富有天赋的小马可，对种植也非常感兴趣，所以，他们约定一起开展种植活动，一起精心培育，待到植物成熟后，再互相交换种子，互相交流培育与种植的经验。

跟王金陵一起玩耍的还有几个同学，如韩友恩、刘文彩、彭荣光等，他们经常一起去学校上学，一起到野外郊游。王金陵最喜欢马可，他经常到马可家找马可玩。马可的家人有自办板报的习惯，他们会把一些新鲜事，或者一些图片贴在板报上，丰富板报的内容。每次王金陵到马可家，都能从那些花花绿绿的板报上得到很多信息，学到很多东西。

王金陵与马可从小学到高中一直都是同学，后因培心女子中学停办，他们才分开。不论是在战争年代，还是在和平年代，虽然他们生活在不同的城市，但距离并没有阻隔他们的友谊，他们一直保留书信交流，直到马可去世。

# 6 小小冒失鬼

光阴荏苒，岁月如梭。在王金陵慢慢长大的日子里，不仅热爱田野间那片碧绿，也爱大自然中的各种小动物。他喜欢养羊，喜欢养鸽子，养麻雀，特别是养蚕养得非常好。王金陵在养这些小动物时，总是一边在饲养，一边观察它们的生活习性。

一天，王金陵在给蚕宝宝采桑叶回来的路上，看见很多人围在一棵树下，指着树上的一窝蜜蜂议论纷纷，便挤过去想看个究竟。原来，有人说蜜蜂蜇人，有人说蜜蜂不蜇人。这时，王金陵忽然想起课本上讲，只要抓住蜂王，其他蜜蜂就会跟着跑。抓住蜂王其他蜜蜂会不会真的跟着跑呢？大家的言行激起王金陵想一探究竟的好奇心，他背着桑叶篓，爬上树，一把抓住蜂王，然后迅速爬下树，沿着马路奔跑。结果，真如书本上所云，所有的蜜蜂形成一个巨大的蜂团，一路追随着向他袭来，蜜蜂庞大的阵容，吓坏了王金陵，他拼命地往家里逃。王金陵被蜜蜂足足追了两公里，直到躲进家中，才算是把蜜蜂甩掉。

王金陵的脸上和身上被蜜蜂蜇了许多包，回到家中不敢声张，躲进卧室里不敢出来。直至次日早饭时才被家人发现。母亲郭静心当时被王金陵满脸的大包吓坏了，以为他得了什么怪病，慌乱中要带他去医院看医生。无奈之下，王金陵只好乖乖地说了实话。所以在以后的日子里，只要王金陵身上出现异常，母亲都会把它归于这次活捉蜂王而造成的。

王金陵小时候很淘气，上山捉鸟，下河摸鱼，都是他幼年时最有趣的游戏。一年开春，王金陵去南河河边摸鱼，不小心掉进了深水区，沉入了水底。如果一般的小孩都会因为恐惧而失去求生的欲望，但王金陵没有害怕。他屏住呼吸，勇敢地抓住河中的水草，顺着河底向前爬，结果他成功地爬出了水面，爬到了岸边，逃离了危险。

从河底爬上岸之后，王金陵没有直接回家，而是坐在岸边，仔细地回想自己是怎样爬上岸的，想象自己如何能像鱼儿一样在水里自由自在地游来游去。想了很久之后，他带着一大堆的问题回到家中，一头扎进父亲的书房，在书房里翻出一本《辞海》，在《辞海》的词条中，找到了"游泳"一词，并根据词条中的注解，认真学习了蛙泳的动作要领，然后到河里反复去练习，经过一段时间的练习，练就了一身游泳的本事。

仁者乐山，智者乐水。正所谓艺高人胆大，就在那年夏天，黄河故道发洪水，徐州城被洪水囤围，从南关到东关，有一条七八里长的水道，波微浪细，水宽堤阔。一天清晨，王金陵约了几个同住在教会里的孩子，一起到南河看洪水。宽阔的水面，轻荡的波浪，吸引着王金陵求知的眼眸，怂恿着他的那颗好奇心。于是，他约了同来的小朋友，脱掉外衣，扎进河中，历时两个小时，从徐州的南关游到了东关，得到东关看热闹的人的高度赞许。

晚饭时，父亲王恒心问他："早上有两个小孩从南关一口气游到东关，你有他们游的好吗？"王金陵听后，非常高兴地回答："那其中一个就是我。"母亲郭静心听后又惊又怕，狠狠地戳了一下他的鼻子说："你这个小冒失鬼！"

好奇是一种提问，是一种验证，是一种创造，也是一种能力。也许就是这份好奇，让王金陵拥有那么多的思想，那么多的创造能力，让他在日后的学习、工作、科研等方面都作出了卓越的贡献。

# 第二章　辗转求学

清末民初，义和团运动兴起，洋人成了义和团的追杀目标。那些在教会传道的外国传教士，也是被驱逐杀戮的重点对象。所以，每有风吹草动，外国传教士就把教会和学校交给主恒心管理，纷纷躲藏起来。此时的徐州，更是军阀混战，战事不断，培心书院虽然能正常上课，但教室里的读书声时常会被突来的枪炮声淹没，那些在这里读书的孩子们，今日上学，明日失学，断断续续，不得安宁。

# 1 向校长请愿

清末民初，义和团运动兴起，洋人成了义和团的追杀目标。那些在教会里传道的外国传教士，也是被驱逐杀戮的重点对象。所以，每有风吹草动，外国传教士就把教会和学校交给王恒心管理，纷纷躲藏起来。此时的徐州，更是军阀混战，战事不断，培心书院虽然能正常上课，但教室里的读书声时常会被突来的枪炮声淹没，那些在这里读书的孩子们，今日上学，明日失学，断断续续，不得安宁。王恒心的社交能力很强，能团结一切可以团结的教众，管理教会和学校很是得心应手，不管是军阀、国民党，还是日本人，都可以进行正常交涉，所以他很快成为徐州基督教的领袖人物。

1928 年 9 月，王金陵从徐州西关保罗小学毕业，转入亚园正心女中附属小学。

美国人最初在徐州西关以教会名义开办培心书院和正心女中两所学校。那时，教会只办小学，不办初中，正心女中是一所女校，不招收男生。王金陵与马可想要继续读书，念不起私塾，就以特殊男生考入正心女中。

外国人在中国办学堂，受到中国政府的干涉。那时的中国政府是北洋政府，政府严格规定，凡是在中国由外国人创办的学校，一定要用统一的教学大纲，特别是教会学校，宗教课只能作为选修课，不可作为主课，更不可以强迫学生信教。所以那些在中国办教育的外国人，宁愿停止办学，也不愿接受中国政府的管理。培心书院与正心女中也因此停止办学。

当王金陵听说教会要停办正心女子中学，便与马可组织学生，一起围住校长办公室，向校长请愿，希望学校能继续办下去。经过一天的时间，校长安士东不得不出面，然而他给大家的答复是，正心女子中学所有的办学资金和产权都是教会的，教会要停止办学，他也是没有办法的。事实上，安士东确实没有办法，他能做的也只不过是对所有失学的学生表示同情罢了。

小小少年，一颗善心。王金陵与马可带领学生向校长请愿的想法很简单，就是想让正心女子中学继续办下去，因为太多的穷孩子上不起私塾，如果学校停办，这些孩子都将与黑板告别，也许，从此再也不能读书，只能辍学回家务农了。

学校最终还是停办了。马可被他父母送进了私塾，王金陵被父亲送到南京金陵大学附属中学继续读高中。

王恒心把王金陵送到南京去读高中之后，约几个志同道合的人士，与那些停止办学的外国人谈判，请求外国人继续办学。外国人不同意，王恒心就以借用的名义想自己办学，结果，那些死心塌地坚持帝国主义思想的外国人，宁愿烧掉两所学校，也不愿意把学校借给他。

不能让穷孩子读不了书。借不到校舍，就自己盖校舍。王恒心尽其所能，一心想让穷孩子读书，所以开始四处筹借资金，筹办学校。他组织正心女中失学的学生在教堂讲堂上演话剧（莎士比亚的《威尼斯商人》）募捐，从寡妇妻妹那里借来养老钱，从家里拿走最后一个铜板，购买了一段城墙地，用城墙的占地作为校舍的基地，用城墙拆下来的砖头作为建筑材料，开始艰苦办学。

王恒心创办的学校，取培心书院和正心女中两所学校的首字，定名为培正中学。正当培正中学初具规模时，日军入侵，徐州沦陷，日军占校舍为兵营。无奈之下，王恒心只好把学校搬迁到外国传教士所居住的南楼（现在的第二职高），并改名为培心中学。日本投降后收回校产，重新恢复"培正中学"校名。

培正中学很快成为徐州市名牌中学，一直到新中国成立后，交由中国政府管理，即现在的徐州市第五中学。

# 2 入选足球队

岁月如华，青春永驻。王金陵从小学考入初中时，学习成绩一般，特别是数学，总被他的老师韩大文先生给予差评，并与他的玩伴马可对比，言之不如。

人生有很多转点，每个转点似乎都在冥冥之中或早已注定，其实不然，关键时，选择就是冥冥之中的定数。在王金陵初中毕业时，他的父亲王恒心深谙学习的重要性，更相信知识能改变命运的真理，千方百计地把他送进南京金陵中学就读，因为金陵中学是金陵大学的附属中学，金陵大学又是美国人以教会的名义创办的私立学校，不仅不收学费，还是一所名校，是培养英才的摇篮。

金陵中学师资雄厚，教学严谨，学习气氛浓郁，学生管理严格。很多学生因学习成绩差而自然降级，考试不过关难以毕业。所以，每个在校生，都自觉学习，谁也不想被落下，谁都想取得好成绩，自然而然就形成了一种良好的学习氛围。你追我赶的学习，快乐健康的成长。

当年的金陵中学除了拥有良好的学习氛围之外，还非常重视寓乐于教，所以金陵中学的课外活动也非常活跃。特别是足球队，更名声赫赫，响彻江南。

足球是一种竞技也是一种艺术，是一种比赛也是一场战争。它需要每个队员不仅要有良好的身体素质，还要有良好的心理素质，要有队友之间的默契配合，更要有超常发挥的能力，所以，足球赛打的是团队，打的是一种意识，一种精神。

当年的金陵中学只收男生，而且这些学生来自全国各地。金陵中学足球队是比较有名的，能入选校足球队对任何一个学生来讲都是非常荣耀和值得骄傲的。

王金陵进校不久，就被体育老师选中，入选了足球队，这

1934年金陵中学丙子级同期毕业级校友在成都合影（后排左二）

对一个善于思考的少年来讲，不仅是荣耀，更多的是对足球的理解和热爱。也正因为有了这样的兴趣和爱好，让他在人生的旅途上，又多了精彩的一笔。

金陵中学足球队在汤文跃、王静两位教练的培养下，连续多年成为江浙教会中学的足球冠军。

那年。那月。那个夏天。驻扎在下关江面上的英国水军，听说金陵足球队名震江南，虽不敢轻敌，却也自恃艺高胆大，组队前来挑战。来者不拒，金陵中学足球队在两位教练的带领下，把挑战者踢得落花流水，大败而归。

玄武湖上，红舟绿浆，每逢周末，金陵中学的才子们，自会三五成群地去湖上玩耍。我们不难想象，晨阳出海，群山缠雾，落霞满天，飞鸟低旋，微波荡漾之处，一群又一群的大男孩，短棹长楫，行舟戏水，那些从船尾甩出来的浪花，与那一阵又一阵的欢笑声相浸相融，回荡于青山碧水之间。

名师名校是培养优秀人才的摇篮。金陵中学更是钟灵毓秀，人才济济，不仅培养了很多知名的学者，也培养了很多艺术家。不论是弦乐，还是口琴，都名人辈出，响彻江南。王金陵的少年时代，就是在这样的学校，这样的氛围下，一边学习，一边愉悦地成长的。

# 3 考入金陵大学

　　王金陵上高中时比较偏科，地理、历史、外语全班第一，数学却不太好，成绩一般。1936年，王金陵因偏科严重，没能被直接保送金陵大学，但他通过自己的努力，还是以很好的成绩考入了金陵大学文理学院工业化学专业。那时，他梦想成为一名造纸工程师。

　　金陵大学最初是教会创办的第一个向中国政府申请立案并获得批准的大学，它坐落在南京鼓楼西南干河沿，由美国测绘师和建筑师规划设计，美国芝加哥建筑公司建造，规模宏大，气势雄伟。设有行政楼、科学馆、医科诊室、礼堂、课堂、宿舍、农林馆等十余座建筑，这些建筑，由南而北，顺坡而下，依形造景，错落纷呈。东方建筑，西方情趣，花花草草，林林木木，清新而优美，温馨而活泼。

　　金陵大学的校歌歌词中这样写道："大江滔滔东入海，我居江东。石城虎踞山蟠龙，我当其中。三院嵯峨，艺术之宫，文理与林农。思如潮，气如虹，永为南国雄。"

　　从歌词中，我们了解到金陵大学具有三院巍峨、江东称雄、林农突出的特色和美誉。金陵大学农学院，肇始于美国学者裴义理义农会。早在1911年，江南一带暴雨成灾，二十多个州县三百万灾民，饿死者七八十万，奄奄一息者四五十万。面对灾情，学者裴义理深感农业改进之重要，与张謇等人发起中国义农会，得到孙中山、袁世凯等三十多位民国要人的支持与襄助，由华洋董事组成董事会，故又称"华洋义赈会"。华洋义赈会活动中，裴义理深感农林人才的缺乏，在金陵大学创设农科和林科，

1941年成都华西钟楼前与金陵大学同学合影（后排左二）

之后将两科合并组建农林科。随着时间的推移，农林科逐步发展壮大，早已成为中国农业科学的教学研究的一个重要中心，全国中国作物品种改良最重要的中心。

王金陵从金陵大学高中部直接考入大学部，离不开家长的支持，自身的努力，更离不开金陵大学良好的学习环境和先进的教学理念。王金陵在大学一年级上学期，在一次实验中，不小心打碎几个三角瓶，这些实验用的三角瓶都是进口的，非常昂贵，王金陵不得不赔偿20多个银元。当昂贵的索赔费用以数字的形式摆在王金陵面前时，他暗自做了个决定，在大学一年级下学期开学时，向学校提交了转院申请，申请从文理学院转入农林学院，主修农艺系、辅修植物病理系。

王金陵改学农科有四个原因：一是想减轻家庭负担。王金陵出生在牧师家庭，父亲一心办教育，没有余钱贴补家用，家里全靠母亲郭静心把乡下的土地出租换取粮食维持生计。母亲郭静心共生十胎，存活六胎，王金陵身下还有五个在不同年级读书的弟弟，其中最小的弟弟，在他考入大学那年刚满周岁。王金陵深感家境贫寒，改学农科，能省下一笔钱贴补家用。二是金陵大学文、理、农三个学院，以林农学科尤为突出。林农学科的领袖人物是美国著名农学院出身的现代农学学者，他们采用新式教学方法，用活的材料教学，用中国农业当时存在的问题做研究课题，这些课题也是王金陵想攻克的问

21

题。三是科技兴农的思想。当时的中国，战乱不断，老百姓缺乏专业的农业知识，遇到自然灾害或战争灾害，将无力面对。而此时的王金陵，由衷地想为中国农业、为中国百姓献上自己的全部精力。四是王金陵从小对自然、地理情有独钟，改学农科既可以发挥特长，又能实现自己科学救国的梦想。所以，王金陵做出这个决定不是心血来潮，而是经过深思熟虑的思考。后来，很多人问及此事，王金陵都会笑着说，是因自己比较喜欢自然，才改入农科的。其实，这只是其中一个缘由罢了。

也许，就是因为这样一个简单的思想，一个善良的决定，让中国教育史上少了一位工业化学科学家，多了一位伟大的大豆育种科学家。

# 4 搭建知识结构

金陵大学是教会创办的大学，在办学理念和管理体制上都参照美国大学的做法，采取选课制和学分制。按照学生报考的主系，规定必修课，辅系可以自由选择。考入金陵大学的学生，首先要过英语这关，其中包括听力、读力、语法、作文、字量。日常教学除国文、经史等课程之外，都用英语，文娱活动场所、实验室内、运动场上，甚至学生助威的拉拉队也不例外。

金陵大学不仅拥有"江东称雄"的称号，亦有"钟山之英"之美誉。金陵大学在课程设置上偏重于西洋科学与文化，农学院则开国内农科四年制之先河，以"授予青年以科学知识和研究技能，并谋求我国农业作物的改良、农业经营之促进、农民生活程度之提高"为宗旨，设有农业经济、农艺学、植物病理、昆虫学、森林、蚕桑、园艺、乡村教育八个系和一个农业推广部。设有农场、试验场多处，其中农艺系共有总场、分场、合作场、区域合作试验场、种子中心区等20多所。农学院的主要特点是教学、研究、推广三位一体，重在结合中国农业的实际情况，进行理论学习和研究。学生学习皆以自学为主，老师在课堂上授课，主要是启发、引导，老师事先按期开出书单，交给图书馆，放在预览室的书架上。这样，学生在课后，在图书馆里，随时可以借读查阅，按期上交读书报告或习作。回到课堂，再由学生针对教材或参考书中不懂的地方向老师提问，老师解答，然后再由老师向学生提问，借以了解学生对教材和参考书上的内容是否理解，在此基础上，老师再进行讲解。这样既培养了学生自学的习惯，也增强了学生独立思考的能力。

王金陵选农艺系为主系，植物病理系为副系，以此来搭建自己的知识构架，因从小就接触外国人，能说一口标准流利的美式英语，转入农学院之后，更是如鱼得水，学习成绩和试验能力都非常优秀。

大学本科是在巩固一般文化科技知识基础上向某一个特定知识领域进行学习、深造过程的第一步，是培养普通人才和专门人才的开始。任何知识的吸收与深化都是循序渐进的，依次可分为复习巩固基本文化科技知识，如语文、英语、数理化、经济政治等，专业基础课、专业课、专业实践技能和专业研讨课。专业课一般由刚从国外回来的中青年学者为学生讲授。而这五类课程则是相互交叉衔接的。王金陵主修农艺、辅读植物病理学，正好组成了一大一小的专业学科知识领域。其中农艺学课程包括：作物学、土壤学、肥料学、土地改良、遗传学、植物育种学、经济昆虫学、生物统计、田间试验技术、细胞学等。植物病理学课程包括：植物形态学、植物病虫害、植物生理学、植物分类学、真菌学等。

一窗灯火，一介书生。图书馆某个角落里，经常会出现王金陵的身影。一书，一本，一笔，映衬着窗楣，勾勒着夜色，温煮着一个求知若渴的灵魂。此时的王金陵，以一贯的执著与坚韧，克服着战争带来的种种苦难，合理地安排作息时间，用最短的时间，最快的速度，扎实地读完主系必修课、辅修课和与之相关的重要课程，并把它们搭配构成系列以便利用。

# 5 加入第五战区抗敌青年军团

时而起伏的枪声，时而刺耳的机鸣，战乱中的金陵大学，难以逃离战争带来的灾难，那些怀揣科学兴国思想和远大抱负的书生们，沉浸在图书馆里，予以读书救国。王金陵每每看到此种场景，总是在心中升起一种莫名的感触，产生一股强烈的科学救国的思想，虽然他为此不懈地努力，但战争给国民经济、农业生产带来的灾害，总是让他入目而伤心，求知而奋发。

王金陵转入农学院时，正是国民政府鼎盛时期，所以，他在教导总队军训三个月。在军训末期，日军长驱直入，炮轰宛平城，发动卢沟桥事变，攻占北平、天津、太原等城市。淞沪弃守，南京危及，铁路沿线大部分学校被迫停办，金陵大学因此西迁四川成都。很快，南京失守，徐州沦陷，培正中学也不得不迁至黄集乡。王金陵失学后，直接回到黄集乡，在培正中学任教，教外语、生物、动植物等课程。

此时的中国，战事尤为紧张，而作为兵家必争之地的徐州，终日遭受日机轰炸，市面萧条，人心恐惶。身任第五战区司令长官的李宗仁驻守徐州，指挥津浦铁路的防御，他看到数以万计的大中学校师生涌入徐州，报国情切，请缨无门，随即成立第五战区抗敌青年军团，通过简单的考试，陆续招收了五千多人。

家乡沦陷，救国情切，王金陵怀揣能再次上学的梦想，报考青年军团。当时第五战区辖区北自济南黄河南岸，南达浦口长江北岸，东至长江吴淞口，包括山东、安徽、河南三省的大部分地区。但是第五战区抗敌青年军团没有得到国民党中央经费支持，只能请原广西绥靖公署从士兵空饷中拨款维持。青年军团学员按士兵待遇，一人一套黄棉衣，一件灰大衣，一条棉军毯。青年军团的组成来自四面八方，官佐多为桂系基干，学员则是大中学校的师生，有国民党，有共产党，而无党学员居多。青年军团的教育方针是三分军事七分政治，每天日出前升旗朝会，上、下午两操三讲，生活管理军事化，气氛严肃而紧张，却非常富有朝气。

1937年冬，日军开始在南京进行惨无人道的屠杀，金陵大学、山东齐鲁大学、金陵女子文理学院、北平燕京大学相继迁往四川华西坝，与当地华西协合大学共同组建了抗战期间蜚声海内外的华西坝上五大学。

1938年初，第五战区抗敌青年军团开往河南潢川。临行前一天，徐州城内，天降大雪，地冷天寒，可这些由大中学校师生组成的兵团，站成行，并成列，巍然地在风雪中，听取了李宗仁等人长达四个多小时的讲话。就在那天傍晚，王金陵的父亲王恒心前来送行，把家里唯一的五十元钱交给王金陵，并对他说："再困难也要读书。"

河南。潢川。县城。在前往潢川的途中，王金陵看到很多城市因战事而狼藉，很多土地因炮火而寸草不生，老百姓饿死冻死更是无数。国家兴亡，匹夫有责！王金陵看在眼里，疼在心里。而此时王金陵也很矛盾，他既想扛枪去前线杀敌，又想听从父亲的嘱托，再困难也要读书。一路上，经过仔细的思考，最后决定继续走科学救国之路，他相信中国人一定会取得胜利，而战后的农业复苏，更需要有人提前去做准备。于是，他离开青年军团，先到达汉口，再乘船来到成都华西坝。而此时，金陵大学已经开学多日，他只好去乐山武汉大学农学院借读半年，暑期军训时，才返回成都。

当时的华西坝，五所教会大学同在一个校园里上课，热闹而融洽，蓬勃而向上。回到校园的王金陵，一边参加抗议和声讨日本帝国主义的种种暴行，一边如饥似渴地吮吸着知识的营养，坚定地为科学救国之梦想而努力学习。

# 6 恩师王绶

王金陵考入金陵大学之后，因战争而被迫离开学校回到徐州，因想报效国家而拿起了枪，又因科学救国的梦想，听从父亲的嘱托，经过一年多的流离辗转，再次回到金陵大学读书。

←1942年华西镇与金陵大学农艺研究社（Synapsis）同学合影（后排右一）

1940年金陵大学学士学位照

在金陵大学农学院，王金陵师从王绶教授。王绶，我国著名作物育种学家、生物学家和农业教育家，毕生致力于高等教育，为我国培育了几代农业科技人才，长期从事大豆、大麦研究，育成了"金大332"大豆、"王氏大麦"（美国定名）等优良品种在生产上应用，对作物田间试验技术也做过系统研究，是我国作物育种学和生物统计学的奠基人之一。

王绶童年时随父下地耕耘，深知农民耕作的辛苦，粮食来之不易。加上军阀连年混战，国家和人民遭受深重灾难，深感欲求国家与民族独立和富强，非先发展教育和科学不可。于是他下决心走"教育救国"和"科学救国"之路。

1921年，王绶以优异的成绩考入金陵大学农艺系，之后又考入美国康奈尔大学作物育种学系，以毕业论文《大麦遗传之研究》获农学硕士学位，并因此论文被选为美国农学学会会员。1933年回国，先后任金陵大学农学院教授、农学系主任、农艺研究部主任，讲授作物育种、生物统计、田间技术等课程。主持大豆、大麦育种研究课题，培育出新品种在生产上示范推广。

王金陵钦佩王绶教授掌握的先进科学技术，更钦佩他有教育救国、科学救国的思想，所以他改学农科，选大豆育种作为自己毕生研究的对象，既是慕名而来，又因他想以王绶教授为榜样，去实现教育救国、科学救国的梦想。

在金陵大学农学院，很多学生都在探讨"学农科毕业以后做什么"的话题。王金陵改学农科之前，对这个问题已经进行了仔细分析，所以他在大家都在谈论这个话题时，并没有袒露太多的想法，而是在选择研究对象时，则显得与众不同，让很多人不能理解。

当时国内最重要的作物有小麦、水稻和棉花。学农科的学生大部分选择这三种作物作为研究对象，唯有王金陵选择了大豆。在那个年代，大豆作为中国的主要作物，对于很多国家来说，还不知其存在，除美国引进一些小黑豆作饲料之外，日本学者只拿大豆做些杂交，看看其茸毛的颜色，种皮的颜色，研究孟德尔遗传规律等，其他关于大豆的研究更是少之又少。在国内，除了王绶教授始终研究大豆育种工作外，其他如金善宝①等科学家都是附带做些大豆理论。王金陵选择大豆，不是想另辟蹊径，而是因他小时候经常到徐州黄集乡下玩耍，从小深悉大豆对老百姓的重要性。长大之后，历经战争对国家造成的灾害，更加懂得大豆不仅是国家经济的命脉，也是全国平民的主要营养来源，不仅直接影响着国民经济，也关乎着中华民族的健康。所以，他愿意尝试，愿意付出，愿意为中国大豆奉献毕生的精力。

风吹豆叶绿如浪，蝶舞豆花四野香。1940 年，在王绶教授的启蒙、熏陶和指导下，王金陵对大豆产生了浓厚的兴趣，搜集了四百余份大豆材料进行性状分析，高质量地完成了毕业论文《大豆的分类》。1941 年，以优异的成绩顺利毕业，留校给王绶教授当助教，从此他与大豆结下了不解之缘。

---

　　① 金善宝，字笑衍，浙江诸暨人，小麦育种家、农业教育家、中国现代小麦科学主要奠基人。

# 第三章　立志农学

华西坝上，金陵大学与山东齐鲁大学、金陵女子文理学院、北平燕京大学、华西协合大学五所教会大学汇集在一个校园，既热闹又和谐。特别是五所学校的图书馆也搬迁至此，图书馆所藏书大多数来自国外，内容丰富，门类齐全，为在这里读书的学生提供了宝贵和优质的科学资源。

# 1 卡片上的思索

华西坝上，金陵大学与山东齐鲁大学、金陵女子文理学院、北平燕京大学、华西协合大学五所教会大学汇集在一个校园，既热闹又和谐。特别是五所学校的图书馆也搬迁至此，图书馆所藏书大多数来自国外，内容丰富，门类齐全，为在这里读书的学生提供了宝贵和优质的科学资源。

一弯明月，一窗剪影，王金陵利用空暇时间，把图书馆里所有关于大豆的资料通读一遍，并对重要的资料进行标注，用自制的卡片记录下来，再用借来的英文打字机编排成序，留以后用。

一张卡片，一串思考。王金陵在四川华西坝五所大学的图书馆里，用一份欣喜和执著，吮吸着知识的营养，用一份好奇，展开一连串的构思与设想，用满腔的热忱，顶着炎炎烈日，冒着冷冷风雪，走遍四川各地农区，了解大豆的生产和种植情况。

王金陵留校任助教期间，主要协助讲授"田间试验方法"和"生物统计"两门课程。王金陵一边给学生上课，一边为实现自己的梦想而努力着。他通过将北方大豆品种在南方引种的试验，发现北方有些大豆品种在南方引种后，虽然提前开花，却存在花而不实的现象。还发现短光照虽然可以促荚早熟，但会导致减产。所以他对当时有些学者将注意力集中在花的分生组织或花的有无来评判最适合该品种的光周期性（一次光期与暗期之配合为24小时的光期）产生异议，提出育种家不能跟在生理学家的后面，以纯粹的生理学知识为指导，应该源于实际的观察和应用。

通过大量阅读，王金陵了解到，第二次世界大战前，美国就已经对大豆光照生理、光照长短进行了研究，其农业部在温室内做的光周期研究也有一定的成果，甚至已经有人用嫁接的方法去研究光周期。王金陵通过大量的实验与实地考察，又对中国大豆所处的地理环境、生长环境进行了仔细分析思考，对大豆育种有了更深刻的了解和认识。

王金陵认为，大豆的光周期性依品种而异，早熟品种光周期不敏感，南北适应能力较强，因此，南北引种成功的可能性大。晚熟品种光周期性敏感，北方晚熟品种移入南方后，开花太早，会导致不育；南方品种移入北方，生育期延长，导致开花太晚，未至成熟，即受冻害。另外，大豆的光周期性品种间差别可指导大豆播种期。早熟品种早播（在成都 4 月初），晚熟品种早播在成都也必然在 10 月底，种子才能成熟，因此在育种试验和指导农业生产时，要充分考虑大豆的光周期性和品种间的差异，根据不同品种、不同地域适时播种。在了解大豆的光周期性后，王金陵对大豆早晚熟的概念又进行了重新调整，以大豆对光周期的反应为准，将大豆品种的早晚熟重新进行了划分并撰写了论文《大豆之光期性》，这篇论文于 1942 年发表在《农林新报》上。

《大豆之光期性》对当时国际上大豆相关资料进行了总结。文中，王金陵指出："光期仅为影响大豆生长环境因子之一，实验室的结果与田间结果有差别，乃因尚存在其他温度、雨量等因子，影响大豆之生长于开花结实之故。"

《大豆之光期性》是我国大豆光周期理论研究的第一篇报道，也是后来从事大豆光周期研究的科研工作者必读的一篇指导性论文。这篇论文发表之后，在全国引起反响，同时也让王金陵科学救国的梦想插上了翅膀，他暗自发誓，要当一名优秀的育种学家，在祖国辽阔的土地上，种上自己培育的大豆新品种，结出沉甸甸的果实，让全世界的人都能吃上中国自产的优质大豆！

# 2 陕西武功出任技士

　　1941 年初，第二次国共合作期间，抗日战争艰苦而紧张。王绶教授家乡沦陷，家中老少六口逃亡到西安，准备进入四川省以求安生之地。王绶获悉后，立即从华西坝金陵大学启程北上，与家眷相会在陕西武功西北农学院。国难当头，家人能在异地相聚，已是幸运之事，但背井离乡，生活无着落。就在王绶不知带着家人如何安身之时，陕西武功当地的金陵大学校友听说王绶教授的处境，纷纷前来探望并给予了相应的帮助。在校友们的热情劝留下，王绶决定留在西北农学院出任农艺系教授、教务长、农林部西北农业推广繁殖站主任，兼任中央农业试验所技正。

　　王金陵得知王绶教授留在西北农学院之后，立即写信向王绶教授表明自己也愿意到陕西武功继续做大豆的研究工作。王金陵的申请得到王绶教授的认可和推荐。1943 年，王金陵辞去金陵大学助教工作，只身来到陕西武功，在农林部西北农业推广繁殖站做了一名技术监督员。因农林部西北农业推广繁殖站是临时性质的，不久，王金陵又被调到中央农业实验室出任技士，负责大豆的育种与繁育工作，成为该所唯一的大豆育种工作者。

　　技正与技士都是中国旧时技术人员的官职，主要负责办理技术事物。技正在厅局级中为最高官职，技士、技佐等职务在技正之下。王金陵当年工作的中央农业实验室，在当时属于农业科研最上层的机构，但因为各种原因，设备简陋，经费匮乏，全部家当累计起来，也不过是十亩试验田，两台天平，一台计算器，一堆袋子，几把尺子和几把算盘罢了。

　　自从王金陵师从王绶教授之后，对大豆的研究有了突飞猛进的认识和理解，加之《大豆的分类》和《大豆之光期性》两篇论文得到国内专家的高度好评，更加鼓舞了他奋发向上的意志，他相信，只要坚持下去，就可以实现科学救国的梦想。所以，他来到陕西武功，没有因为实验室条件艰苦而退缩抱怨，而是凭着一份好奇和一份初生牛犊不怕虎的闯劲儿，挑灯夜读，入

1943年陕西武功农林部推广繁殖站办公室前（上排左四）

田作业，独自撰写了论文《中国大豆栽培区域分划之初步研讨》，于1943年发表在《农报》上。

王金陵之所以写这篇论文，是因为他在总结国内外资料时，发现大豆育种作为美国的新兴事业，多数品种是从中国引进的。大豆作为中国原产作物，关乎国家的经济和民族的健康，但国人并没有十分注意大豆栽培的情形。其他作物，如沈宗瀚[①]依照小麦区域试验结果划分了中国小麦适应区域很受中外学者所推崇，冯泽芳[②]根据实验结果将中国棉区分为三个主要适应区非常

---

[①] 沈宗瀚（1895—1980），浙江省余姚沈湾（今属肖东乡）人。农学家、作物遗传育种学家、农业行政管理专家，美国康奈尔大学博士。回国后，执教金陵大学，育成"金大2905"小麦良种。执掌中央农业实验所。抗战期间，对发展大后方粮食生产，实行田赋征实，支援军糈民食，作出诸多贡献。后去台湾，仍坚持农业建设工作，著述颇多，在国际农业学术界有一定声望。逝于台北。著有《中国农业资源》《中国各省小麦之适应区域》《克难苦学记》等，与人合编有《中华农业史论集》。

[②] 冯泽芳（1899—1959），字馥堂。出生于浙江义乌，农学家、农业教育家。中国现代棉作科学的主要奠基人。

利于棉作物的育种与推广。

当时国内大豆根据不同成熟期的品种，对南北方不同地域的特殊反应而分为南方迟熟（植株高大）食用大豆，中部中熟食用大豆及作饲料用的迟熟大豆，北部则为早熟食用大豆。王金陵凭借强烈的地理感和大量的大豆育种试验，对此提出了异议。他认为，育种工作者应在相应的研究领域开展应用基础研究，才能使育种工作按规律有效地进行，才能提高育种工作的质量，从而把育种工作从仅依靠感性认识提高到理性认识水平。为证明自己的观点，他亲自走访，亲自调研，根据我国大豆在各地区耕作制度的地位和光照周期性的特点对大豆栽培区域进行了重新分划。

王金陵将我国大豆种植区分划为春作大豆区、夏作大豆冬闲区、夏作大豆区、秋作大豆区、大豆两获区等五大栽培区。这与大豆品种自然分布非常吻合。两获大豆区大豆概为迟熟型，春作大豆区大豆概为早熟型，夏作大豆区大豆品种杂多，秋作大豆区大豆以迟熟型品种为主，夏作大豆冬闲区大豆品种则介于春作大豆区与夏作大豆区之间。同区域内的大豆品种，虽然未必随处适应，但以前的研究结果证实，如果相互引种，比在不同区域之间相互引种成功的希望更大。这种划分与大豆所处的自然环境相吻合，对大豆栽培、育种和引种都具有一定的指导意义，所以一直沿用至今，广泛应用。

# 3 擦肩而过的遗憾

王金陵的论文在《农报》上发表之后，不仅得到农业部中央农业试验所所长沈宗瀚的高度好评和重视，还邀请他在重庆见面，当面表扬他的文章写得有思想、有见地。得到赏识，自然会激起更多的热情，让王金陵这个初出茅庐的儒生，从此披靡发轫、稳步向前。

1944 年初，美军进攻马绍尔群岛，日军因战略错误而战败

1944年陕西武功渠岸上骑马

投降。虽然这次战役不是大战役，但它是美军攻下的第一批日本领地，标志了日本在太平洋正面的外围防线被突破。好消息传来，国民政府立即着手与美国政府协商，通过租借法案为中国战后复兴培训科技人才。此计划得以通过，国民政府决定选拔一批工矿、交通、农业中层科教人才，作为公费生赴美国高校及科研院所进行现场实习。其中大部分名额由主管部门从科研单位和高等院校中推荐，经考试遴选。同时，留出少部分名额由"考试院"在社会上公开招考，择优录取，为期一年，期满回国，为国家服务。考试时间为 1944 年 12 月，在不同地区设置考点。此次报考消息，打印成文，在全国各大报纸上刊发通告。

王金陵在报纸上看到这则消息时非常兴奋，他认为这是千载难逢的好机会，于是早早地开始做迎接考试的准备。当时王金陵所在单位是国民政府农业部中央农业试验所，地址在陕西，离他最近的考点是重庆。当时抗日战争还没结束，前往重庆的途中，总是有大批难民、官吏、军人、教员、学生像潮水般地涌向后方，致使交通几乎处于瘫痪状态。王金陵提前一周出发，好不容易到达考场，但考试已经结束。后来得知，当时考第一名的是马育华。马育华，金陵大学毕业，也曾做过王绶教授的助教，是我国大豆遗传育种学家和农业教育家，在生物统计学和田间试验技术方面有很深的造诣，较系统地将数量遗传学介绍到国内，并结合大豆种质资源与育种进行应用研究，选育出一批丰产稳产大豆新品种，在长江中下游地区种植。马育华是在内部考上的，不占名额。考第二的是庄巧生。庄巧生是我国著名小麦遗传育种学家，长期从事小麦科研事业，带领几代科技人员选育出"北京 8 号""北京 10 号""丰抗号"系列等几批冬小麦优良品种，在北方冬麦区广泛种植。庄巧生是王金陵在金陵大学的学长，比王金陵高一年级，也曾在金陵大学当过助教。

据庄巧生后来讲，如果王金陵能够进入考场，凭他的能力和学术水平完全有机会考上，就算是考第三名，也能以候补录取。可让人遗憾的是，王金陵因交通障碍而失去了赴美深造的机会，只能满怀失望地回到陕西武功，但这并没有阻止他继续实现科学救国的梦想，而是激发他更加努力地去做大豆育种研究。

在赴成都考试往返的路途中，王金陵看到很多由前方战争城市转到后方来的难民，看到太多的土地因战争而荒芜。所以，王金陵科学救国的思想再次升温，他相信，中华民族一定会获得解放，中国农业急待复兴，农业复兴就是大豆、玉米、小麦这些主要农作物的复兴。错过一次求学机会不重要，重要的是不能错过中国的现状，中国的现状就是要用最短的时间，让农业在全国各地兴旺发达起来。

大豆作为我国的主要农作物，其产量居世界首位，除东北地区之外，对大豆的改进工作没有系统规范。唯一的改良大豆纯系只有王绶教授在金陵大学培育的"金大 332"。大豆改良方法全部照搬稻麦育种法，忽略了大豆在我国农业中的特殊地位及大豆本身的生物特性，而将各种类型及生长习性的大豆笼统

1944年陕西武功（杨陵）繁殖站豆田工作照（左三）

地置于一个实验内以同一标准测其优劣，这种笼统混合的大豆育种法，需要进一步商讨落实。

　　王金陵发现这些问题之后，立即开始查阅资料，对大豆光周期、大豆分类、大豆育种等问题进行深入的研究和探索。

　　1945年6月，王金陵在《农报》上发表论文《中国大豆育种问题》，从大豆栽培区域与大豆育种、自然环境与大豆育种、大豆种粒颜色及大小与大豆育种、大豆品种间对播种期的反应与大豆育种、大豆纯系育种选株等五个方面进行了详细阐述。他在文中指出"唯有这样分别试验，方能提高大豆的育种效率，不论作纯系育种，还是作农家品种，都应该遵循春作大豆区以春日播种早熟型大豆为主，夏作大豆冬闲区以麦后播种、霜前收获的中熟型大豆育种为主，秋作大豆区及大豆两获区以秋作迟熟型大豆为主的原则。唯有特种大豆改良，如改良早熟型的菜用大豆不列此内。"这篇论文发表之后，又参加了农业部的论文征文比赛并荣获得二等奖。

　　《中国大豆育种问题》为中国大豆品种的选育指明了方向，

与《中国大豆栽培区域分划之初步研讨》被业内称为中国大豆研究的根基。

# 4 回乡探亲

1945 年 8 月，日本裕仁天皇通过广播发表《终战诏书》，宣布无条件投降，第二次世界大战以世界人民的胜利而宣告结束。

举国上下，人欢马跃，四处呈现欢快喜悦的氛围。自日军侵华开始，徐州就成为日占区，如今，日军举手投降，王恒心写信给王金陵，希望他能娶好友生熙安的二女儿生启新为妻。

生启新与王金陵属于世交，也就是我们常说的父一辈子一辈。生启新的父亲生熙安是"南徐州"（现安徽宿州市）的牧师，与王恒心是同工。所谓同工，就是在教会里做一样工作的人。王恒心与生熙安是非常要好的朋友。但是王恒心属于中派，性格温和，喜欢穿大褂，读中国古书。生熙安则属洋派，性格正直刚烈，喜欢穿西装，读外国书籍。两人虽然喜好不同，但信仰相同，在当时徐州教会里，皆称南有生熙安，北有王恒心，二人声名和影响都很大，所以两个人相处甚好，两个家庭也因他们之间的友谊而往来频繁。王恒心把在培正中学教书的生熙安的二女儿和三女儿视为己出。生启新在培正中学教英语和数学兼任校监的工作。所以生启新也是王金陵三弟王裕民、四弟王裕国、五弟王裕康的老师。

王恒心与生熙安有个共同的朋友甘牧师，他们经常在一起交流教会的会务工作。日军侵华时，日本人霸占了甘牧师的财产，生熙安气不过，就站出来替甘牧师主持公道，结果得罪了日本人，在一次外出传道之时，被汉奸暗杀在麦田里。王恒心得知这一消息，非常痛苦，把生熙安的遗像挂在书房。

生启新是一个聪慧的女子，曾在教会学校教书，学校的校歌歌词也是出自她手。她工作认真负责，很受王恒心的欣赏。

所以，在王恒心得知王金陵还没有婚恋之时，便有了把生启新介绍给王金陵的想法。王金陵从小在外面读书，对生启新未曾谋面。但他相信父亲的眼光，更相信父亲的选择，于是，他决定回一趟徐州，看望一下家人，拜访一下生启新。

战争年代，战火连年，常年背井离乡的王金陵踏上了回家的火车，迫不及待地赶往家中。一进门，就看见正在院内玩耍的六弟，当时六弟只有九岁，懵懂好奇地看着风尘仆仆归来的王金陵，快，快叫大哥！家人们让六弟叫王金陵大哥，但六弟似乎被这突来的状况惊呆了，只是好奇地看着王金陵。在弟弟的心中，大哥就是一个偶像，高大帅气、才华横溢。王金陵俯下身，一把把六弟抱起，紧紧地抱着，自言自语地说，六弟都这么大了！

家还是老样子，父亲还是一心一意地办他的教育，只是弟弟们已经渐渐长大，在不同的学校学习。二弟王裕华[①]在上海圣约翰大学读书，三弟王裕民[②]在北京辅仁大学读书，四弟王裕国、五弟王裕康[③]在培正中学读书，唯有六弟王裕泰在读小学。

父亲母亲教育弟弟们，经常拿王金陵为榜样，在他们不愿意学习时，就对他们说，你大哥在外面读书很不容易，但他学习很好，很努力，你们要向他学习。所以在几个弟弟心中，对王金陵这个大哥是非常尊重和崇拜的，他也非常爱他的家人，爱他的弟弟们。

---

① 王裕华（1924—1992），毕业于上海圣约翰大学教育系，毕业后在浙江嘉兴秀州中学任教，因王恒心要他回徐州教会帮助工作，便离开嘉兴秀州回到徐州，担任基督医院代理总务主任。新中国成立后，培心中学改名徐州第五中学之后，他应聘担任英文教师，直至退休。

② 王裕民（1927—2015），曾就读于辅仁大学、燕京大学和齐鲁大学（后改为山东医学院），曾任淄博矿务局中心医院外科主任、副院长，期间主治了山东省首例断肢再植手术并获得成功，改良脊柱支撑器并应用于临床，分别获得省级科技进步奖。1983年当选为淄博市副市长，发表论文数十篇，参与编写《骨科医师进修教程》《临床创伤外科》等著作。1988年当选为淄博市政协副主席。

③ 王裕康（1932—1996），毕业于北京石油学院，高级工程师，曾任大连石油化工公司研制所车间工程师、车间主任、总工程师室主任、研究所所长、大连石油添加剂厂厂长。

前排左起王裕国、王金陵（王裕中）、王裕华、后排左起王裕康、王裕民、王裕泰

　　当时父亲王恒心为了办学，已经倾其所有，家中有五个男孩要读书，虽然在中小学可以减免一些学费，其他生活费用还是要支付的。为了减轻家庭负担，王金陵在上大学时，经常给别人刻钢板，赚零用钱来完成学业。他这次回来，决定将自己的工资拿出一部分来，供给三弟上学。王金陵这一举措，为几个弟弟做了榜样。后来，在上海圣约翰读大学的二弟王裕华，申请了一份助学金，利用业余时间代课，教英语或日语，以此来资助四弟王裕国在上海庐江大学上学。等到五弟王裕康上大学的时候，三弟王裕民已经毕业，王金陵就继续资助五弟上学，等最小的六弟上学时，国家已经解放了，他上大学的费用，由三哥王裕民来支付。

　　在六兄弟之间，有学农的，有学医的，有学炼油的，有学生物的，有学外语的，有学工商的，特别是四弟王裕国，是新中国成立后第一届研究生，毕业以后分配到中国人民大学经济系。他们在父亲的影响和教育下，勤俭质朴，学业有成，并在各自的工作岗位上，勤勤恳恳，尽职尽责。

王金陵因一直在外地上学，很少回家，在回来之前，给生启新写了两封求爱信，见面之后，生启新经过母亲和姐姐的同意后，带着王金陵回到南徐州。生启新的母亲也是基督教徒，她见到女婿时，自是要用宗教的标准来衡量，所以她考了王金陵一个问题，那就是背诵圣经，幸好王金陵从小就会背，连续背诵几段，才得以过关。

# 5 接收公主岭

日本投降了，中国百姓被蹂躏的日子结束了。日军虽然放下了武器，但战争还没有真正的结束，中国人民还有很多后续工作要做，还要打一场经济复苏的大仗。

抗战胜利之后，1946 年，中央农业试验所所长沈宗瀚出任东北农业接收特派员。当时中国农业科学研究机构大致分为三部分，其中一部分是日本占领时期建立的农业科研机构，主要是集中东北沦陷后成立的伪满洲国国立公主岭农事试验场及其在东北三省成立的分支机构，以及在北平成立的华北农事试验场及其在河北、河南、山东、山西等地设置的分支机构。

为了接收东北，沈宗瀚把原中央农业试验所大部分人员都接收过来，任接收专员和接收委员。东北内战爆发，很多接收专员和接收委员不能去东北，但沈宗瀚还是让王金陵前往接收公主岭，因为在当时，只有王金陵一个人是做大豆研究的。

王金陵说："东北是块宝地，我的事业就在那里，那里是个冰雪的天地，我就要到'冰国'去！"东北对于王金陵来说，是一块陌生的土地，那里地域辽阔，土壤肥沃，是冰雪的世界，是大豆的故乡。作为一个立志农学的科学研究者，能亲临那里去研究大豆，不仅是一件极其幸运的事儿，也是一件令人神往的事儿。王金陵非常珍惜这次机会，他满怀希望，带着一颗开创大豆科研事业的雄心，乘车北上，直奔公主岭。

公主岭因战争而狼藉，修房建舍均由王金陵主管。那些施工的商家，想讨个顺利，经常往王金陵衣兜里塞钱，但每次都被他严词拒绝了，因为在他心中，圣灵一直都在监察他的一言一行，他不会为个人利益而中饱私囊。这不仅是一种信仰，更是自身的修养，也许就是这种信仰，这种修养，才让他一次次逢凶化吉，起死回生。

公主岭农事试验场是日本人在东北建立的三大农业试验基地之一。日本人在投降之前对这里进行了破坏，能带走的资料都带走了，不能带走的基本都毁掉了。但王金陵不死心，不放弃，他相信，一定会有残余的"好东西"。他四处寻找日伪技术人员留下的各类作物育种材料和总结资料，最终在试验总场主楼屋顶天花板上找到了一堆杂乱无章的大豆材料。为了保留这些活标本，经过初步选择、整理、观察、鉴定之后，王金陵把这些种子都种了下去。这些种子，对王金陵来说，就是世上最好的宝贝，他要用这些宝贝培育成万亩良田，使之成为中国平民最好的营养，国民经济发展最好的源泉。

经王金陵的精心培育，这些种子，除了个别没有出苗外，都开花结果。王金陵将他保存下来的这批大豆种质资源命名为"公第号"。这个编号沿用至今，而且，这一大批宝贵的东北大豆种质资源，为以后富有成效地开展大豆育种工作打下了良好的物质基础。

战争的残酷，致使房屋田舍破烂不堪，试验材料残缺不全。整个公主岭试验场，除了唯有那些试验田和少量的日本农业骨干力量还在，可谓是一无所有。王金陵在公主岭试验场转来转去，几度徘徊，思考如何让这里的试验田发挥原有的作用，如何让那些日本人把他们在这里的试验结果呈现出来。思来想去，最后决定从留下来的日本人身上挖掘资料。他让这些日本人整理资料和图书，并分给每个日本人一个课题，让他们把过去几十年中国东北大豆的情况写下来。其中有个叫石川正示的日本人，是研究大豆的，王金陵找他交流，让他写一篇关于大豆的论文。石川当时写了一篇《中国东北大豆育种问题》在公主岭试验场的刊物上发表。

王金陵在繁重的工作之余，投入大量的精力对东北地区进行了实地考察，再通过查阅核对大量日本人写的资料，对中国东北大豆的耕作制度、品种分布、品种分类、生产中的问题有了初步了解。

# **6** 迎娶生启新

1946 年夏天，王金陵接到父亲的来信，希望他早日迎娶生启新。于是王金陵与生启新约定，分别从吉林公主岭和江苏徐州出发，于 1947 年 1 月，在北京一所基督教堂举行婚礼。当时正在北京香山灵修院教书的生启新大姐生懿新、在北京辅仁大学读预科的三弟王裕民都前来参加婚礼。

一套西装，一个领结，一袭白纱，一束鲜花，两个相爱的年轻人在牧师王明道的主持下，正式结为伉俪，从此他们相濡以沫，生死与共，用一份平淡，一份执著，忠贞不渝地走过了风风雨雨，用一份宽容，一份博爱，共度百年，携手书写了一段钻石婚姻。

两位新人在北京转了几天，就乘车回到了长春，开始了简单朴素的生活。1947 年 10 月，生启新生下一子，王金陵给他取名为王乐忠。王乐忠的出生，给这个平淡的家庭带来了欢愉，也让王金陵多了一份作为父亲的荣耀和责任。王金陵一边照顾妻子和儿子，一边继续投身他的科研事业。同年 12 月，他根据日本人留下来的资料和在公主岭的试验情况，撰写了论文《大豆性状之演化》发表在《农报》上。

王金陵这篇论文专门论述了大豆的起源。当时，据相关资料报道，有人说在四川搜集了四五十个野生大豆品种，在陕西收集了三百多个野生大豆的品种；也有人说华南也有大量野生大豆的分布；还有人说印度大豆都是蔓生品种，粒荚极小，与中国大豆和日本大豆相比，近似野生大豆。王金陵不这样认为，他身处东北，在公主岭工作了一年，对东北大豆有了更清晰的

生启新（前排左二）、王金陵（前排左三）

了解。所以，他在《大豆性状之演化》中提出自己的观点。

　　王金陵在论文中指出，由于长江流域的生长季节及终年日照长短的变化大，大豆类型应该比其他地方多，东北虽然生产大豆，大豆品种的类型并不比其他地方多，实际更单纯。已被人们所熟悉的大豆强短日性为一原始性状，早熟品种弱短日性为进化性状，长江流域因生长季节日照长短变化大，所以早熟和迟熟大豆都有种植，北方则为短日性弱的早熟品种。因为大豆的原始性状是强短日性，低纬度地区大豆中表现最突出。东北大豆则是具有弱短日性进化性状的大豆。因此，大豆的发源地可能是我国或印度附近的地区。这一假设，在王金陵日后的论文中曾多次论证，最终证实了初期大豆起源的说法。

　　关于大豆的演化，王金陵在文中也进行了论述。他认为，质量性状多属简单遗传，少过渡型，因其留于自然界中的演化痕迹非常笼统，也就是说，性状的遗传性越复杂，留于自然界中的演化痕迹越清晰，所以进化的质量性状，如有限结荚习性、白花、灰毛、黄粒等，非常容易从半栽培种大豆中发现。而进化的数量性状，如大粒、中日性、直立等就不容易在半栽培种中发现。因此王金陵断言："凡具有大豆早熟粗茎等高度进化数量性状的大豆，必已历尽全部演化过程，而唯有此种大豆，堪称高度进化的大豆"。

　　任何思想的形成都有一定的起因，任何一个论题的提出，都要有理有据地证明是否正确，而一个课题的研究，要经过几年或几十年，甚至几辈人的验证和论证。王金陵喜欢东北这片肥沃的土地，喜欢这里泥土的气息，更喜欢豆花绽放时的清香，豆子成熟时的那片金黄。所以他想扎根在这里，因为他的生命已经被大豆所占据，他的思想满满承载着所有关于大豆的课题。

# 7 被困长春

　　1948 年，国共内战打到东北，因为国民政府在长春，所以长春成为主战场。为了远离战火与硝烟，王金陵接受巴西友人的邀请，想乘机飞往巴西，去那里研究大豆。当时国内研究大豆的人非常少，很多中国人都在巴西研究大豆。但王金陵当时的工资买不起机票，就写信给父亲，可父亲也没有钱帮他购买机票，就在他想放弃时，父亲的一个好友，美籍华人彭永恩的儿子彭荣光（王金陵儿时玩伴）得知这个情况之后，帮他联系了教会浸礼会派到长春接人的飞机，准备把他们一家人接出去。等王金陵收拾好行李赶到机场时，解放军炮轰机场，飞机都飞走了。

此时，解放军采取外包围战略，在城外设置关卡，只准百姓进入长春，不准百姓走出长春，想利用城里的老百姓给国民政府施加压力，国民政府为了减缓压力，采取了只准出、不准进的对策，强行把老百姓赶出了市区。这样，几十万老百姓就被迫滞留在国共两军的关卡之间，生启新与王乐忠正在其中。

王金陵得知这个消息，心急如焚，揣了几把大豆，急急匆匆地赶往长春。王金陵是学大豆育种专业的，知道如果每人每天吃十粒大豆就不会被饿死，所以他在进城前，揣了几把大豆，以防万一。王金陵找到生启新后，与别人同雇一辆马车，打算向南外逃。但逃到两军之间的地带，被卡子拦住，只好求助借宿于洪熙街一户人家里。当时从长春外逃的人很多，饿死的人也很多，在他们住的这户人家门口，总有很多被饿死的人，所以每天早上起来，王金陵要做的第一件事儿就是拿着绳子，把那些尸体拖到别处去。他们雇的马车上，大小有五个小孩，已经饿死四个，唯有王乐忠没有被饿死，但已经抬不起头了。看着妻儿，王金陵的心被揉碎了，决定冒险摸卡子，回公主岭农事试验场寻找接收人员，设法开个路条，再回长春接妻子和孩子。

一次次偷渡，一次次被捉，一次次被遣送回来。但为了让妻儿不被活活饿死，他就算拼了性命，也要回到公主岭。功夫不负有心人，最后一次摸卡子成功了，他急急忙忙地找到解放区农事试验场的接收人员，又找到相关负责人开了一个路条。公主岭农事试验场食堂听说王金陵回来了，给他特意做了一盒盒饭，王金陵没舍得吃，偷偷拿回来准备给生启新和王乐忠吃，可在返程中，在过卡子时，盒饭被苏联军官没收了，并告诉他路条已经不好用了，得用军区开的路条。

王金陵绝望地回到生启新的住所，非常忧伤地对生启新说："盒饭被没收了，这回可能会饿死在这了。"生启新听后，劝慰王金陵说："不要着急，听说明天可能要放卡子，我们等到明天问问再说。"第二天果真放卡子了，王金陵弄了个小推车，把孩子及物品放在车上，与生启新推着车子跟随人流离开了长春市郊，走到范家屯时，两人卖了手推车，吃了点稀粥，乘马车匆匆回到了公主岭。

回到公主岭之后，生启新因想念家乡的亲人，想回徐州老家，但王金陵非常留恋这里的土地，留恋东北的大豆，经他再三劝说，生启新才同意留下来。

东北解放，东北行政委员会农林部接管原公主岭农事试验场，王金陵被邀请又回到了公主岭农业试验场任试验场技术员。

# 第四章

# 扎根东农

1948年初，中共中央东北局、东北行政委员会鉴于客观形势发展和对农业技术干部的需要，决定建立东北解放区第一所高等农业院校——东北农学院（东北农业大学的前身）。8月，东北农学院筹委会成立，委任哈尔滨解放后第一任市长刘成栋为院长，在哈尔滨市南岗区东大直街原东北科学院旧址开始筹建工作。11月，合并原长春大学农学院。

# 1 被刘成栋选中

1948 年初，中共中央东北局、东北行政委员会鉴于客观形势发展和对农业技术干部的需要，决定建立东北解放区第一所高等农业院校——东北农学院（东北农业大学的前身），8 月，东北农学院筹委会成立，委任哈尔滨解放后第一任市长刘成栋为院长，在哈尔滨市南岗区东大直街原东北科学院旧址开始筹建工作。11 月，合并原长春大学农学院。

刘成栋又名刘达，生于 1911 年，卒行 1995 年。黑龙江省肇源人。肄业于北平辅仁大学。学生时期开始参加革命，1936 年加入中国共产党，先后任中共晋察冀一地委组织部部长、哈尔滨市市长、林业部副部长、中国科学技术大学党委书记、清华大学党委书记兼校长等职务。中共十二大代表、第五届全国人大代表、第六届全国人大常委。

所谓大学，必先有大师也。办农业大学，首先要有农业方面的专家。刘成栋深知这其中的奥妙，在筹办之初，千方百计地网罗人才。刘成栋首先来到沈阳档案馆，当他看到王金陵的档案后，找到相关部门，开了一张调令，便立即赶往公主岭，亲自拜访并邀请王金陵共同创建东北农学院。

刘成栋见到王金陵时，王金陵正在试验场指导农民如何预防小麦的锈病。他看见很多农民拿着绳子在小麦叶子上拉，而有个年轻人正在旁边阻止，那个年轻人说："不能这样拉，这样一拉，其他叶子就会被传染，不但不能治疗锈病，反而会加重灾情。"刘成栋认定这个人就是王金陵。等王金陵处理完工作，刘成栋走过去将调令递给王金陵，自我介绍说："我是哈尔滨来的刘成栋，我想请你和我一起创办东北农学院。"王金陵看看调令，又看看穿得像农民一样的刘成栋，回头再看看身后的试验场，虽有几分不舍，但还是点头同意了。

王金陵初到哈尔滨，农学院还处于筹建状态，除了几间平房，一无所有。没有教室，没有课桌，更没有实验室、试验田。学生的课桌，是在一块板子上，两边钻了几个洞，用绳子系好，挂在脖子上，条件十分艰苦。

1949 年 1 月，原东北大学农学院、原东北科学院农林系、原哈尔滨市第一技术专科学校农学科并入东北农学院。9 月，东北农学院正式开学。

王金陵初来农学院时总想调回公主岭，因公主岭农事试验场是东北最大的试验基地之一。这个想法不知何时被刘成栋知道了。在一次系主任任命会议上，刘成栋将王金陵直接晋升为副教授，并直接被任命为农艺系主任。这让会上所有的人都很震惊（其他系主任都是由从各地请来的老教授或比较有经验的代理副院长担任），当场就有人站出来质问刘成栋："农艺系主任怎么可以让一个小孩子担任？"刘成栋非常自信地回答："我相信他有这个能力。"会后，刘成栋找到王金陵对他说："你不要离开了，我找你来是想办好农学院的。"

一份信任，一份激励，让王金陵自此放弃了回公主岭的念头，开始踏踏实实地创建农艺系。在创建农艺系之初，没有教室，没有教材，没有实验室和试验农场。但刘成栋尊重王金陵的思想，给了他最广阔的空间，支持他自己编教材，按照美国的模式进行教学，并拿出一定经费支持他搞试验搞科研。王金陵用这笔钱在农学院院里建立了一个小农场，种上农作物，凡是有人来参观，刘成栋都会带着他们在院里走一圈，邀请王金陵向前来参观的人讲解农场里的作物。后来，王金陵想盖一个温室搞试验，刘成栋又给他盖了一间很大的温室。

# 2 政教合一

1950 年 1 月，东北农学院改名为哈尔滨农学院，同年 10 月，东北人民政府决定将沈阳农学院迁到哈尔滨，与哈尔滨农学院合并重组，恢复东北农学院原称，同时，又将黑龙江省农业专科学校并入东北农学院。

因当时新中国刚刚成立，全国各地都在恢复教育教学，东北农学院从全国各地招聘来很多老知识分子为教师，这些老知识分子背景不一，有国民党，有共产党，也有无党派，但他们有个共性就是内心世界比较清高，所以容易出现摩擦。作为系主任，处理不好政务，就难以抽时间搞教学、试验、科研。王金陵在处理这些事情上采取了温和与宽容的态度，既要处理问题，解决矛盾，又要尽量让大家心态平和，安心工作。

如果说聆听是一种美德，那么王金陵就是用聆听来缓解矛盾，用一种商量的口气来弱化矛盾的。在农艺系里有两个老先生，矛盾深刻，经常为一些事情或利益而争执，小则发生口角，大则大打出手。为了缓解他们之间的矛盾，王金陵分别找他们谈话，他根据事情的原委，先是聆听对方的表述，然后温和地跟他们商量"你看这样如何？""你是不是在这方面注意一下？""你是不是可以开始着手工作了？"一个个温暖的问号，拉近了彼此的距离，让一颗颗浮躁的心慢慢平静下来。经过王金陵调节之后，那些因矛盾而停工的老先生把个人得失放下，很快恢复原有的工作状态，时间一长，整个农艺系都变得和谐安静了。

农艺系下设一个办公室，王金陵把日常工作交由办公室负责，把大部分精力放在教学和科研上。

1949 年新中国成立，百废待兴，国家急需培养各类人才，输送到各个行业各个岗位上去。如何能让学生学到真本领，能成为国家栋梁之才，成了王金陵日夜思考的问题。他总结国家当下的情况，总结上学时所在学校的发展历程，决定从教学改革、课程设置、师资配备、实验室建设、农场实习等几个方面入手，按照美国的教学模式，一边搞教学、一边搞科研。

农学院初期的学生来自五湖四海，人数不多，什么背景都有。为了了解同学们，王金陵经常利用课余时间跟他们吃住在一起，打成一片。接触久了，学生们都把他当成朋友，有什么事情都愿意跟他讲，比如学生之间有的有绰号，什么老切糕、小和尚的，王金陵就随着大家一起叫，不但拉近了师生间的距离，也加深了彼此的感情。

在教学上，王金陵的教学跟别人不一样，他在课堂很少引经据典，海阔天空，而是实事求是，强调教学要与科研相结合。他认为，科研和教学不矛盾，教师搞科研，有利于提高业务水平和实践能力，科研人员兼课，有助于更新知识，跟上国内外科技的新发展。只要科学安排，不但不会互相影响，反而会互相促进。所以他一边做系务工作，一边亲自主讲"作物遗传育种"课程，不管工作有多忙，都要抽出时间主持科研课题的落实工作。

王金陵讲课有个特点，就是喜欢闭着眼睛讲课。他从来不用眼睛去看学生记不记笔记，而是把他所拥有的知识，系统地、有条理地、一条一条地讲出来。他讲课喜欢列一个标题，然后围绕这个标题讲解，一二三地讲，有的会罗列到七八个小标题，讲完这些小标题，再讲这些标题之间的外在关系、内在联系。他讲课不像写文章那样咬文嚼字，而是想办法有条不紊地把心得讲出来，让学生听明白。他对学生反复强调，不要鹦鹉学舌，人云亦云，而是要踏踏实实地做好试验，收集好数据，根据试验的结果，理论联系实际，做好科研工作，只有把科研工作做好，才是真正地把知识学会，才能拥有自己的本领。所以这也成了王金陵讲课的另一个特点，清晰明了，简单易懂。

另外，王金陵教学特别强调始终不渝，学以致用。他认为，教学不能光看文章，光讲书本上的知识，必须让学生亲临实验现场，自己动手调查、采样、分析。这样才能对书本上的内容加以理解，感同身受，记忆深刻。

王金陵一边教学，一边科研，一边写论文。1950 年 1 月，他在《哈农学报》上发表论文《干旱情形下大豆萌芽力与种粒大小关系之研究》，指出干旱地区大豆，多为小粒品种，小粒品种是大豆抗旱生理及生态的必需条件，小粒型大豆的研究是大豆改良方面极有前途的工作。同年 3 月，在《哈农学报》上发表论文《大豆收获期试验》，指出大豆不宜过早收获，北方地区大豆叶子大半脱落，种粒全现原色并且大半干硬，豆荚大半由草色变为枯色，茎秆大半由草黄色变为枯色时，方可开始收获。

# 3 被诬陷的背后

　　王金陵到农学院以后，一直被院长刘成栋重用，他也不辜负这份信任，起早贪黑忙碌在课堂上，试验田地里。用他的话说："心情愉快，工作得心应手"。然而，就在他全身心扑在教学和科研事业上时，一个意想不到的灾难，像一颗巨大的陨石狠狠地砸在了他身上。

　　新中国成立前，培正中学的学生可以用小麦充当学费，新中国成立后，美国传教士陆续离境回国，办学所需资金中断，那些愿意上学的农村学生交不起学费，学校的办学经费立时非常急缺，教工工资难以下发。一天，王恒心来哈尔滨跟王金陵商量，想跟差会①要点钱，给培正中学教工发工资。王金陵说："这件事绝对不行，要是想要的话，一定要通过徐州市政府。"王恒心回徐州请示当地政府，跟美国南长老会中国差会长老毕范宇②要了几千美元，缓解了燃眉之急。

　　王恒心跟毕范宇要经费引起警方注意，因他在当地是人民政府积极团结的民主人士，所以当地政府没有采取特殊行动，只是暗中监管。此事涉及国际关系，引起中央公安部的注意，因这笔经费是王金陵让王恒心请示政府之后的行为，所以王金

---

　　① 第二次鸦片战争中，西方列强强迫中国签订了允许传教士在内地自由传教条约后，美国、英国等四十多个差会在山东进行过传教活动，其中以美国北长老会、英国浸礼会和美国南浸信会的势力最大。
　　② 英文名 Dr. Price，父亲是王恒心金陵神学院的同学。

陵也被列为侦察对象。

农学院成立之初，许多教职人员来自伪长春大学农学院，内部极其复杂。为协助农学院相关部门进行侦察甄别工作，经哈尔滨市公安局侦察部门研究，决定将沈某安排到农学院协助调查、监督。沈某，新中国成立前曾帮助哈尔滨市公安局破获一些案件，得到侦察部门的信任。新中国成立后没有什么具体的工作可做，生活也比较困难。哈尔滨市公安局侦察部门把沈某安排到农学院，一是想通过他得到农学院一些人的有用信息，二是可以帮他解决生活问题。

1949年4月，沈某以助教身份进入农学院农学系，在他报到时，农学院组织科长对他说："咱们学校乱极了，人员大部分是伪长春大学、伪东北大学过来的，里面有伪警察、国民党军官、特务。就像王金陵是国民党的接收大员，刘克济是国民党员……"说者无心，听者有意。沈某经了解得知王金陵妻子生启新带孩子去徐州省亲，就主动找王金陵借住，直接潜伏到王金陵家里。

沈某在农学院潜伏期间，为迎合侦察部门，多获得一点经济收入，开始编辑假情报。他先报告王金陵经常与张若一、刘克济密会，宣传反动言论。当侦察部门对王金陵开始怀疑之后，又报告说王金陵拉拢他参加反动活动，并让他搜集有关军事工厂、仓库的情报，寻找技术人员。案情越来越严重，哈尔滨市公安局侦察部门将此案上报到东北公安局，东北公安局下达指示：高度重视，严厉惩办。

沈某当过多年特情，深知国统与中统都很敏感，容易露馅，而当时正是抗美援朝初期，广播里经常宣讲关于破获"反共救国军"的报道。于是，他将王金陵等人的罪名伪编成"反共救国军暂一纵队"，一个暂字，可进可退，既可避开大家的注意力，又足可引起哈尔滨市公安局侦察科的高度重视。沈某取得侦察科的信任后，一次又一次地举报王金陵为发展潜伏组织，拟在齐齐哈尔、北安、黑河、佳木斯等地建立支队，在支队建立以前首先要建立联络站，暂委沈某为少校。

沈某的报告开始也引发侦察部门的怀疑，但其提供的线索又与外线监视人员提供的线索多少有些相似，出于对他原有的信任，侦察部门让沈某继续观察，找出"反共救国军暂一纵队"幕后指挥人员和行动计划，并尽一切可能取得证据。

# 4 锒铛入狱

沈某的报告引起农学院院长刘成栋对王金陵的怀疑。一天，他找到王金陵，非常严肃地对他说："你有什么问题现在说出来比较好，别等到公安局来了再说就不好了。"这句话来得非常突然，问得王金陵莫名其妙，他仔细回忆近日的工作，十分肯定地说自己没有什么问题。

为了测试王金陵，刘成栋亲自安排他到上海农学院去取菜种。当时王金陵很纳闷，不明白为什么自己那么忙，还要让他去做这件不太重要的事情。但因是刘成栋安排的，没有多想，乘车去了上海。

王金陵先在徐州下车回家拜见父母。父亲和二弟都对他说 Dr. Price 捎信想见他。王金陵问是谁捎信，父亲和二弟都说不清楚，王金陵认为不知是谁让去的就没有去的必要。次日，王金陵到了上海农学院，受到上海市副市长、农学院院长金善宝的邀请，到金善宝家里吃了顿便饭。能受到金善宝的邀请，王金陵感到很荣幸，因为金善宝不仅是教育界的名家，更是学术界的泰斗。然而，在吃饭时，一向熟悉亲切的金善宝，对他的表情极其严肃，态度也非常冷漠。

王金陵从金善宝家出来，去拜访彭荣光，彭荣光外出不在，就去了杭州岳母家。当时生启新来杭州省亲，在岳母家生下女儿王乐恩。次日，王金陵买了两盒香榧，再次去拜访彭荣光。彭荣光是王金陵儿时的玩伴，在王金陵一家在长春被困时，曾帮王金陵联系过离开长春的飞机。虽然没成行，却让王金陵非常感激，所以只要来上海，都会特意去拜访彭荣光。王金陵与彭荣光聊得很好，在准备告辞离开时，彭荣光突然对他说："Dr. Price 想见你。"王金陵一愣，非常奇怪为什么会有那么多人指引他去见毕范宇。但因他急着回哈尔滨，也没有过多的思考，只是回答说："不见了，我得回哈尔滨了。"

回到农学院，刘成栋得知王金陵没有去拜见毕范宇，对他恢复了以往的亲密，听说他害了疟疾，马上派人送来奎宁丸。王金陵很开心，很快忘记了上海之行的疑惑。

然而，此时的王金陵不知沈某为迎合侦察部门，早已为他编制了一系列反革命罪证，并四处收集他的便条，窃取他的名章，进行临摹拓印，伪造各种书信和便条，以此来加大案情的严重性和紧迫感。还利用王金陵生活中的一些中性话语，借题发挥，举报王金陵在学校秘密发展成员，构建网络组织。侦察部门出于对沈某的信任，与沈某共同研究此案是否有上级领导的问题。沈某迎风而上，继续编造谎言，举报王金陵为取得指示，派人去北京向领导联系工作。为此，侦察部门特意安排沈某前往北京，以便取得上层情况。

沈某从北京回来报告王金陵的上级是王恒心，王恒心的上级是毕范宇，毕范宇受美国五星上将、侵朝联合国军总司令麦克阿瑟指挥。同时，沈某还偷取王金陵办公室内保险柜中试验化学药剂作为向支援志愿军投毒的证据提供给侦察部门。

经侦察部门侦察，认为"反共救国军暂一纵队"组织精密，活动隐蔽，带有严重的破坏性，为了防止破坏，决定将王金陵、生启新、刘克济、张若一等人密捕。

1950 年 12 月 5 日，哈尔滨市公安局以出差为由在火车上将王金陵密捕。又以他生病为由，诱使生启新回哈尔滨，生启新带着长子王乐忠刚下火车，就被捕入狱。此时，生启新怀有五个月身孕。

王金陵被捕后被带回哈尔滨市道里区特别审讯处受到了非人审讯。期间，他腿部感染了丹毒，需每天打青霉素进行救治。

刑讯之下，审讯无果。哈尔滨市公安局侦察部门对沈某产生了怀疑，而此时，沈某又报告说王金陵想要张若一（农学系教授，家在天津）在天津架设电台，所以让他到徐州找王金陵的父亲王恒心解决经费问题。决定安排一名侦察队长与沈某一起到徐州与王恒心见面，商讨经费的事儿。但遭到沈某的强烈拒绝，经多次做工作，最后才勉强答应与侦察队长一起去徐州，但要分别与王恒心见面。到了徐州，沈某找个理由支开侦察队长，自己先进去通报，然后让侦察队长再进王家进行询问。

侦察队长问王恒心："电台的事儿都谈完了吗？"

王恒心说："都谈了。"队长又问："那经费呢？"

王恒心说："经费我尽量给他筹点。"

为了取得罪证，队长请王恒心写了封信给王金陵。王恒心想都没有想，拿过纸笔，直接在信上写道"金陵吾儿：张建台的事儿不详其情，不可轻易移动。经费我代办……"王恒心这封信附在侦察队长回来的报告里。

沈某与侦察队长回来后，再次刑审王金陵。王金陵扛不住刑讯之苦，随意编出自己是美国远东情报局的。案件性质又再次极度升级，哈尔滨市公安局侦察部门把此案上报东北公安局，东北公安局又将此案上报中央公安部，因此案涉及国际人物，并且此人居住在上海，中央公安部决定将此案件交由华东公安部办理。

在被押往上海蓝桥监狱的途中，听押解人员说去徐州，王金陵非常不安，以为父亲出了什么大事，非常焦虑。当火车到了徐州，王金陵猛起，却被押送人员按住说："睡你的吧，还没有到站。"王金陵得知父亲无事，立即安静下来，倒头睡去。

# 5 伪证下的起死回生

上海。南昌路。蓝桥监狱。王金陵在监狱里总能听见犯人唱打败美国兵的歌曲和大喇叭里传来的要反革命特务彻底交代的命令声。

主办"反共救国军暂一纵队"一案的是华东公安部政保处二科科长牟国璋与上海市公安局社会处侦察科副科长王大超。

牟国璋与王大超接到这个案子之后，首先在审查案卷中发现有很多疑点，一是沈某开始报告说王金陵是反共救国军，但王金陵被捕后却交代自己是美国远东情报局的，二是沈某是情报提供人却参加了所有办案研究案情的会议，三是会议需要什么材料沈某就提供什么材料。这三个疑点，让两个富有经验的警察发现有人在投其所好，故意用材料引导公安人员，认定王金陵就是特务。

在审讯过程中，王金陵彻底翻供，讲述了自己莫名其妙入狱的经过。通过案件分析和审讯观察，牟国璋初步认定这可能是一宗诬陷伪造案件。

为了查明真相，牟国璋和王大超从头梳理、仔细研究，在案卷中他们发现王金陵的信件，有被模仿的痕迹，而且笔迹与沈某平时的书写习惯相似。而就在此时，沈某被哈尔滨市公安局侦察部门派到上海，想通过他挖出上海的间谍组织。

经过商量，牟国璋决定将计就计，测试一下沈某，便找他谈话说："王恒心为什么放开你不管了，他应该把你送到国外去才能确保谍报网安全。"

不几天，沈某就送来一封信，说是有人从门缝里塞进来的，内容是让他先离开上海，然后去美国。牟国璋拿着这封信与王恒心给王金陵的亲笔信进行了甄别，结果发现，这封信是模仿王恒心笔记写的，信封上写着"沈某先生亲展"，"展"字多了个小尾巴。再对比王金陵写的特务活动指示信条，"展"字都多了一个小尾巴，这是沈某平时书写的习惯。所以，牟国璋断定，信条多数是沈某模仿王金陵笔记伪造的。

为了再次确认沈某的罪行，牟国璋安排沈某去次徐州与王恒心见面。沈某到徐州住在王家附近的旅店里。期间，王家人出入正常，工作正常，与沈某没有任何往来。但沈某返回上海后，却在报告中说王恒心对他非常热心，希望他按照牺牲个人、保护组织的原则自己想办法。

几次试探，沈某败露。上海公安局通过侦察与甄别弄清了"反共救国军暂一纵队"纯属沈某一手编造的假案，经中央公安部批准，宣布王金陵、生启新、刘克济、张若一等人无罪释放，立即逮捕沈某，并处以死刑。据沈某交代，他与侦察队长到徐州拜见王恒心时，为了不露出马脚，特意找个理由让侦察队长在外面等，自己先进去跟王恒心谈。他说王金陵由于害怕战争，怕东北不稳，想到天津，跟一个叫张建台的人做生意，但是需要资金，所以让他捎话，让王恒心想办法。而侦察队长进屋后说电台的事儿，王恒心以为是说建台，还毫无顾忌地给王金陵写了信。阴差阳错，沈某就是利用南北口语的谐音，把王恒心和侦察队长都给蒙骗了。

王金陵走出监狱那天，在监狱门口，第一眼看到的是挺着大肚子即将生产的爱妻生启新，他兴奋地走过去，万般疼爱地看着她，生启新亲和地抚摸了一下王金陵的手，瞬间，所有的冤屈都在这对夫妇的笑容中淡去，未来，给予他们将是更多的美好和期待。

因生启新要生产，所以接他们回哈尔滨的工作人员事先做了安排，一到哈尔滨，生启新就被抬上担架送往医院。那天，生启新产下一个男婴，王金陵给他取名叫王乐光。

# 6 党外的布尔什维克

王金陵回到家以后，修养了半年，身体才得以好转。期间，农学院院长刘成栋与哈尔滨市公安局局长曾一起在私下里向王金陵进行了道歉。学校恢复了他系主任的身份并开全校大会为他平反，但在平反大会上，没有讲他蒙冤入狱的细节，所以还是被贴上了"家庭背景复杂"的标签。之前很多关系比较好的人开始躲着他，害怕因与他近距离接触而惹上麻烦，甚至在全系分发蔬菜时，人人有份，唯独没有他的份。王金陵虽不计较，但心情非常不好，他的身心和名誉都因此受到严重的伤害。

1957年哈尔滨王金陵与家人在松花江边合影

　　王金陵喜欢大自然，经常带着家人到松花江畔玩。有一天，王金陵跟家人在江边玩得正开心，遇到带外地客人游玩松花江的刘成栋，二人见面很是亲切。刘成栋看见生启新，问她现在在哪里工作。王金陵说，原来在第九中学教数学，平反后，九中没有通知她去上班，一直休闲在家。刘成栋当时没有说什么，没几天，就安排人事处的人通知生启新到农学院设备科上班。

　　刘成栋安排生启新去农学院上班，不管是出自哪种心理，对王金陵一家来说都感到非常温暖。因为从王金陵的家庭背景来说，父亲虽然一心搞教育，但接触美国人多是真的，自己曾在国民政府任职也是真的，国家要整顿，要对自己例行检查没有什么错，只因被恶人陷害，才会如此这般。所以，王金陵的心中没有憎恨，没有怨言，只有更加努力地做好自己的本职工作，用事实证明自己的清白，才是最好的诠释。

　　农学院创办初期，没有党组织，一直到1952年下半年成立党支部，才公开有了党组织。在党组织没有公开时，农学院给王金陵身边安排一名协作员，协助王金陵工作。王金陵不知道他的具体身份，因是学院安排的，对他非常尊重，不管大事小情都跟他商量。

　　新中国成立后，举国上下充满万物复苏的新景象。此时的王金陵对"镇反"带来的不幸与悲痛，随着时间的推移已渐渐淡去。他备受身边爱国热情的感染，一心想加入中国共产党，因为是共产党让他平冤昭雪，还他清白，是共产党给他创造了良好的工作条件，让他能为科学兴国的梦想而不懈努力，所以，他满怀激情地向党委递交了一份入党申请书。

不久，学校党委党组织书记找他谈话。当时农学院的老先生比较多，而且历史背景都比较复杂。有的曾做过国民政府的官员，有的曾是国民党党员，所以他们的个性都比较强，认准的事儿，谁都难以打消，给予他们的新要求，也很难接受。甚至有些党员与他们沟通时，他们会很排斥，很抵触。在他们眼里，不管你是共产党还是其他什么党，跟他们没有关系，不想接触，接触就会产生摩擦。反之，如果不是党员来跟他们交流，他们就会感觉很舒服，也不那么排斥，会认真听取建议。因此党组织希望王金陵能继续做好与老教师老知识分子的沟通工作，所以对他说："你先不要入党了，要从大局出发，做好党外的团结与沟通的工作。"

王金陵得知党在他身上寄予了更重要的工作和希望，从而更加干劲十足。在工作中，他发现农学院原来的那些民盟（中国民主同盟）成员纷纷加入了党组织，民盟工作无人问津，处于瘫痪状态，就找来傅世英，一起组织民盟活动，在他们两个人努力下，很快就把农学院的民盟活动搞了起来。

# 7 学派之争

早在 19 世纪，国际出现两种学派。一是遗传学者孟德尔，通过豌豆实验，发现了遗传的分离规律及自由组合规律。二是苏联植物育种学家米丘林，从有机体与其生活条件相统一的原理出发，提出关于动摇遗传性、定向培育、远缘杂交、无性杂交和气候驯化等改变植物遗传性的原理和方法。两者的区别在于，米丘林认为人们通过改变条件，可以创造出生物体中本没有的遗传性状，即获得性遗传。而孟德尔的理论则认为，遗传性状是由基因决定的，不能通过环境引起的表现型变化而发生遗传基础改变。如此一来，米丘林的学说强调了人的作用，而孟德尔的学说则不承认人的作用。因这个差别，在苏联，米丘林学说获得了政治上的优势。

王金陵是学孟德尔遗传规律的，所以他在教学和试验中都是采用这个规律进行的。在新中国成立初期，世界范围的现代化已经形成了以欧美资本主义国家为代表的资本主义工业化模式和以苏联为代表的社会主义工业化模式。当时中国出于政治、经济和外交等原因，采取了向苏联学习工业化建设的举措，举国上下掀起了向苏联学习的热潮，东北农学院跟随国家总体形势的发展和学校自身发展的需求，聘请了一批苏联农业方面的专家，这样，农学院出现了米丘林和孟德尔两种学派。

农学院有一位苏联植物学家，把四五株半野生大豆定为一个独立的种，王金陵对此提出了异议。他认为，把四五株半野生大豆定为一个独立的种不合适，因为在遗传上，它没有什么隔离，而植物学作为一个种，要有一定的群落，独立的群落。为此，王金陵带着他的学生也调查了好多年，在中国没有发现这样大片的独立的半野生群体，所以他认为把四五株半野生大豆作为一个变种是可以的，定为独立种是不对的。

当时在农学院，这两个学派也上升到政治层面，学孟德尔学派的被称作是反动的、资产阶级的，学米丘林学派的就是进步的、社会主义的。在这种情况下，身为系主任的王金陵压力非常大，他思来想去，最后采取了一个比较温和的方法。

王金陵不否认米丘林学派所说的环境影响，而且他认为环境确实有一定的影响。米丘林学派一个重点理论是阶段发育，即春化阶段和光照阶段，这与大豆的光周期性吻合，所以王金陵根据他们的思路，做了大量的光照阶段的研究，把全国各地的品种，置于短光照下面观察其反应，结果发现，东北大豆品种对短光照的反应比较弱，而南方大豆品种对短光照的反应比较强，所谓强就是一定要在较长时间的短光照条件下才能开花结果。经过系统的研究之后，王金陵认为光周期不同，大豆的生育期也不一样。

由于两个学派之间的观点不同，育种的方法也不一样。在一次关于玉米、高粱自交系的讨论上，双方再次出现了争议。米丘林学派认为，自交系以后再培育成杂交种，以此来增加产量是不可能的。该学派认为，自交系越自交越矮小，是在退化，不是改良。当时王金陵负责玉米自交系杂交育种工作，在他的精心培育之下，用孟德尔规律培育出了多个玉米自交系。因为当时孟德尔规律是资产阶级的，所培育出来的品种自然是学派的铁证，是反动的，应该立即销毁。但是王金陵对大家说："这些自交系是资本主义代表的东西，咱们把他保存下来，让学生认识到资产阶级这个东西的不正确性，来一个奇闻共欣赏"。这样，王金陵用他的智慧，把这些自交系当成反面教材保留了下来。

王金陵保存了玉米自交系，使之成为国内少数保存玉米自交系的人之一。他巧妙地以早熟玉米自交系，将玉米育种从品种间杂交发展到自交系间杂交，使玉米的产量从每公顷 1500 千克增加到每公顷 4000 ～ 5000 千克，更为著名的"黑玉 46"双交种建立了雏形。

当时，学派之争往往造成人身攻击，也造成两派人水火不相容。在香坊农场，王金陵有个助手叫祝其昌，就是学米丘林学派的，但是王金陵对他很宽容，只要他能按照自己的要求去做就行了，跟其他人一样，不排斥，还很友好。

后来，王金陵把这个玉米育种工作交给了王云生，还组织其他老师做黑龙江省主要作物的选种工作，如佟明耀做小麦育种研究，李景华做马铃薯育种研究，莫定森做水稻育种研究。新中国成立前，莫定森原先在江西南昌郊区有个莲塘试验站，他最早选育的水稻品种"莲塘早"，是一个早稻品种。1957 年，他遭迫害下放到黑龙江，到东北农学院教书，因他是搞水稻育种的，所以也在农学系遗传育种教研室工作。王金陵对莫定森非常温和，非常支持他做水稻育种研究。

1951年与助手祝其昌在大豆试验田间工作时的留影（右一）

为了便于对这些农作物品种进行命名，王金陵决定给这些农作物以序号。大豆从"东农1号"开始，小麦是从"东农101号"开始，玉米从"东农201"开始，马铃薯从"东农301号"开始，水稻从"东农401号"开始，这个命名系统一直延续到现在。

# *8* 放手科研全面发展

1952年，农艺系改为农学系，开始招收农学专业学生，王金陵任农学系首任系主任。王金陵考虑到黑龙江省农业生产的需要和特点，提出应把大豆、小麦、马铃薯、玉米、甜菜、亚麻作为农学院开展育种研究的主要作物对象，同时积极主持开展小麦抗锈病育种、玉米杂交育种及大豆育种工作，明确认识到玉米杂交种的利用前景。还根据农学系的现状，重点抓教育改革、科研规划、课程设置、师资配备、实验室建设、农场实习等工作。在各学科之间，每个学科安置一个负责人，也是学科带头人，一人负责一个学科，不管是马铃薯育种还是水稻育种，各自担负自己的科研项目，大家一起搞实验，一起搞科研。王金陵自己负责大豆育种，其他全部放手，让大家分头去做。他认为一个人把一个科研项目研究成功就是很了不起的了，一个人的精力是有限的，不能贪心什么都去研究，什么都去做，只有确定一个目标，然后始终不渝地去为实现这个目标而努力，才能完成自己的目标，做出好的成绩来。

王金陵在做系务工作时经常对员工讲："工作怎么做好呢，首先你不要把工作当职业，要把工作当成事业，当成职业你就会对早了、晚了、钱多了、钱少了而斤斤计较。如果把工作当成事业，那么这些计较就都没有了"。在科研上，有些人通过他的试验成果写自己的论文，他从来不计较，总是宽容地面对。系里问题，大家要他找学院解决，他也会虚心的听取意见，认为正常的就去院里协商解决，遇到不正常的就直接对大家说："这样不好，我们看看还有没有其他办法"。这样，农学系在他的带领和感染下，和谐亲善，团结向上。

在农学院大部分基础建设完成时，刘成栋去创建林学院，兼任农学院院长，农学院的很多事务交由副院长和其他相关人员处理。而这些人认为王金陵应该把精力全部放在教学上，不应该把科研放在重点工作上，就把原来刘成栋每年给他搞科研的经费给停了。但王金陵认为教学、科研是一体的，不能分开，特别是农业院校，更应该科研、教学、生产三位一体，只有理论与实践相结合，才不会人云亦云，才能彻底地把教学工作做好。所以，他找到原来所在单位公主岭试验场，与那里合作，继续带着学生搞科研、搞实验。后来这件事被刘成栋知道了，他找到相关负责人，给王金陵要回了试验经费。

王金陵主张教学、科研、生产三结合，他要去组织参与民盟活动，参加市里、院里组织的各种会议，还要在晚自习时间给学生们答疑解惑，总是忙碌在工作岗位上，但不管多忙，他都要利用下班时间，查资料，写论文。

那时候，他的孩子都很小，对早出晚归的父亲总是特别亲。有一次王金陵利用晚上的时间写文章，几个小孩看见他的房间灯亮着，就大声说话，结果吵嚷声惊扰了王金陵，他就拿起小扫把跑过来吓唬孩子们快点睡觉，等孩子们睡着了，他一直写到天亮。还有一次，王金陵外出忘记带钥匙，回来时敲窗户，把全家人都惊醒了，当他推门进屋时，孩子们蜂拥而上，紧紧地围住他喊，

1963年夏王金陵父母来哈尔滨全家留影

爸爸回来了，爸爸回来了，然后把他的包从他的手中接过来，翻个底朝上，看给他们带回什么好玩的东西了，然而包里只有几小包黄豆。但是孩子们并不失望，因为他们知道他们的爸爸在忙着工作，忙着让那几小包黄豆变成金黄色的豆田。

王金陵很爱他的家，爱他的妻子，爱他的孩子。有一次，生启新生病卧床，他就亲自下厨给孩子们做了一大锅疙瘩汤，孩子们甚是欢喜，喊着闹着抢着吃。这锅疙瘩汤是孩子们唯一一次吃到的父亲为他们做的美味，所以对每个孩子来说，都记忆深刻。

北方冬天格外的寒冷，王金陵用他的稿费为每个孩子按个人喜好的颜色添置了一条纯羊毛毛毯。夏天天热，他就带着家人去松花江边游泳划船。有一次在江边游玩时，几个小孩拿着小渔网，沿着河边去摸鱼，渐渐走远了。王金陵游泳从江水里出来时，突然发现孩子们不见了，急得大声喊他们的名字，还一头扎进江水里四处寻找，等他看见几个小孩在远处摸鱼的身影时，立即瘫在了沙滩上，即使是多年以后，每当大家提及，他都会心有余悸，满眼慈爱地看着孩子们。

# 第五章 开拓先河

一粒种子，入土生根，破土而出，吸日月之精华，经风雨而茁壮生长，开花结果，把果实奉献给人类，把枝叶归还于泥土，往往生生，循环往复。而聪慧的智人，总是根据需求设想改变，让更多的思想呈现在自然之中，并在自然中留下痕迹，流传千古，德育后人。

# 1 黑土地上的思考

一粒种子，入土生根，破土而出，吸日月之精华，经风雨而茁壮生长，开花结果，把果实奉献给人类，把枝叶归还于泥土，往往生生，循环往复。而聪慧的智人，总是根据需求设想改变，让更多的思想呈现在自然之中，并在自然中留下痕迹，流传千古，德育后人。

王金陵从接触大豆那天开始，他的梦想就插上了翅膀，让那一粒粒金黄色的种子，变成金灿灿的粮食，丰盈百姓，富强民族。最初的毕业论文，简明扼要地论述了大豆的起源，对中国大豆进行了改革性的分类。如果说，那只是梦想的开始，那么真正让他的梦想插上翅膀的，就是黑龙江这片辽阔而肥沃的黑土地。不论工作在哪里，他都会将满腔的热情投注在散发着泥土芳香的田地里。也许，就是这份执著，才让他脑洞大开，才思涌动，并开先河，写下了一篇又一篇精彩的学术论文。

翻开王金陵的手稿，他的字体并不娟秀，也不刚劲，但每个字、每个标点符号，都充满了灵性与思考。文章脉络清晰，条理分明，论证严谨。文章有理有据地论述了中国大豆的现状与发展，提出了一个又一个意想不到的假设，并用一个又一个精准的试验数据加以证明，得以实现。所以，我们后人，更喜欢享受这些结果，听豆花开了的声音，品豆子烹熟之后的浓香。

如此这般，有谁会想象到，很多年前，有那么一个学者，他每天都要为这些小小的豆粒，费尽心思，刻苦钻研，并寄托了太多的希望。

1950 年，王金陵撰写论文《干旱情形下大豆萌芽力与种粒大小关系之研究》，从萌芽方面出发，做种粒大小不同的大豆对干旱反应的研究，对大豆籽粒的大小与生态适应的关系做进一步认识，并抛砖引玉，想引起学术界的重视。随后又撰写《大豆收获期试验》，阐述了北方大豆在什么样的形态之下，才是最佳的收割时间。即使在他蒙冤入狱之时，他的思想依然围绕着大豆进行着深度思考，所以，在他走出牢房的那一刻，他的心没有任何委屈，没有吐出任何一句怨言，因为他的身心早已被大豆占据，只要大脑细胞能正常运转，他就会在大豆的世界里，创造出一个又一个奇迹。

如果说一粒种子能引发一个生命的过程，那么一个实验给一位科学家带来的却是一连串的思考。

1951 年，王金陵在《东北农业》杂志上发表《大豆的环境》，从大豆的光期环境、温度环境、水分环境、土壤环境几个方面详细论述了大豆生长的理想环境。1952 年，在《农业学报》上发表论文《东北大豆品种类型的分布》，首次对东北大豆品种性状的地域分布、品种类型进行了详细介绍。1954 年，在《生物学通报》上发表论文《中国大豆》，介绍了中国大豆的基本生产情况及在国民经济中的意义和地位，并从中国大豆的特征特性、栽培技术、生长发育的环境条件等方面进行了详细论述。1955 年，再次用丰腴饱满的笔墨，撰写了论文《大豆根系的初步观察》，严谨细致地论述了大豆根系形态对大豆的增产所具有的重要意义。

三四十岁，是一个人一生中最好的时光，王金陵经历了战争，迎来了和平，在国家和民族需要的时候，他以一个知识青年的勇敢和执著，从南到北，在不同的环境下与大豆为伴，不离不弃，对大豆育种进行细密的剖析和解读，写下一连串的开创先河性的文章，为他在日后主持大豆育种工作、改良中国大豆打下了良好的基础，在他的人生史册上创造了一个又一个第一。

就在王金陵笔耕不辍，经典论文接连不断之时，他的三子王乐凯出生于哈尔滨。

# 2 撰写经典论文

1954 年。北京。春。那个春天，北京的天还很冷，但没有哈尔滨冷，哈尔滨的春天还经常飘着雪，偶尔刮起春风，也要比北京的烈。就在这个春天，王金陵收到邀请，到北京参加"米丘林遗传育种学"讲习班，主讲人是苏联专家伊凡诺夫。

苏联在中国的北部，气温比中国的东北还要冷，土地也比中国的辽阔。新中国成立之后，在各种体制逐步健全之时，能听苏联专家讲解农业知识，对任何一个搞学术的人来说，都是一个非常难得的机会。在遥远的当年，有谁与王金陵同行，已经没有人记得了，但不管他与人同行，还是独自去参加这个学习班，他都会满载着问题归来。

不是笔者比较懂得王金陵，是因为王金陵就是这样一位善于思索的人，就像小时候捉蜂王、学蛙泳一样，所有的好奇，都会引发他无限思考，而且他还要亲自验证，用事实证明正确与否。所以，王金陵没有辜负众望，他回到农学院的第一件事就是找到他的两个助手，南起广东定县（今定州市），北至黑龙江北境黑河，总共收集了 24 个大豆品种，在人工控制的 8 小时、12 小时、13.5 小时、14.5 小时、17 ～ 18 小时、哈尔滨自然光照和不断光照等 7 个光照条件下，进行光照阶段的分析。他做这个实验，目的只有一个，那就是想证明米丘林生物学所指出的关于"生物体与其生活条件以及系统发育与个体发育是统一的"这一论点是否正确。经过仔细观察，王金陵发现，来自低纬度地区的大豆品种具有较强的短光照性，在延长光照的处理下，由于要求短光照的遗传性得不到适当的满足，而延迟了开花成熟，甚至不开花，植株生长高大，而且，地理位置越是向南的大豆品种，此种反应越强烈。而来自高纬度地区的大豆品种，则表现较弱的短光照性，能忍受长光照处理，开花成熟期并不因光照的延长而延迟，植株也不急促增长，地理位置越是向北的大豆品种，此种反应越强烈，以致最北部的大豆品种在不断光照的处理下，开花成熟延迟的表现极为微弱。所以，王金陵通过分析南北地区大豆品种类型光照阶段反应的规律，充分证明了米丘林生物学指出的"生物体与其生活条件以及系统发育与个体发育是统一的"这一论点是正确的。

一篇学术论文的形成，要历经多年的试验、观察与思考，最后才可以成文发表。经过一个周期的试验，王金陵对试验结果进行了仔细剖析，并带着他的助手撰写了一篇极具参考性的论文《中国南北地区大豆光照生态类型的分析》，于1956年发表在《农业学报》上。

这篇论文将中国南北大豆产区，因其重要栽培品种对光照长短的反应，概略分为极早熟、早熟、中早熟、中熟、中迟熟、迟熟、极迟熟七个成熟类型地带，并阐述了在不同纬度的光照条件下及各地区不同栽培制度条件下所形成的品种，在光照阶段方面的特性，以及各品种的此种特性与各地区光照长度条件关系的规律。

这篇文章发表后，立即引起学术界的高度认可，被称为中国大豆生态研究的经典论文，其内容对中国大豆的栽培及育种具有一定的参考和指导性意义。

博观而约取，厚积而薄发。王金陵"一手出品种，一手出论文"的学术思想，让他在大豆育种的领域，迈向了更高远的境界。

1956年，东北农学院农学系增设土地整理专业，1958年土地整理专业从农学系分出成立土地规划系。在农学基础上增设果蔬、植物保护、土壤农化三个专业。并从1956年起，与黑龙江省农业科学研究所（现为黑龙江省农业科学院）开始全面合作，王金陵兼任黑龙江省农业科学研究所作物育种系主任。期间，他将东北农学院大豆杂交后代引到黑龙江省农业科研所，育成了"黑农1号"和"黑农3号"。

# 3 侥幸没当上右派

新中国成立初期，各种政治运动接二连三。1950年"镇反"、1951年"三反"、1952年"五反"、1953年"四清"，1955年"肃反"。王金陵在这些运动中，除了在"镇反"中被特务诬陷，其他运动他都不是主要目标和对象，所以，那段日子，他大部分时间还是用在教学与科研上。因他在农学院民盟工作做得好，很快加入了中国民主同盟，被推举为黑龙江省民盟委员会委员，市政协副主席。

1957年4月，中共中央发布了《关于整风运动的指示》，由中央统战部在各民主党派负责人会上，多次征求意见与批评，对党整风起了些好的作用，各省因而也效仿开展，开始了"大鸣大放"运动。6月人民日报发表了社论《这是为什么》又在全国开始了"反右派斗争"运动。

在黑龙江省开展的助党整风及向党提意见活动，大多是在各大专院校、民主党派，由党领导出面进行。大小鸣放会，面很大，速度很快，发言的范围也比较广，有些群众还将这种提意见活动引入自发的个人小组活动中，把私人一时交谈的与运动有关联性质的言论，也反应到了党组织中来。因此，有的因在会上失言而被定为右派，有的虽然言论没有什么不妥，但因领导对其印象不佳也被划为右派，甚至经一些人反映，还出现了一些"哑巴右派"。

当时农学院也有那么一些人热衷于运动，总是催促一些老知识分子、老教师们去参加会议。王金陵参加的鸣放场所，主要是农学院民盟支部组织的鸣放会、学校召开的发言会及省民盟常委会与市政协召开的提意见会。

王金陵参加的鸣放会很多，但是发言很少。在一次院领导主持的鸣放会上，他被迫发言，他说，党与群众之间确实是有道墙，要拆这道墙，党应主动带领，因为党的声望高，能量大。这是王金陵第一次也是唯一一次鸣放言论，并没有引起多大的注意，但却在"文革"期间，成为一条罪状，被称为"漏网右派"。

在反右派斗争中，哈尔滨市政协也承担了任务。当时王金陵任市政协副主席，在对右派分子、东北农学院畜牧系副教授、省政协委员张某某进行小组批斗时，先开了个预备会，张某某列席。散会后，王金陵与他同行。路上张某某非常哀愁地对王金陵说自己不知从哪方面进行检查。当时王金陵有他的批斗纲要材料，便指出了他要检查的主要地方。王金陵这样做是违反规定的，但他认为张某某跟他相识多年，人也比较好，就给他提供了信息。怎料第二天，在批斗小组会上，张某某却供出了王金陵。他说："王副主席指出我要在以下几点上深入检查。"幸好，当时任小组副组长的林学院一位副教授大声训斥他说："你在哪方面检查，你自己知道！"这样给王金陵解了围，会议才得以平静地开下去。当天晚上，王金陵很是不安，在这样敏感的运动背景下，说不定哪句话会给自己带来意想不到的灾难。

时间过去很快，王金陵并没有因此而受到什么非议、追查。所以，在往后的日子里，王金陵也变得格外小心，谨言慎行。有人说他是在"镇反"运动中被整怕了，不敢说话了，其实，他认为自己该说的都已经说过了，很多话，特别是在这样的运动中，在这样的敏感时期，真的没有必要再说。

王金陵本来就不是本次运动中的重点对象，再加上他管住了自己的嘴，不乱说话，让他再次躲过了一劫，在这次运动中没有受到任何牵连，但他的父亲王恒心却被戴上了右派的帽子，于1958年从教会被"扫地出门"。

从"大鸣大放"到反右派斗争，历经了一年多的时间，这段时间里，王金陵侥幸没有被定为右派，但因各种斗争各种会议，学校内已经很少有人上课了。所以他这段日子里，有时间思考，有时间书写。1958年他在《中国农业》增刊上发表《对东北地区大豆品种工作的意见》，对目前东北地区大豆品种事业的基本情况进行了阐述，对东北地区育种目标、途径分别提出意见，又对农家品种的利用问题、良种选育问题拿出了合理的解决办法，这一年出版了《大豆的遗传与选种》一书。

# 4 "东农1号"

1953年3月，东北农业机械化学院部分教师调入东北农学院。

在农学院创办初期，王金陵虽然把大豆育种工作列为重要的科学研究项目，但对大豆育种的目标和发展方向都很模糊，在相当大的程度上是沿袭伪满时期所采用的育种目标，突出强调了种粒圆形至椭圆形，色黄光亮，脐色淡，百粒重20克左右，成熟期9月23日左右，植株高大繁茂，虫食率低的育种方向。对耐肥不倒、油含量认识不足，对细菌性斑点病没有认识，对机械化收割认识模糊。在这种大豆育种目标的指导下，曾检查鉴定了伪满时期遗留下的百余份大豆育种材料，从中淘汰了不少黑脐类型。

后来，因接触生产实践，发现黑龙江省种植的大豆品种主要是"满仓金""小黄金1号""丰地黄"及一些农家品种，前三个品种是由农家品种系统选择产生的，品种虽然性状水平有所提高，但仍摆脱不了地方品种的局限，茎秆细弱，生育期晚，容易倒伏，而且混杂退化严重，生产水平很低，每亩只收几十斤[①]。王金陵经过大量的生产调查了解到，土地改革之后，随着农民农业生产投入的增加，地力也相对增强，产量却很难提高，农民把"满仓金"称作"蛮伤心"，满怀期望地把种子种下去，收获时不论是产量还是质量都很令人失望，而此时省内已经有很多国营农场实行机械化作业，倒伏和晚熟都是机械化收割的致命伤，随着生产条件的改善，这些品种的缺点也暴露得更加明显。

面对农业的发展与需求，王金陵暗暗发誓，一定要选育出适于黑龙江省农业发展的、适于机械化的、品质优良的、能丰产丰收的大豆新品种！

就是这样一个目标，让王金陵浑身上下都充满了使不完的

---

① 1斤=500g。

力气，他开始注重我国农业生产向机械化集约化发展的方向，以米丘林学说中用高度农业技术去培育育种材料的思想为启发，积极参加大豆专业会，听取会上的交流经验。最后他认为，只有在成熟期适中、植株高大、倒伏轻、主茎发达而又适当分枝，且有无限结荚习性这个生态类型的基础上，进一步要求分枝收敛，才能培育出结荚部位较高、不易炸荚、茎秆成熟后易枯干、种粒大小均匀、种皮韧性强、适合机械化收获、丰产稳产的新品种。于是，他从农家品种原始材料中，筛选了一些秆强、不倒、成熟期适中、籽粒性状又比较优良的大豆单株，进行定向培育选择。这样经过多年试验，最后育成了秆强耐肥、成熟期类似"满仓金"的"东农 1 号"，及比"满仓金"成熟晚 5 ～ 6 天的"东农 50-6581"等品种。

"东农 1 号"的成功育成及广泛推广，对当时刚刚起步的大豆育种来说，无疑是久旱逢甘露，既解决了大豆育种中实际存在的问题，又为当时大豆育种提供了方向和方法，也使王金陵成为中国大豆史上第一个提出农作物为适应机械化而定向育种的第一人！

王金陵认为，育种工作的成败，取决于育种方法的正确与否，而育种方法的采用，是不能任意抄袭引用的，需要根据当地生产品种的改良情况、该作物的生物学特点，以及在一定时间内育种工作进展的可能速度来决定。所以，他决定重新研究与利用新的改良育种方法，一边研究东北地区几个主要大豆产区的大豆生态型特点，从而作为决定育种目标的借鉴，一边就其中合乎当时育种目标要求的优良农家材料进行单株选择。

在 20 世纪 50 年代初，国外的专家批评中国一些农业科研机构掉进了杂交的海洋，但是王金陵顶住了这股压力。为了在较短时间内，育成比生产上原有品种更优良的品种，并充分发挥农家品种原始材料的作用，开始采用一次个体选择法进行育种。同时，王金陵在广泛搜集大豆原始材料的基础上，每年皆配制几十个杂交组合，整理伪满时期留下来的杂交材料，在百余份杂交材料中淘劣选优，经七八年的鉴定比较试验，大都被淘汰，而对余留的几个品系，始终未能肯定其优良性。直至1957年，与黑龙江省农业科学研究所进行合作后，将此等材料于肥力较差的条件下进行区域试验，从中肯定了"哈49-2011"在松花江地区有推广的前途，并定名为"东农2号"。

1957年，王金陵参加了中苏联合黑龙江流域考察团，经过考察，他对黑龙江流域的农业气候区划、地貌特点、土壤区划、土壤肥力、土壤改良、植被、农林业等综合自然资源再次有了了解，提出了合理性改革建议。考察结束后，王金陵回到农学院，在哈尔滨、松花江、合江（今佳木斯市）等地区建立了三十多个试验点，进行区域试验和生产示范。

在建点试验的三年中，王金陵带着他的助手吴和礼、祝其昌跑遍了这三个地区的公社、生产队和国营农场进行技术指导，同社员和农场职工吃住在一起，一起调查、一起鉴评、一起分析、一起整理试验结果，共同撰写论文《大豆杂交后代定向选择的效果》，将东北农学院近年来的大豆杂交后代的选择结果和选择方法进行了详细的阐述。这篇论文为混合个体选择法的提出奠定了基础。

# 5 "东农4号"

20世纪60年代初，国际上对作物高产的研究很多，大豆高产研究得也比较多，以美国和日本为代表，美国提出降低茎秆高度，日本提出提高收获指数[1]。美国提出降低茎秆高度，是为了增加茎秆的强度，防止倒伏，如果倒伏了，落花落荚，种子产量就降低了。日本提出提高收获指数是指在豆子割下来的时候，叶子落了，根也没了，就剩下茎秆和豆荚了，那么种子所占重量份额越高，则收获指数越大。

---

[1] 收获指数，也称作物的经济系数，是指作物籽粒、糖或纤维等的收获量与净干物质总量的比值。

但是王金陵认为，我国大豆生产能力比较差，国土资源质量也很差，除了黑龙江拥有全国最好的黑土地之外，其他地方不是干旱就是地薄，都不利于作物高产。要促进我国农业整体发展，除了培育适合黑龙江省黑土地的新品种之外，还要培育出适合其他土地生产的新品种。而这些品种，不仅仅是为了优质，有适合的成熟期，更需要高产丰收，给国家和人民带来一定的经济效益。

在这个大布局、大思想的指引下，王金陵提出了"高大繁茂、直立不倒、高产、优质"育种思想，这个思想形成了一个育种方向，一直到现在国内外都普遍认为这是符合实际的解决问题的方向。

新中国成立后，随着中国经济的复苏，农业机械化已经应用到农业生产之中，因大豆植株底荚太矮而不适合机械收割，如果用机械收割至少会损失百分之十。为此，王金陵想，如果让机械收割大豆，必须要培育出一种能适合机械生产的大豆品种来。只有这样才能跟上时代的脚步，实现农业科技现代化。于是他通过在田间处理选拔杂交后代中的观察，以及在文献中得到的启发，认识到要想让大豆适合农业机械化，首先要解决大豆植株底荚的问题，要把大豆荚部尺寸提升 10 厘米，而且在进行大豆选择时，除了应注意种粒性状要合乎要求、成熟期适中、秆强不倒外，更应强调植株高大、主茎发达多荚的特点，因为只有这样才适合机械化，达到高产丰产的目的。

对于荚部的高低，王金陵最开始不是很清楚，只限于一般要求，后经过系统专题分析，认识到大豆结荚的高低不能作为选择的先决条件，应在成熟期中，植株高大不倒伏、产量较高的基础上，再提出此要求，否则一些低产晚熟的类型将被入选。同时，王金陵还提出把大豆油分和抗细菌性斑点病也列入育种目标。在这种目标的指导下，王金陵对大豆杂交后代进行定向的培育选择，育成了二十多个优良大豆杂交品系，这些品系，均表现为植株高大、不倒伏、主茎发达、结荚多、种粒性状优良等特点。

在大豆杂交育种过程中，王金陵带着助手做了很多杂交组合，并对杂交后代进行了精心培育，观察选择。大豆花朵很小，着位较低，人工杂交困难，有时得借助放大镜，同时还要注意掌握父母本的花期相遇等，工作相当细致和劳累，但王金陵仔细认真地对全部杂种世代材料进行精心种植管理，仔细观察记载，认真调查分析，而后淘劣选优。

随着世代递增，后代群体越来越大，王金陵只好把试验转到院属香坊试验农场继续进行。每年从播种、田间管理到收获决选，经常顶风冒雨，从上千个株行，上万个单株中根据育种的目标进行综合选择，再把最拔尖的几十个株系进行产量比较和适应性鉴定，经过长达十年的艰难拼搏，最终从以"满仓金"为母本、"紫花4号"为父本的杂交后代中选育出大豆的新品种——"东农4号"！

"东农4号"，打破了机械适应农艺的传统，使王金陵成为第一个提出农艺适应机械化的人。

"东农4号"，以成熟期早、主茎发达、喜肥、抗倒伏、结荚密、丰产、优质、底荚高、适合机械化栽培及合理密植，符合黑龙江省当时土壤肥力及机械化程度不断提高的要求，深受广大农民和国营农场的欢迎。

"东农4号"，从1959年开始，在松花江地区、哈尔滨及合江地区广袤平原上迅速推广，并由国家指定为大量生产的出口产品。截止到1965年，累计推广面积高达6000多万亩，增产大豆折合产值2亿多元人民币。

"东农4号"，是新中国成立后第一个杂交育成的大豆品种，不仅对当时的大豆增产起到了重要促进作用，在外贸市场享有很高的声誉，还使沉寂多年的中国大豆界出现了"翻天覆地"的变化，成为黑龙江省大豆杂交育种的里程碑，并为大豆育种的未来指明了方向。

# 6 出版专著

哈尔滨被王金陵称作"冰国"，他曾怀揣梦想，在这里开展他的大豆事业，所以他放弃了很多来到了这里，这里的土地并没有辜负他，而是给他带来了更多的思考。他很迷恋这里的黑土地，也很迷恋那些神奇的富有生命的大豆种子，这些种子给他带来了太多的好奇，这些好奇让他的试验变得丰富并具有开拓性意义，也让他在解开这些秘密的同时，为自然科学、为中国大豆创造了一个又一个奇迹。

王金陵喜欢大自然就像喜欢他的生命。他喜欢南北的地理差异，喜欢不同区域不同时节的气候变化，更喜欢那些金黄色的种子。他喜欢把那些精心挑选的种子种在泥土里，观察它们个性的差异，从中判断它们需要什么。然而更多的是他在那些种子上赋予了自己的思想，让它们按照自己的想法而生根发芽、开花结果，他更喜欢看那些种子乖乖地按照他的思想逻辑去生长，所以，在某些人眼里，早已把他看成了魔术师，只有魔术师才能让那些具有五千年历史的大豆，增产增收，为民所需。

王金陵在家里有自己的书房，书房不太大，但足以满足他书写的愿望，让他在工作之余，下班之后，在灯下思考，在纸上书写。可能是因为他过于需要把思想变成文字，这些文字就像一粒粒金黄色的豆子，在白色的稿纸上不停地跳跃着，激励着他对大豆更深层的理解和思考，直至他把一篇篇经典的论文或把一本具有先知性的学术书稿完成，那些带着王金陵思想的文字才会安静下来，等待出版社把它们敲打成铅字，错落成一篇篇精美的文章。

其实，说王金陵的文章精美不是很准确，因为他的文章更多的是学术、是思想，笔者之所以说之精美，是因为那些逻辑严谨、思维缜密的文字，所表达和阐述的不仅仅是王金陵的思想，更是一位学者对一项科研成果的努力和付出，那些用尺子和手摇计算机计算出来的数字，更是这位大豆育种家留给世人的最有价值的数字参考，所以，我们称之精美，绝不为过。

王金陵在那间不太大的书房里，总结多年来的试验成果，针对南北地理气候的差异，写下了他人生中第一部学术著作《大豆的遗传与选种》。这部书以大豆品种的改良及良种繁育为中心，共分七个章节，分别讲述了大豆的性状与孟德尔遗传方式、大豆的进化与分类、大豆的生态地理分布、中国大豆育种问题、大豆的混合选种与系统选种、大豆的杂交育种和大豆的良种繁育。这部书理论上进行了详细论述，技术上进行了详细讲解，引用的数据多数是总结东北各研究所、场站、院校的育种成果。

1958 年，这部书由科学出版社出版，全国发行之后，立即引起国内外学术界的轰动，被称为国内在大豆育种专业领域中第一部权威性著作。这部书极具参考价值，不仅成为全国各地育种工作者及农业院校教学工作的参考书籍，里面的内容更是经常被国内外学者引用。

然而这本书给王金陵带来的，除了荣耀，更多的是思考，他要在自己的有生之年，用自己的全部能量去攻克难关，培育出人民需要、国家需要、世界需要的优良大豆。

# 7 向农学院建校十周年献礼

十年一秩风和雨，金豆情思系百年。东北农学院从"红楼"搬到王兆屯，又从王兆屯搬到飞机大楼，已是风风雨雨度过了十个春秋。在这十年里，王金陵目睹了东北农学院从无到有、从小到大的扩建过程，身在其中，为之努力，在校园里，四处留有他奋斗的身影。他曾感动于老院长刘成栋对他的信任，也感动于哈尔滨冰天雪地给他带来的思考。他喜欢在书房里秉烛夜读，喜欢站在窗前看风、看雨、看霜、看雪，更喜欢看在夜里陪他读书写作的那轮或圆或缺的银月。

东农的十年是王金陵人生中最美好的十年，在这十年里，他把家安置在了冰雪的童话世界里，并拥有三子一女，天伦美满，和谐幸福。在这十年里，他创建了东北农学院的农艺系，把自己的心得体会毫无保留地留给了他的学生；在这十年里，他挥洒青春，饱蘸激情，撰写了一篇又一篇经典学术论文，在中国大豆育种的研究领域，开创先河，独树旗帜，创造了一个又一个第一次，给国家、给世界、给人类都留下了非常宝贵的物质财富。

然而，转眼之间，这所陪伴王金陵工作和生活的学校，已经走了十个春秋，值此佳日，他想为之献上一份贺礼，把他在这十年里对大豆育种工作的认识、想法、结果都整理打包成文，献给东北农学院。

在十年院庆的报告上，王金陵以一篇《东北农学院科学研究报告》为主题，从十年来的育种目标、育种方法、育种成果几个方面对大豆育种工作进行了总结并提出了新的发展目标和研究方向。

在这十年里，经王金陵亲手培育的大豆新品种有 4 个，它们分别是"东农 1 号""东农 2 号""东农 50-6581""集体 5 号"（原名哈农 5 号、哈农 2001）。

"东农 1 号"，是 1949 年自原始材料农家品种龙江小粒黄中进行选拔，并以一次个体选择法育成。1957 年与黑龙江省农业科学院合作鉴定决选。紫花灰毛、无限结荚习性、种粒扁椭圆形、种皮色淡黄、脐无色、百粒重 20 克左右、成熟期比"满仓金"早 3 ～ 5 天、分枝性特别强。具有茎秆坚强不倒伏、耐肥喜水，在肥大水勤的条件下，生长高大，产量亦高的显著特点，因而特别适合黑龙江省肥沃低湿地区，以及黑龙江省中部部分地区。至 1959 年已种植 3000 余垧[1]。

"东农 2 号"，育种番号哈 49-2011，是伪满时期哈尔滨农事试验场以"满仓金"为母本、"紫花 3 号"为父本，所得的杂交后代，接受当时为 $F_6$ 世代。1949 年于东北农学院进入选种圃进行试验，以后经过逐年的鉴定比较育成，1957 年与黑龙江省农业科学研究所合作鉴定决选。具有白花灰毛、无限结荚习性、比"满仓金"早 2 ～ 3 天、秆较强、分枝多、结荚密、较繁茂、

---

① 1 垧 =10 000m²。

虫口小、粒较小、适于肥力中等土地，当时在松花江、合江地区推广。

"东农 50-6581"，是 1949 年在农学院本院，从哈尔滨香坊农场附近农田中选拔单株，用一次个体选择法育成，具有白花灰毛、无限结荚习性、植株高大、不易倒伏、种粒大而美观、丰产稳定、成熟期比"满仓金"晚 5～6 天，适于吉林省北部地区种植，在榆树县比"小金黄 1 号"早熟 5 天左右，在吉林中北部榆树县一带大量种植。

集体 5 号，原名哈农 5 号、哈农 2001 号，伪满时期哈尔滨农事试验场残存的 5 个定型杂交材料之一（1949 年为 $F_{12}$）。母本为"海伦金元"、父本为"黄大 102"。1949 年以后，经在农学院本院继续进行鉴定比较，在哈尔滨试验 3 年，结果表明，凡秋霜较晚年份，产量超出"满仓金"，但一般年份，因晚熟而易受霜害。具有白花灰毛、无限结荚习性、成熟期比"满仓金"晚 7～8 天、秆强不倒、种粒椭圆形、脐色淡褐、外形美观、虫食略高的特点。后在吉林省农事试验站及东北农业科学研究所试验，在吉林中部地区表现优良，决定在该地区推广，定名为"集体 5 号"。

一次报告，一次总结，一个发展目标。王金陵就是这样一个认准一个目标就会坚持到底的人，他也经常对他的学生讲："搞育种不能三心二意，要'一条道跑到黑'，才能从中体会到育种工作给我们带来的无限思考，才能从中领悟到育种工作的真谛。"

# 8 量步定产

1960 年，东北农学院在哈尔滨香坊区建立了实验农场，在哈尔滨王兆屯建立了实验林场、农业实验场、校内牧场。

农艺系的本科毕业生吴宗璞毕业后留校，做耕作教研室副主任秦嘉熹的助教。当时秦嘉熹有六块地，其中一块是大豆，吴宗璞种的是"东农4号"。

那年夏天的一个星期天，王金陵到试验场去看大豆的生长情况，看见正在地里工作的吴宗璞，就走过去跟他聊起了大豆。当时吴宗璞看着"东农4号"长势特别好，繁茂整齐，就问王金陵："王老师您看'东农4号'长得怎样？"王金陵看了看说："不错。"吴宗璞得到王金陵的肯定后非常欣喜，接着问："亩产能达到多少？"王金陵在地周围走了一圈，又在地中间走了两个来回，然后对吴宗璞说："能超过四百斤。"当时吴宗璞感觉很好奇，不知王金陵是怎样算出来的，于是暗暗地记住了这个数字，想在收割之后与之对比。让他没想到的是，秋收时，这块地的亩产430斤。从此，吴宗璞打心眼里敬佩王金陵。

王金陵回答完吴宗璞的问题，便带着他去看助手祝其昌负责的大豆育种地。王金陵带着吴宗璞走了两圈，然后问他："你看到了什么？"吴宗璞看着豆田毫不犹疑地回答："我看见这里的大豆绿油油的，长势特别好。"王金陵听后笑了，然后继续问："你还看见了什么？"吴宗璞这回没有敢轻易地回答，而是又仔细地看了看豆田，然后还是充满自信地回答："我看见了这里面的大豆有高有矮，有早熟和晚熟，还有圆叶和长叶，白花和紫花。"王金陵听后耐心地对他讲："作为一个科研工作者，最重要的是敏锐的观察力，要善于发现微小的差异。"

那天，王金陵带着吴宗璞一边看大豆，一边给他讲解，他说："我们搞大豆要动脑，要分析这些细小的变异，对这些变异要多提出几个问号，多问问为什么，然后找到是内在的原因还是外在环境的影响。"王金陵对吴宗璞讲的这些，是在课堂上学不到的，但也正是这些话，让初出茅庐的吴宗璞从此爱上了大豆，而且把他的这句话作为终生的座右铭，时刻提醒自己，做大豆研究时，一定要具有敏锐的观察力，要分析细微的变异，还要分析这些变异是内在的原因还是外在环境影响下产生的。

1960年参加讷河县农民育种家座谈会（前排左五）

1960年吉林省农科院全国大豆科学研究会议全体参会人员合影（前排左五）

王金陵这句话让吴宗璞受益终生，在日后的科研工作中，吴宗璞始终坚持仔细观察，多提问题，成为东北农业大学的教授、大豆研究室副主任、中国大豆遗传育种专家，荣获国家科技进步奖三等奖 2 项，国家首届农业博览会奖 1 项，农业部科技进步奖二等奖 2 项，国家教委科技进步奖二等奖 1 项，省自然科学优秀学术论文一等奖 1 项。参编著作《大豆遗传育种学》1 部，参与主编著作《中国东北大豆》1 部。

王金陵用现场教学的方式，不知带出了多少个学生，培养了多少农业方面的专家，他虽然是农学院最年轻的一个系主任、教授，但他从来不摆架子，不管是不是他的学生，只要在他身边，只要向他请教，他都会将自己的学识、体会和心得毫无保留地教给他们，所以不论他的学生，还是他的同事，都得到过他的支持和帮助。

好多人好奇王金陵为什么能不用仪器就可以判断大豆田的产量，总想找个机会考考他。一次，在他带学生去试验田参观时，有人故意挡住试验田的展示牌，问他这块试验田的产量会有多少，王金陵看了看，一两分钟后回答出一个数字，那个遮挡展示牌的人从展示牌前移开之后，大家一看，王金陵所说的数字与展示牌上的数字只差小数点后面的一位数。立时，大家向他投出赞许的目光并报以热烈掌声。

# 9 首次招收研究生

1962 年，东北农学院首次面向社会招收研究生。学校秉着宁缺毋滥的原则，提前设置了一个标准，达到标准的人才可以被录取，如果达不到标准，就一个都不录取。当时农学院的研究生不是谁都可以报考的，是经过所在系推荐、学院批准才有资格参加的，学院通过审核在考前公布报考人员名单。这样，通过考试，本校农学系农学专业常汝镇和杨庆凯以最好的成绩被录取为王金陵的研究生。

常汝镇是 1958 年考入东北农学院的，在大三实习课程时，开始在大豆育种试验地里做大豆研究工作，负责育种场圃里材料生育期观察，经过对大豆不同阶段的观察，常汝镇对大豆产生了浓厚的兴趣。在大四时，王金陵给他一批种子，让他到五常县周家公社实习。常汝镇到了周家公社，公社给他一大块地，这块地偏长，呈不规则形。这对还没有毕业，平时都是在试验场里，接触的试验土地面积小、数量少、地域状况也比较简单的学生来说，当面对实际生产时，遇到地域面积大、不规则的情况，就不知道如何设计品种的排列了。所以，常汝镇只好写信给王金陵。王金陵接到信后，立即给他回信，并给他画了一幅图，教他这些品种在这样不规则的田间应该怎样配置。这样，常汝镇在周家公社完成了试验，回来撰写了毕业论文《东农大豆品种区域试验报告》。

1958 年农学院曾设有一个研究生班，有一批同学作为研究生被录取，在一个教室里上公共课，然后，分别由不同的老师带着做毕业论文。常汝镇本科毕业后直接报考了王金陵的研究生，那时才真正开始导师直接面对学生指导。所以，这批研究生，是东北农学院比较早、比较正规的研究生。

常汝镇和杨庆凯被录取后，王金陵给他们安排两门课程，一门是学英语，一门是重修植物学。为什么要学英语呢，因为常汝镇和杨庆凯都是学俄语的，在新中国成立初期，国家曾提出一切向苏联老大哥学习的口号，所以那时的学生不学英语学俄语。当时关于大豆的资料，美国文献非常丰富，苏联文献非常少。要想研究大豆育种，首先要能看懂英文文献，所以王金陵安排常汝镇和杨庆凯学习英语。

王金陵在外语教研室给常汝镇和杨庆凯请来一位英语教师，用北京大学的第二外语教材，给他们讲最基本的语法。语法学完之后，王金陵把恩师王绶教授送给他的一本关于美国大豆生产的小册子拿出来，单独给他们两人上课。王金陵坐在中间，一边是常汝镇，一边是杨庆凯，王金陵念一句，他们两个跟着念一句。念熟了再辅导他们区分主谓语，分析句子句型，等他们把这个小册子学得差不多了，就给他们开了一个参考文献的书单，让他们去查文献，阅读 *Crop Science*、*Journal of Agronomy* 两本杂志上的文章。

为什么要重修植物学呢？在他们考研时，王金陵给他们出了一道题：青皮青子叶和黄皮黄子叶大豆杂交，$F_1$ 代收获的种子种皮颜色和子叶颜色的比例是多少？结果他们都回答是青皮青子叶。而正确的答案应该是三个青子叶比上一个黄子叶。因为子叶已经是 $F_2$ 代的个体了，已经分离了。王金陵通过这道题，认为他们的基础课普遍不扎实，所以才让他们回炉改造，重新学习。

常汝镇与杨庆凯 1958 年考入东北农学院，当时正赶上"大跃进"，在大二时就去香坊农场干活了，基本上没怎么上课，基础课也非常不扎实。当二人考上研究生之后，王金陵从南京农学院要来一套植物学教材，共三本，采取自学的方法，由植物教研组的主任王馥兰老师作指导，让他们在规定的时间内学完，并亲自考核，考核过关之后分别给他们每人一个论文题目，让他们开始论文试验。

王金陵带研究生，跟带自己孩子一样。当时，农学院只有六名研究生，另外四名研究生，两名在农机系，由系主任吴克周亲自带，两名在畜牧兽医系，由系主任黄祝封亲自带。3 个系主任 6 个研究生，在当时也算是东北农学院的一段佳话。因研究生比较少，所以他们可以一起活动，可以到教师阅览室去看书。除此之外，农学院的政治学习和讨论都很多，王金陵就让常汝镇、杨庆凯和遗传育种教研室的老师一起学习、一起讨论。

# 10 一手出品种，一手出论文

当育种工作在脱离实际生产需要的情况下进行时，必然会一事无成，因为大豆育种工作本身，是直接为实际生产服务的科学。

从 1948 年转聘到东北农学院以来，王金陵一直重视生产上所需要的新品种的育种工作，重视发挥农家品种和伪满时期遗留下来的材料作用，并将全部伪满时期遗留下来的大豆育种材料集中到农学院继续进行试验。1949 年因为没有足够的从生产要求出发，没有考虑杂交亲本的选配，进行了"满仓金"与半野生大豆的杂交组配，结果这些组合在育成新品种方面未起到任何作用。之后，他曾对克霜与极早生青白豆的杂交后代，进行了多年培育选择，但也因没有从生产要求出发定向培育选择这个组合的后代，只是好奇地向极早熟方向去选择，所以除了获得几个成熟期早的类型作为原始材料外，并没有为黑龙江省中北部地区选育出适合的品种来。从 1950 年起，王金陵把大豆育种工作放在了结合当地生产实践上，所以育成了一批适合于生产需要的新品种。

也许就是这些经验，让王金陵在大豆育种工作中，始终从当时生产需要出发去研究关于大豆育种试验的各种问题。随着对实际生产认识的逐渐深入，大豆育种工作的内容也逐渐丰富起来。首先他对番号制度、种植计划、记载方法格式和年度总结都进行了规范，制定了一定的工作制度，因为只有工作制度严谨周密，才能及时记载对育种材料所做的多年培育选择与鉴定结果，从而提高记录的真实性和可靠性。因此，王金陵在培养学生时，重点强调育种工作者要"理论联系实践"，要"试验与生产相结合"，要"一手出品种，一手出论文"。

1957 年，王金陵带着助手吴和礼、祝其昌撰写《大豆杂交后代定向选择的效果》，为混合个体选择法的提出奠定了基础。1960 年，他又带着祝其昌、孟庆喜共同撰写《混合个体选择法在大豆杂交育种中的应用》，验证了混合个体选择法的可行性。

三年时间，两篇论文，一个结果。然而这个结果，不知来自多少次观察、记录、对比、挑选、鉴别和期待，这其中的辛苦，不去言说我们也能感觉得到，不论哪一篇论文的诞生，都是针对一个课题的探索，理论与实践相结合的过程。

在王金陵"一手出品种，一手出论文"教学思想的基础上，1960 年到 1966 年，短短几年内，王金陵带领着他的助手和他的学生们培育了"东农 5 号""东农 8 号"，撰写了《大豆的生态类型与大豆的栽培和育种》《大豆的进化与其分类栽培及育种的关系》《哈尔滨田间条件对大豆主要生态性状形成效果的初步研究》《大豆农艺性状的遗传传递规律与大豆的杂交育种》《大豆生育期遗传的初步研究》《大豆杂交材料世代间数种主要性状变异性差别的初步研究》《混合选择与系谱选择对大豆杂交材料定向选择效果比较的研究》《大豆丰产与适于机械化收获的育种问题》《从黑龙江省大豆生产上品种的变化谈谈大豆育种的几个问题》《东农 4 号大豆的选育》等多篇具有一定参考价值和社会价值的学术文章。

# *11* 科研、生产、教学三结合

有一种脚步，叫作前行；有一种思考，叫作梦想。王金陵在灯光下思考，在大地上作文，把中国上下五千年的耕作与育种，植入问题，展开论述，用几把尺子，一台手摇计算器，洞察秋毫，设定目标，让那些野生的古菽，农家的粮食，通过他年复一年的试验，最终被培育成适合黑龙江省、吉林省广大区域种植的丰产丰收的新品种。这些新品种，让王金陵的思想在黑龙江这片肥沃的土地上插上了翅膀，实现了他科学兴国的伟大理想，也正是这些新品种，给他带了一生的荣誉与更多的思考。

1963 年 2 月，哈尔滨正值隆冬岁月，风雪飘过，银装素裹，山川田野，分外妖娆。而北京城内，冬阳送暖，笔墨飘香。此时，中共中央和国务院联合召开全国农业科学技术工作会议正在愉悦和谐的气氛中热烈进行，东北农学院院长刘德本、农学系主任王金陵、农学系副主任何万云等代表东北农学院列席参加。本次会议，代表们共同制定了国家未来十年农业发展规划，国家领导人，中共中央主席毛泽东、国务院总理周恩来参加了会议，并接见了前来参会的代表。东北农学院的三位代表均被接见。

在本次会议中，周恩来总理提出，在全国开展农业科学实验工作，搞好全国十块农业样板田，黑龙江呼兰县康金井被列为十块样板田之一。会后，黑龙江省政府根据会议要求，决定在黑龙江省巴彦县兴隆镇设立一块样板田，并设四个点，分别是森林、东旭、富源和中兴四个大队。由东北农学院、省农科学院、省农业厅的专家组成科技组，参加样板田的新技术推广工作，并任命王金陵为科技专家组组长。专家组的设立，对推广玉米杂交种、大豆和小麦的高产栽培技术和贯彻农业"八字宪法"等起到推动作用，对农业科技人员了解农村的需要也起到了至关重要的作用。

王金陵对农业新技术的试验与推广非常重视，他经常亲自到样板田去看大豆的生长情况。那时，农村的生活条件非常不好，住宿和卫生条件也非常差，但王金陵到了那里就跟在那里插队的老师打成一片，一起睡农家的大炕，一起吃农家的饭菜，不管条件多艰苦，他都会开心地跟大家工作、生活在一起，从来不以专家的身份请求特殊照顾。

王金陵的教学思想是"一手出品种，一手出论文"。也就是既要理论联系实际，又要解决生产问题。他认为，不论在农业院校，还是在农业科研部门，但凡是做与农业有关的科学研究，最终目的是为农业生产服务，离开这个就等于无源之水，无本之木。所以，他一直想带着学生去各个样板田学习，但因工作繁忙而不能前往，所以他就安排常汝镇与杨庆凯到巴彦县的一个公社进行学习。当时正值春播之际，王金陵对他们说："你们去吧，正好要播小麦，你们去看看，帮他们做点事情。"

常汝镇和杨庆凯到巴彦以后，帮助生产队进行了小麦温汤浸种，目的是防治黑穗病。后来，王金陵又安排他们去了两个大豆的主要产区。向北，从哈尔滨出发到佳木斯合江农科所，

1963年哈尔滨新香坊试验农场检查大豆出苗情况

然后到黑龙江省农垦红兴隆管理局下面的几个农场，到密山黑龙江八一农垦大学，再从牡丹江农科所转回来。向西，从齐齐哈尔到克山，再到北安，然后回到哈尔滨。王金陵安排他们去基层参观学习，要求他们每走一个点，都要认真记载数据，回来后根据这些数据撰写论文。

通过试验样板田进行新科技的推广工作，王金陵对育种工作又有了新的认识。他在《东北农学院农学系遗传育种教研组解放以来作物育种工作的经验和体会》中指出，作物育种工作，应当以当地的生产任务来带动学科，育种工作必须紧密地围绕当地的生产需要进行。

首先要有明确的育种目标，并把这个目标与生产实际情况反复对照并不断修正。在设置育种场圃时，育种场圃的耕作栽培水平及条件，应切合所育成品种在今后推广地区的耕作栽培水平及条件。因为，育种场圃的条件不论对育种材料的定向选择，还是使特定遗传型充分地表现出来，其结果都是产生具有特定生态特点的类型。

其次要保持工作的连续性，避免突击性无效工作，因为当原有工作有了发展，在材料、方法甚至方向需要改变时，没有工作总结与经验基础，会给育种工作带来很大的损失。要做好原始材料管理工作，因为原始材料是育种工作的基础，过去需要原始材料时，往往是写信到苏联或东欧一些国家去要，而在国内就不知道如何叩门。所以大家应从国家的角度去思考，把各自手中拥有的原始材料都拿出来，交由专人统一管理，并制定相关的管理制度。

另外育种工作者在进行育种时，应有计划开展专题性的基础研究工作，做到"一手出品种，一手出论文"。因为只有进行专题研究的育种工作者，才能在育种工作质量上有所提高，才能把育种工作，从只依据一般的经验，提高到理论认识的水平上来。同时，也只有育种工作者亲自去进行有关育种问题的专题研究，才能解决育种工作上迫切需要解决的问题，才能切合育种实践的需要。

王金陵还重点提出，高等院校必须有计划开展作物育种工作，因为开展育种工作，不但能发挥教师在这方面的作用，配合农业科学研究机关为生产提供优良新品种，而且更能充实教学内容，提高教学质量，学生能真刀实枪地学习作物育种学，教学实习、课程论文、毕业论文等教学环节也会因有了材料与科学研究基础而开展起来，不但可以充实、提高教师的业务，教学内容也会因结合生产实践而生动深入。

# 第六章　铅色岁月

1966年，一场由广大群众参与的，长达十年之久的浩劫式运动"文化大革命"就像一场风暴一夜之间席卷了整个中国。砸烂一切，脱胎换骨，类似这样的词汇铺天盖地而来，满大街都是大字报，一层一层，四处皆是。本来应该在校园里读书的学生，在车间里工作的工人，安分守己过日子的人民群众，都忽然间躁动起来，他们成为这次运动的主力军，战斗在各个城市，散落在各个角落，寻找着斗争的对象。

# *1* 被扣上"反动学术权威"的帽子

1966 年，一场由广大群众参与的，长达十年之久的浩劫式运动"文化大革命"就像一场风暴一夜之间席卷了整个中国。砸烂一切，脱胎换骨，类似这样的词汇铺天盖地而来，满大街都是大字报，一层一层，四处皆是。本来应该在校园里读书的学生，在车间里工作的工人，安分守己过日子的人民群众，都忽然间躁动起来，他们成为这次运动的主力军，战斗在各个城市，散落在各个角落，寻找着斗争的对象。而这次被斗争的主要对象是那些历经战火的老领导老干部，或是才华横溢的老知识分子。一夜之间，城市变得热闹起来，那些本该是书声琅琅的校园，一下子变成了斗争的会所。学生考（考查）教授，下属斗上司，工人斗干部……忽来的风暴，让那些被斗争的人，不知所措，无可奈何。

东北农学院也不例外，头一天还好好的办公室和教室，第二天一大早被打上封条强行关闭。王金陵精心建设起来的实验室和多年积攒下来的实验仪器、标本、材料、文献、书籍和他的读书卡片，也在一夜之间被洗劫一空。

这次运动，王金陵没有像 1957 年反右派运动那么幸运。一位本系的学生写了一张大字报，指责批判了他在 1950 年冤案中"不爱国"罪行，因此，他也跟许多专家学者一样受到了隔离审查。

在一次全校召开的"忆苦思甜会"上，大家在吃忆苦思甜饭，突然有个学生站起来说："都是你们这些教授，让我们吃苦受穷！"这句话话音一落，立即激起学生们的群情激愤，开始对在场的教授拳打脚踢，进行人身攻击。王金陵当时被一个学生打得眼睛发紫，脸颊淤青。等他回到家里，家人都心疼地看着他，他却满脸笑容地说："我被一群素不相识的造反派把怒气发泄到脸上了，不过，我还是最轻的。"

"文革"第二年，王金陵被扣上了"反动学术权威"的帽子赶进了牛棚，开始被专政的生活。有一天，王金陵在造反派的命令下，用硬纸壳做了一顶大大、尖尖的帽子，帽子上用黑色墨水写上自己的名字，再用蘸满红墨水的毛笔在名字上重重地划了个"×"。王金陵是一位书生，一位学者，一位知识分子，他的思想里除了学术，几乎没有什么其他，他对领导和老师都非常友善，对家人也非常关爱、温暖，如今灾难来临，他不知未来如何，更不知自己会不会像"镇反"时备受冤屈的侮辱和折磨。所以，他画这个"×"时，用尽了所有的力气，把一腔愤怨都倾泻于此。如此之举也只不过是怒发冲冠，敢怒而不能言罢了。

"文革"时期，邻舍相疑，亲友相惑，是是非非，凌凌乱乱。王金陵本来就是一个温善的人，被扣上大帽子之后，更是小心谨慎，不乱言论。他之所以不多言，不是因为怕，而是觉得没有必要，因为他知道，不论自己说什么都是对牛弹琴，就算是自己真的多说那么几句，也不会起到任何制止的作用，反而会惹来更多的莫名其妙的灾难。

不久，农学系几个学生造反派在一名老师的带领下来到王金陵家里，找王金陵的四个孩子座谈，督促他们揭发王金陵的"罪行"。而几个孩子什么都不说，那个老师只好悻悻地带着造反派走了。可第二天，又有一伙人破门而入，抄走了王金陵所有的教学科研笔记、资料卡片和书籍，还有他在苏联考察时少先队员向他献花的大幅合影相片，马可送给他的《毛泽东文选》，他在各种科技活动中的奖章，生启新和孩子们的一些衣物和银行存折。幸存下来的只有他为儿女们精心购置，鼓励他们积极参加文体项目的工具，如冰球刀、花样冰刀、手风琴等。

# 2 你这老头"贼心不死"

1968 年，"文革"进入"斗、批、改"阶段，东北农学院也因一句"农业大学办在城市里不是见鬼了吗？"而被迫搬出哈尔滨，到佳木斯附近的一个劳改农场——香兰农场进行"现场教学"，并改名为"黑龙江五七农业大学"。王金陵作为"反面教员"被关进了香兰农场的牛棚，强迫做力所不能及的体力劳动。

北方的冬天，彻骨寒冷，特别是腊月，零下 37℃ 到零下 38℃ 属于正常温度，一旦寒冷袭来，温度经常会降至零下 40℃。因为本次运动的性质，农场的工人都去城里"斗、批、改"去了，玉米割倒堆在雪地里，一堆儿一堆儿跟小山似的。就在那年冬天，王金陵与其他被"专政"教授一起被安排到农场雪地里掰玉米，就是把那些堆在雪地里的玉米从玉米秆上掰下来，再搬运到指定的地方。北风呼啸，雪花飞扬。白天在雪地里掰完玉米，这些教授们都冻得僵了，好不容易等到太阳下山，步履迟缓地回到牛棚，可牛棚里没有生火，没有防寒措施，遮住了风，却挡不住寒。一天的劳碌早已经让大家疲惫不堪，吃过简单的晚饭之后，便都倒头睡去了。第二天早上醒来，手攥成拳头，自己张不开，要一个手指一个手指地掰开，进行反复按摩，才能伸展。

被专政的教授们被称作"牛鬼蛇神"。每天由造反派看着，排队去农场干活。有一天在掰玉米回来的路上，王金陵看见路边有一棵植株高大的大豆，就偷偷地离开了队伍，把那棵大豆捡起来，带回了牛棚。可一进牛棚，一位七〇届没有毕业的学生造反派就发话了，他说："你们今天受累了，早点休息，晚上你们还要到场院去脱谷。"大家刚要散去，造反派问："你们今天到底表现怎样啊？"大家站定，谁也不回答，不知是否话中有话。见大家都不说话，造反派又问："你们都不说是吧，那我问你们，你们当中有没有表现不好的？"大家互相看看，还是没有人回答。造反派再问："你们当中是不是谁捡到了什么东西？"大家都低下头。造反派急了，大声呵斥："王金陵你站出来！"王金陵只好站到队伍的前面，那个造反派再次厉声问道："王金陵，你说说你拿什么回来的？"王金陵回答说："我拿回一颗豆子。"造反派愤怒地责骂王金陵："我看你这老头'贼心不死'，'一条道跑到黑'！不想好好改造，还想研究你的大豆！"为此，造反派专门开了一次批斗会，对王金陵进行了狠狠的批斗。在批斗会上，造反派斥责王金陵说："你这种人还配得上当人大代表？"王金陵正气凛然地回答："我十分珍惜人民给我的荣誉！"

王金陵被关进牛棚之后，原来学校分给他的三屋一厨一厕的住房被强行收回，并强行让他们搬往香兰农场。但因此时，王金陵的女儿王乐恩患上了风湿性冠心病，急需在哈尔滨治疗和修养，在生启新多方请求和苦苦哀求之下，才保留了一间二十平方米左右的房间。其他两个房屋不久便入住了两户人家，这样三户共用一个厨房、一个卫生间，轮换做饭，排队如厕。生启新带着两个允许留城的孩子生活在拥挤的二十多平方米的小屋里。

家被抄，办公室被封，试验场被毁，工资被停。那段日子，是铅色的日子，让人精神萎靡，心情压抑。生启新为解燃眉之急，把被抄家后幸存下来的王金陵精心为儿女们购置的冰球刀、花样冰刀、手风琴都卖给了典当铺，缓解了家中当时的经济困境。

在这次运动中，王金陵跟他的父亲和四弟比，还是比较幸运的。在运动初期，年过七旬的父亲王恒心成为"斗、批、改"的重点对象。每次批斗完，还要忍着身上的伤痛去扫大街。特别是在"清理阶级队伍"阶段，遍及全国的"内查""外调"中，几乎每天都得接受来自全国各地外调人员的询问，写各种"证明材料"，回想某个人当年在培正中学读书时的情况，一旦想不起来，就要受到训斥或体罚。1969年7月，王恒心在写证明材料时，突发脑血栓，颓然倒地，从此半身不遂，重病不起。

然而，比父亲王恒心更让人心疼的是四弟王裕国，时任中国人民大学经济系企业管理专业的副教授（新中国成立后苏联专家培养的第一批博士研究生），因入三青团问题被关进牛棚，在关押期间被害身亡，"文革"结束之后，才得以平反昭雪。

# 3 一位边境老农的来信

1971 年，王金陵作为东北农学院第一批获得解放的学术权威，走出了牛棚，获得了自由，尽管是"一批二用，以观后效"，但终究摆脱了被"专政"的窘境，可以回到工作岗位上，继续从事大豆育种工作了。

王金陵走出牛棚的第一件事，就是四处寻找被造反派抄走的书籍、卡片和试验用品。庆幸的是，他那些通过翻阅国外农业科研杂志、新闻、期刊和书籍，记录与大豆有关的科研材料卡片，没有完全被销毁，还存留一大部分。

找回卡片不久，王金陵就收到一封来自黑河呼玛地区一位农民的来信，说呼玛地区寒冷而不能种植大豆，那里的人很难吃上豆腐和豆油，问王金陵能否解决这个问题。王金陵非常重视这位老农提出的问题，回复老农说，一定会想办法让黑河呼玛地区的老百姓都吃上大豆。当时，农学院很多科研工作都停了，唯有作物育种工作没有停，由耕作教研室助教吴宗璞继续接管农学院的大豆育种工作，这样，即使在"文革"最疯狂的岁月里，农学院的大豆育种工作还是坚持下来了。

王金陵找到吴宗璞，对他讲的第一句话就是："咱们要搞早熟品种，开展课题研究。"然后给他立了一个课题"大豆杂交早期世代鉴定与研究"。

为了寻找早熟品种的本源，王金陵亲自到黑河呼玛地区进行实地考察，发现黑河呼玛地区的无霜期只有 85 ～ 90 天，积温低，生育期短，被视为大豆栽培的禁区。因小麦多年连作，草荒十分严重，亩产只有 100 千克。另外，因这个地区蔬菜缺乏，

1972年与孟庆喜在大豆科室进行大豆选种

所以这个地区的人都迫切希望能有一个适合当地种植的大豆品种，以此来增加蛋白质食品。

农民的渴望，生产的需要，再次激起王金陵作为大豆育种科学家的责任感与使命感，他冒着烈日，顶着风雨，踏着严寒，收集了大量数据，决定要用最短的时间，培育出适合我国北疆境域生长的早熟高蛋白大豆。

东北农学院搬到香兰农场时，没有实验室，也没有实验仪器，王金陵就在农场的鸭棚，清除陈年老粪，用土坯垫上木板，充当工作台，进行大豆田间收获后的考种调查工作。那时，鸭棚里连个灯影都没有，可王金陵还是想尽办法，围绕着极早熟大豆的育种思路进行有目的性的科学研究。他通过从瑞典、加拿大、日本和俄罗斯搜集来的各种早熟基因源进行研究，发现要想培育出适合在黑河呼玛地区种植的大豆超早熟品种，首先要对短日照不敏感，耐低温，营养生长期生长速度快，花荚集中，后期鼓粒速度快、脱水速度也要快，所以他决定以瑞典早熟大豆品种 Logbew 为母本，与自己选育的早熟品系"东农 47-1D"杂交，期望通过地理远缘的早熟基因累加产生超亲遗传，从而选育出超早熟大豆品种。有了这个想法，王金陵带着他的助手们，

1975年阿城城东试验站作业室与大豆组同事鉴定大豆植株

开始了有目标的大豆育种工作。

路漫漫其修远兮。不久，东北农学院决定搬迁到哈尔滨市境西南部，距离哈尔滨市区 23 公里的闫家岗农场建校。王金陵得知这个消息后，提前带领着他的助手来到闫家岗，在一个废弃的仓库里，建立育种试验站，并进行了长达两年的育种工作。1975 年，农学院再次搬迁到阿城县城东，依然没有实验室，王金陵又把一个猪舍清理出来当实验室。经过几年的努力，王金陵和他的助手们，仅靠一把尺子、一台天平和一个手摇计算器，用口尝、步量的办法培育出一个成熟期特别早、产量性状特别好的品系"东农 79-26"。

随着学校的搬迁，王金陵的实验室、试验场也搬迁，不同的地区，不同的气候，不同的土质，育种条件变化频繁，给研究工作带来了很大的困难。但是王金陵采用里外结合、以外为主和广泛布点，以空间争取时间的做法，将"东农 79-26"散发到有关地区进行生产试种，并亲自带领助手，两次奔赴内蒙古呼伦贝尔和黑龙江嫩江、黑河等地区，调查该品系在各个地区的表现情况。经免渡河公社、拉不达林场等地试种成功后，又在嫩江、黑河地区北部的一些地区，布置了区域试验和生产试验。结果表明，"东农 79-26"品系比中国早熟品种"北呼豆"早熟 10 天，比其他极早熟品种早熟 2 ～ 10 天，不但产量高，而且蛋白质含量高达 45% ～ 46%，对病虫害的抵抗力也非常强，备受当地老百姓的喜爱和欢迎。

"东农 79-26"品系，生育期为 80 ～ 90 天，所需活动积温 1700℃，比当时加拿大、苏联、美国和瑞典的最早熟品种早 5 ～ 19 天，能在黑河等高寒地区正常成熟，产量每公顷 1500 千克，生长迅速，较好地解决了早熟与丰产、早熟与炸荚的矛盾。该品系蛋白质含量平均为 45.5%，脂肪含量 17.49%，是当时北方春大豆推广品种蛋白质含量最高的品种，比世界早熟大豆品种蛋白质含量高 1.77% ～ 1.93%。经过在黑河高严寒区 17 点次试验，平均每公顷 1639.5 千克，试验成功之后得以大面积推广，于 1983 年，经黑龙江省农作物品种审定委员会审定通过，定名为"东农 36 号"。

"东农 36 号"，是王金陵从鸭棚、仓库、猪舍里培育出来的新品种，它不仅适合黑河高寒地区，使大豆种植区域向北推进 100 多公里，达到北疆的孙吴县，还适合新疆维吾尔自治区麦收后复种，也适合在河北、河南、甘肃等省的棉花套种。技术先进，品质优良，对开发山区和高寒地区农业生产、改善人民生活起到了重要作用。

一手出品种，一手出论文。在培育"东农 36 号"期间，王金陵与孟庆喜、祝其昌共同完成论文《中国南北地区野生大豆光照生态类型的分析》，于 1973 年 3 月发表在《遗传学通讯》上。

# 4 你要"一条道跑到黑"

王金陵是一个温善的人，一个宽容的人，也是一个高尚的人。

不论他在工作中遇到什么问题，都是站在国家、人民、集体的视角去看待的，所以，他把曾经遭遇的苦难，当成人生中的一个过往、一段经历，宽容地对待那些对他施展拳脚的人，他相信，只要坚持一颗积极向上的心，一颗向党靠近的心，前面的路就会充满期待和阳光。

"文革"期间造反派对王金陵那句"一条道跑到黑"的评论，被大家经常提及，时间久了，王金陵对此也就认可了。他认为"一条道跑到黑"用在研究大豆上，应算是一种态度，一种精神。所以，他经常对学生和育种工作者讲："选定正确的研究方向后，不能朝三暮四，要'一条道跑到黑'。一个人的生命是有限的，但要研究的课题是无止境的，只有倾注全部的时间和精力才能获得成功。"

合江农业科学研究所（简称合江所，现为黑龙江省农业科学院佳木斯分院）是黑龙江省比较大的研究所之一，王金陵对这个研究所比较关注，一些大豆新品种的繁育工作都安置在这里进行，所以王金陵在播种、收割的时节都会来，时刻关注着大豆育种工作的进展。

合江所的课题组与其他所不一样，主持人就是打头人，主持人拿到课题设计一套方案，然后大家一起研究，最后通过集体研究来确定课题的内容。每次在开题之前，总会先总结一下生产上的问题、同行的进展和品种在生产上的表现，做到及时发现问题，及时解决问题，并配合基础理论进行指导。王金陵每次到合江所，都会亲自给他们现场授课，所讲的都是他亲身感受，指点给同行或学生的都是他经验的精华，他的一言一行，特别是学术思想，被他的学生们视为受益终身的座右铭。

20 世纪 70 年代初，国家提倡要敢想敢干，要有超越和创新的意识，所以很多人为了创新而放弃传统另辟蹊径。有一次，在王金陵到合江所进行调研时，所里有个年轻人，就遇到这样的问题有点困惑，不知如何是好，见到王金陵时就当面请教。王金陵对他说："你就'一条道跑到黑'，扎扎实实地做好基础工作，一个性状、一个性状地去改变。任何一个科研项目都是无限的，是一辈子也搞不完的，但是知识是有限的，你改来改去就会一事无成。"

这个年轻人就是刘忠堂。1970年刘忠堂开始在合江所主持课题。通过与王金陵接触，对王金陵非常敬佩，因王金陵非常温和，平易近人，跟每一个人相处得都非常好，所以，刘忠堂每次见到王金陵都会向他请教与大豆育种有关的问题。

刘忠堂在王金陵那里得到的不仅是一句话，而是一个观点，正因这个观点，确定了刘忠堂的育种理念，对他日后的育种工作有了全盘性的指导作用，在他主持的大豆育种工作中，从来不用华丽的辞藻，而是踏踏实实地一个性状、一个性状地进行改良。

1972年，刘忠堂被很多老师邀请留在耕作教研室，但刘忠堂坚持王金陵"一条道跑到黑"的观点，婉言谢绝，回到合江所继续做大豆的育种工作。

当时，合江地区都选择差异比较大的一些亲本做杂交，后代分离非常疯狂，扔了觉得可惜，不扔又觉得量太大，虽然书本上有解释，课堂上老师也教了，但其中的道理刘忠堂始终没有弄明白。后来，在一次大豆育种研讨会上，刘忠堂见到王金陵，直接请教了这个问题。王金陵对他讲："育种工作当然有很多环节，生态是育种最关键的环节。所谓生态，就是品种培育出来以后能否适于当地环境大面积推广。能认识到这个环节，就是非常大的提升。但这个生态是育种的基础，育种离开了生态，培育出来的品种只能在自己那儿看，到生产上就不适宜大面积推广。就像南方人就吃大米，或者长江以南的人，他来到东北就不适应。吃也不适应，睡也不适应，环境什么的都不适应，他非常有能力、身体好，到这儿就施展不开，他的做法当地也不接受。品种也是这样。所以你要知道在哪儿，为哪个服务区选种，一定要把这里的生态搞清楚。生态搞清楚了，反过来再去研究品种的生态性，这就是生态育种。"

王金陵对刘忠堂讲的是一个非常重要的理论，而且这个理论在国内外都非常认同。刘忠堂把王金陵这段话牢记在心，仔细琢磨，认真体会，回到合江后，开始对当地的自然情况、地理情况和生产需求情况都进行了细致的调查。合江地区主要是二、三积温带服务区，把产量测定作为验证指标，采用王金陵对他讲的"杂交以后早期世代，低世代选择生态性状，高世代选择产量和综合性状"的办法进行试验。这样，在王金陵的指导下，刘忠堂主持和参与育成的大豆品种 60 多个，50 多个荣获不同级别的奖项。其中省级奖励 27 个，三百万亩以上的品种 12 个，800 万亩以上的品种 5 个，最高年推广面积为 1500 万亩。

合江所在王金陵遗传育种理论的指导下，形成了一套育种体系，即一个理念、两个理论、三个基石、四个原则，不管换谁做主持人，都坚持以这个总的思想思路开展工作，并一代接一代地传下来。用王金陵的话说："你们是一个集体，一个坚持得非常完整的团队，而且是集体做一件事，各自发挥自己的特长，各自调整好自己的工作，报告出来集体做决定，这样你们的方向不管怎样分都不会改变，所以你们会年年出成果。"

# 5 赴美考察

王金陵自从转聘到东北农学院以来，就有了在哈尔滨这块黑土地上扎根的思想，因为这里的黑土地能孕育出他的新思想，而他的思想在不同时期、不同年代、不同地域迂回往复，跳跃沸腾，他的思想就如他手心里的种子，播种在泥土里，生长在他心中，以作物生产适应农业现代机械化，以新品种实现农民生产高产优质大豆的梦想。一个个梦想，一次次起航，教学、生产、科研同时同步，每培育出一个新品种，就会写出几篇经典的学术文章。

在"东农 36 号"育种成功之后，王金陵看到在我国北部高寒地区的农民都吃上了豆子，心中自有几分安慰，然而这并没有满足他的欲望，他把目光放眼于世界，用他的话说："大豆虽然诞生在中国，但属于全人类，把先进的大豆科研成果推广

1974年美国华盛顿州立农学院试验站试验区参观（前一）

到更多的国家，也是我的愿望之一！"正是这朴实的话语，博大的胸怀，才赢来了世人的尊重和敬爱。

新中国成立后，由于施行"一边倒"的外交政策，中国与美国的科技交流一直中断。1972年2月，美国总统尼克松访华之后，中美关系走向正常化，两国的科技交流逐渐趋于正常。1972年10月，中国医学代表团和中国科学代表团先后访问美国，开了新中国成立后中美民间科技交流的先河。

1974年8月，王金陵应邀参加了以农学家俞启葆、方悴农为正副团长的中国农业科学代表团访问美国。这次出访，王金陵感触很大，他终于有机会能和美国的同行交流自己的科研成果，推荐自己心爱的大豆了。

三十年前，王金陵曾梦想去美国培训，但因战乱交通堵塞而延误了考试时间未能成行，当有这样的机会，特别是在"文革"期间，到美国去参观、学习、交流，对还戴着"资本主义反动权威"帽子的王金陵来说是非常难得的，既是国家对他的高度信任和认可，又是他政治人生的一个转折点，他要把自己多年对大豆育种研究的成果带出中国，也要把国外的先进理念带回中国。而他也没有辜负这份信任，在美国不亢不卑，用一口流利的美式英语、专业的学术修养、广博的科学知识，不仅为随团翻译解围，更为自己和国家争得了荣誉。

当他随团来到美国农业部图书馆参观时，他发现美国已经可以通过电脑查阅大豆资料了，而且，他曾在杂志上发表过的一些文章，甚至他早期在中国农业学术期刊上发表过的文章都被收录在这里，并早已受到国际大豆学术界的重视，除了高度评价之外，就是以电子版本进行存储收藏。

在美国伊利诺伊大学农学院参访时，美国大豆专家哈姆威思教授拿出一张电脑打印的论文清单，其中竟然有九篇是王金陵的作品。在田间参观时，英文翻译因对大豆病害的英文名和拉丁名一时翻译不过来而备显尴尬时，王金陵用标准流利的美式英语为其解围，并与美国同行进行亲切的交流会谈。为此，他得到一位美国著名大豆育种家由衷的赞美："你们了解我们的东西，比我们了解你们的还多！"

走出国门，代表的不是个人，而是一个国家。在美国的这次参观访问中，王金陵参加了一次会议，这次会议中，关于他的学术交流，整个翻译工作都是他自己完成的，流利的英语，专业的知识，使这次专业科技交流会，进行得非常轻松顺畅。王金陵此行，成为学术交流的中心，不仅为国家，也为自己争得了荣誉，引来很多美国专家主动与他合影留念。

学者，留给后人的不仅仅是他的学术思想，还有他的人格魅力。随着时间的流逝，很多人，很多事可能都将被忘记。然而，在美国，在艾奥瓦州立大学，曾经与王金陵有一面之缘的教授，却对王金陵的记忆深刻，每当他见到中国学者来访，总会向他

1974年美国伊利诺伊大学农学院农业试验站参观

们提及王金陵。1982 年，当王金陵的好友盖钧镒去美国访问时，他非常认可地说："你们中国有位姓王的教授，很了不起，不仅学问做得好，做人也非常绅士，1974 年来访时，随团翻译翻译得不好，王教授主动帮他解围。"

　　当我们走向世界时，世界也走向了我们。此次赴美农业科学考察团访问了美国大豆产区密西西比、明尼苏达、伊利诺伊、艾奥瓦、内布拉斯加等州的州立大学农学院和农业试验站，以及各州种植大豆的

1974年赴美访问与代表团副团长方悴农合影（右一）

农场。王金陵在美国华盛顿州立农学院试验站观看了小麦试验田，参观了 Spillmon 试验农场"小麦落粒性测验田圃"，在艾奥瓦州立大学农学院试验站观看了大豆品种示范田，在美国伊利诺伊大学农学院试验站观看了大豆不同结荚习性的等位基因系和大豆细胞核不育系等众多大豆遗传材料。

这次赴美参观，王金陵对美国大豆生产和科研情况进行了细致考察，回国后写出两万字的详尽报告，介绍了美国大豆生产、育种、基础理论及病虫害等研究情况，这对当时从事大豆研究的科技人员来说起到了引领和启发的作用，对王金陵个人来说，不仅实现了他向世界展示中国大豆的愿望，也把国外的先进科学技术带回了中国。

# 6 "东农42号"

美国在九世纪末才开始种植大豆，1925 年食用大豆面积约为 250 万亩，饲料用大豆面积约 714 万亩。第二次世界大战之后，世界市场上食用油缺乏，美国为了追求利润，迅速扩大大豆栽培。1973 年美国大豆种植面积达到 3.4 亿亩，总产 864 亿斤，占世界产额的 42.26%，出口量的 90%。与此同时，美国在选育大豆新品种、实行机械化栽培管理、除草和加工利用方面都做了很大的努力，才使大豆生产迅速发展。而且美国伊利诺伊州南部试验麦茬大豆已经获得成功，发展夏大豆也有很大的潜力。

王金陵在美国考察期间，在美国南北各地研究单位看到面积不大、少数高产大豆地块，估产每亩可达 400～500 斤，与我国东北部地区高产地块相比，美国高产大豆生长特点是植株高大并徒长茂盛，封垄不郁闭，冠层透光良好，上上下下都是豆荚，表现出继续增产的潜力，而我国亩产 400 多斤的大豆田，植株高大繁茂，封垄严密，下部有黄叶，中下部结荚不多或豆荚较小，即使不倒伏，也因枝叶繁茂，耗水量大，易受干旱和叶部病害，难以在此基础上继续得到增产。

　　根据初步分析，王金陵认为，美国大豆能够获得高产的主要因素有：土壤肥力水平高，有机质比较丰富，一般不再施用氮肥，磷钾肥比较充足，大豆所需养分接近平衡状态，所以才生长健壮。高产田所种的大豆品种，有较强的抗倒伏性和生长繁茂性，主茎比较发达，有一定分枝，属于无限结荚习性类型，且叶型较小，有良好的透光性。在采用高产栽培措施时，美国科学家对大豆的行株距、密度、品种和肥力条件都做了综合考虑，使各种措施能够相互配合，适合高密度大豆群体生长和个体发育的要求，促使每株都有分枝，上下有豆荚，每荚都能鼓粒饱满。

　　美国在大豆育种中，重视生态类型育种。不同地区有不同生态类型，尤其是品种生育期与结荚习性在地区间常有明显的适应性。美国大豆育种工作者认为，大豆的丰产性在很大程度上取决于遗传性，取决于产量基因累加作用。因此，不同来源的高产品种相互杂交，积累产量基因，扩大杂种后代的变异范围，是育成丰产品种的主要途径。

　　另外，当时美国大豆抗病育种工作者利用从中国引进的北京小黑豆对大豆胞囊线虫的抗性，通过回交法改良了不少品种的抗病性。美国改良大豆茎秆坚强，生长繁茂且高产，适于机械化收获。为提高大豆蛋白质的营养成分，少数研究单位已经开始选育赖氨酸和苏氨酸含量较高的大豆品种，重视选育蛋白质含量高、种粒较大、脐色淡的品种。

　　在杂交后代的处理上，各地根据当地育种目标的不同，选用的处理方法也有所不同。美国艾奥瓦州试验站主要采用典型的"一粒传"延代法，从 $F_2$ 代至 $F_4$ 代基本上不加任何选择，仅从每株上选取一粒，进行继代。直至 $F_4$ 代才选拔大量单株。$F_5$ 代种成株行，再通过后代株行鉴定，选出优良品系。"一粒传"基本能保持整个杂交组合的变异，$F_5$ 代品系间的遗传基础广泛，选拔优良品系的余地较大；用一株籽粒长成的植株变异量小于不同植株籽粒长成的植株变异量，因此用"一粒传"方式就能保持一个杂交组合内的最大变异程度，选择余地大，便于在室

113

1996年东北农学院大豆所进行"东农42号"选育（左一）

内盆栽或进行南繁[①]。

王金陵深入地学习了"一粒传"法，回国后立即找到吴宗璞等人说："咱们要搞高蛋白大豆，要敢于挣外国人的钱。"当时有人提出异议，认为黑龙江是高油大豆适应地，培育高蛋白大豆可能性不大。王金陵回答他们说："以前认为高油大豆产地不能培育高蛋白大豆，那是前人总结出来的经验，这可以代表矛盾的普遍性，但是还有矛盾的特殊性，完全可以用矛盾特殊性来让黑龙江地区也生产高蛋白大豆。"

1974 年，东北农学院试验站搬到了阿城城东，育种条件的不断变化，给研究工作带来了很大困难。但在这样艰苦的条件下，王金陵没有停止大豆育种工作，没有条件创造条件，也要进行大豆育种研究。在高蛋白大豆选种时，没有仪器设备测定蛋白质含量，王金陵就想出一个办法，把硝酸铵配成不同浓度的硝酸铵水，将大豆种子倒在里面，漂在上面的为高油大豆，沉在

---

① 南繁：我国作物育种的专有术语。意思是利用海南冬季大陆所不具备的光温条件对育种材料进行繁殖加代。

下面的为高蛋白大豆。没有电子计算器，在处理数据时，他就带着助手们整日整夜地摇着手摇计算器进行计算。

王金陵通过学习和借鉴，参考先进的研究项目，但不是机械地照搬，而是通过消化、吸收、结合本身的研究实践，不断创新。通过大量试验，王金陵发现，根据大豆杂交第一代的杂种优势及表现，去淘汰或选留组合是不可靠的，$F_2$ 代以后，通过对不同组合的生育期、丰产性及所要的生态类型表现的鉴评，结合小区产量测定，淘汰一些表现一般及不符合要求的组合，然后集中少数优良组合，扩大每个组合群体再进行选择，这样选择优良材料的概率就高，而且对繁多的杂交材料也可以大大精简。于是，他将"一粒传"延代法发展成"摘荚法"，并用此种方法培育出了"东农 37 号""东农 40 号""东农 41 号"。

王金陵还采用"摘荚法"选用（"东农 303"×"公交7133"）×"绥农 4 号"三交组合方式，将优质、抗病、丰产基因有效重组，在选育过程中坚持植株高大与节多抗倒伏相结合、粒多粒大相结合、高蛋白与高脂肪相结合、抗大豆花叶病毒（SMV）与抗灰斑病相结合，注意克服优质与高产的矛盾、高蛋白与低脂肪的矛盾，育成了蛋白质含量 45.3%、脂肪含量19.8%、蛋白质与脂肪总量 65.1%，化学品质优良，粒大、粒圆、色黄、光亮，丰产又适于机械生产的大豆新品种——"东农 42 号"。

"东农 42 号"被称为科技含量全优商品，深受国内外大豆加工业的欢迎。在全国首届农业博览会上获奖，并被列为省、部和国家级重点科技成果推广计划，于 1994 年全面推广，至今在哈尔滨周边地区仍有种植。

# 7 爱女王乐恩

王金陵赴美考察回国后，一边组织人力物力开展新品种试验，一边再次真诚地向党委交了一份入党申请书，并把这次赴美前后的情况，都及时地向党组织进行了汇报。他不是共产党员，却时刻以一名共产党员的职责严格地要求自己。可就在他刚刚恢复政治名誉，全身心地投入大豆新品种培育工作之时，他的爱女因风湿性心脏病住进了医院。

王乐恩是一个聪明上进、活泼向上的女孩，从小喜欢音乐、说相声、打快板。所以王金陵经常带她到学校大礼堂去看演出。王乐恩更热衷于文学和国际关系，喜欢参加各种社会活动。1966 年，她曾跟其他革命小将一起步行去北京拜见毛主席。

在从北京回来的路上，王乐恩得了一次感冒，之后一直不好，最后被确诊为风湿性心脏病。但这并没有影响王乐恩的正常工作，她积极报名上山下乡，和同学们一起到了北安引龙河农场。农场的气候寒冷，环境恶劣，王乐恩到农场半年左右，病情开始恶化，被送回家中休养。而此时，王金陵和生启新都跟随学校搬迁到香兰农场进行劳动改造，家中只有年仅 14 岁的弟弟王乐凯。懂事的王乐凯不仅担负起照顾王乐恩的全部义务，还特意给王乐恩刻了一把剑，让她到小区广场去锻炼。

王乐恩爱学习，而且学什么都非常快。王乐恩喜欢英语，王金陵就利用回家休息时间教她拼读。王乐恩只学了一周，就可以一点一点地阅读英文版的画报了。

为了不让女儿寂寞，让她快点好起来，王金陵省吃俭用，给女儿买了一把二胡。王乐恩凭着对音乐的执著与热爱，和对乐感的天赋，很快就能独立演奏了。

"文革"期间，各个社区都开展"批林批孔"的运动，这个运动吸引了王乐恩，她用最短的时间阅读了这段历史，并在小区试讲成功，经常被邀请到其他社区去宣讲儒法斗争史。这样，她每天都要奔走在各个社区，每天要讲四五节课，最终因劳累过度，病情恶化，住进了医院。

王乐恩住院那段时间，王金陵只要回到哈尔滨，不管身体多么疲惫，总会通宵陪护在女儿的身边，陪她说说话，聊聊音乐，谈谈英文。

秋天对于王金陵来说是最忙碌的季节。因为试验场条件非常差，实验仪器非常简陋，每年秋天王金陵都会带着助手们，白天黑夜不间断地摇着手摇计算机进行计算、记录、决选。有一天，王金陵正在地里忙着，突然接到医院下达王乐恩的病情加重通知书。助手们都劝他回去照顾孩子，但王金陵知道，在决选时他是离不开的，他要对大家的辛苦负责，对大豆这份事业负责，对正在培育的新品种负责。

天嫉英才。就在那年秋天，王金陵正在试验场里跟助手计算大豆的数据，突然院里派来了专车，告知他王乐恩可能要不行了。虽然王金陵已有思想准备，但面对这突来的消息还是不能接受，他放下手中的工作，简单地交代一下，急忙忙地赶往医院。

医院是个肃穆的地方，有生，有死，有情，也有爱。当王金陵赶到医院时，一条白色的布单已经盖住了王乐恩俊俏的脸颊，他没有看到女儿最后的容颜。当护士推走王乐恩时，王金陵再也控制不住心中的悲痛，失声痛哭起来，他追随着大声地喊着："不要推走，不要推走，让我再看看我的女儿，让我再看她最后一眼！"

白发人送黑发人，那是一种怎样的悲伤，没有做过父母的人可能无法去理解和体会，但是王金陵思念女儿的那份心情，却时常挂在脸上，流出于口。他经常对家人说："要是乐恩还活着，她一定会是一个外交官或是一个大作家了。"

## 8 破茧救苗

"文革"后期，很多被打成右派的老干部或是被打成资产阶级反动权威的老知识分子一批一批地回到原来的岗位上。然而经过十年浩劫，很多事物都面目全非，办公场所要重新建设，办公用品要重新购置，很多工作都要从头再来。就在大家忙于这些事务之时，王金陵早已带着他的助手和学生开始了育种、科研和撰写论文的工作了。

有一年春天，哈尔滨下了一场大雨，然后暴晒，导致阿城城东试验地土壤板结，大豆无法出苗。王金陵得知这个消息，立即带着助手们来到现场。大家看着龟裂的土壤，你一言我一语地商讨着如何破除板结。有人建议用机器，但又怕机器损伤即将破土的豆苗。如果不做处理，豆苗无法出土，会影响育种实验的整个进程。当时条件有限，大家不知如何是好。就在大家七嘴八舌、不知所措之时，王金陵找来一个螺丝刀，小心地把板结的土壤用螺丝刀破坏掉。他的行为感染了周边所有人，都纷纷找来螺丝刀或小木棍，一点一点地铲除板结，露出了豆苗。那年，那些在人工下破土而出的豆苗，没有辜负众望，长得非常好。

王金陵带学生时，从来不批评，每届新学生，都是给他们列出一些论文题目，然后让他们自己挑选，然后按照论题去设计试验，撰写论文。王金陵教学从来不长篇大论，只是坚持"一手出品种，一手出论文"的思想。他认为，育种工作不能朝三暮四，要"一条道跑到黑"，学生学习育种，要了解世界、了解生产，只有根据生产需求，设定适于所在地区地理环境，能培育出丰产丰收的新品种，才是教学的根本。所以，他给予他们的更多的是思想、是理论、是方法。

那一年，东北地区雨水紧缺，土地干旱，有一个试验场里的豆苗残缺不全。有一天，王金陵来现场教学，看见豆苗长势非常不好，就深深地叹了口气，打了一声"哎"，便带头挑水，补苗。不几天，这些因缺水而打蔫的豆苗与后补上来的豆苗都恢复了正常的姿态，鲜嫩地散发着清新的气息。在此之后，他的学生们，只要听到王金陵叹气或打"哎"，便立即自我检查检讨，马上改正错误。久而久之，形成了一种习惯。

转眼之间，王金陵已经到了花甲之年，无情的岁月在他的眼角勾勒出了深深的痕迹，在他的两鬓之间播下了一片霜白，然而对于王金陵来说，这只是岁月送给他的礼物，他愿意与之携手并肩，历经沧桑而终生不悔，只要能让那一颗颗金黄色的豆种变成万亩良田，为改善民生、为国民经济的发展多作出一点贡献，即使让他满头白发或满脸皱纹又当如何？

六十岁的王金陵精神矍铄，精力充沛，他肩负着党和人民交付给他的这样或那样的使命，坚守在教学科研一线，战斗在

1978年参加第五届全国人民代表大会

各种政治岗位之上，奔走在全国各地参加各种学术会议，下乡到偏远地区与农民交流经验……在那些日子里，王金陵不辞辛苦，无怨无悔，把满腔热情全部倾撒在黑龙江这片黑色的土地之上。

十年浩劫，一篇文章。在"文革"期间，王金陵被强迫写了十几万字的"材料"，没有一个字与教学科研有关。多年以后，王金陵的三子王乐凯在《植物分类学报》上看到他的论文《大豆的分类问题》，就拿回来送给他，他颇感欣慰地对王乐凯说："这篇文章什么时候发表的，我自己都不知道。"

1977年4月，王金陵带领东北农学院农学系的课题组共同完成《大豆杂交种第一代优势的研究》发表在《遗传学报》上。同年12月，完成"大豆杂交后代选择处理方法与原理的研究"课题，提出了混合个体选择法是一个符合大豆循环规律的好方法，定向选择已为黑龙江省大豆育种工作者掌握运用，并培育成多个优良品种。

# 第七章　官正人杰

1977年，邓小平在北京主持召开了科学与教育工作座谈会，邀请三十多位著名科学家和教育工作者参加。武汉大学教授、中国科学院院士查全性首先提出恢复高考，得到与会人员的认可。1977年冬，中国五百七十万考生走进了曾被关闭了十余年的考场。1977级、1978级学生分别从1978年春、秋两季入学，两次招生仅隔半年。

# 1 多职副院长

1977年，邓小平在北京主持召开了科学与教育工作座谈会，邀请三十多位著名科学家和教育工作者参加。武汉大学教授、中国科学院院士查全性首先提出恢复高考，得到与会人员的认可。1977年冬，中国五百七十万考生走进了曾被关闭了十余年的考场。1977级、1978级学生分别从1978年春、秋两季入学，两次招生仅隔半年。

就在恢复高考这年，王金陵当选为东北农学院副院长兼农学系主任。他上任之后的第一件事就是被教育部指定与西北农学院赵宏章、华中农学院刘后利共同组织编写高等农业院校的教材《作物育种学》，主编是赵宏章，副主编是王金陵和刘后利。当时农学院还在阿城城东，所有的教学、招生工作都在恢复阶段。王金陵为此特意组建一个教材编写小组，邀请全国各地农业院校几十位教授一起编写这本教材，并在东北农学院主持召开了《作物育种学》编写委员会第一次会议。会上，确定将这本教材分为总论、各论两部分。总论是育种的理论和方法，各论分为水稻、玉米、大豆等八个作物，其中包含南北方的作物。王金陵把编写的任务分配到个人，自己进行统稿。

在王金陵担任农学院副院长之前，曾连续被推选为市人大代表、市政协副主席、第三届全国人大代表、省农学会副理事

1978年在黑龙江九三农场科研所视察田间科研情况（左五）

20世纪80年代参加省民盟茶会并发言（左一）

长、作物学会理事长。之后，又于 1979 年被任命为东北农学院学术委员会主任、黑龙江省科学技术委员会农业专业组副组长、国家科学技术委员会农业生物学科组成员，黑龙江日报、黑龙江人民广播电台、黑龙江科技报特约通讯员。

为了能腾出手来搞教学和科研，王金陵把自己的一些系工作交给了秘书张淑华，让她代行系主任的角色参加各种会议，进行课程安排、教师调整等工作。

东北农学院刚刚重建时，有很多政务和招生等工作，王金陵除了校内的职务外，社会兼职多个，他不仅要参加学校的各种会议，还要参加政协和民盟的会议。繁重的工作让六十多岁的王金陵深感疲惫，但他依然保持良好的工作态度，用他的话说："只要是党和国家交给他的工作，就要事必躬亲，全力以赴。"

# 2 留任武天龙①当助手

武天龙是上海知识青年，1969 年到黑龙江长水河农场，对大豆科研有偏爱，曾经采用无性和有性杂交方法改良大豆。1974～1976 年就读于佳木斯农校工农兵大学。毕业时校长祝明哲对他说："你的情况不宜回农场，本想留你在学校也难发挥你的特长，我的同学王金陵在东北农业大学，我推荐你去找他。"于是校长祝明哲亲手写了一封推荐信，让武天龙直接去找王金陵。王金陵看到信后，与武天龙进行了交谈，并直接安排他留在农学系大豆研究室担任自己的科研助手。这是武天龙在他人生路上遇到的有知遇之恩的贵人，是王金陵带领他进入了科学殿堂，影响了武天龙的一生，为其日后成为上海交通大学的三级教授打下了基础。

---

① 武天龙，男，上海交通大学教授、博士生导师。本科毕业于哈尔滨师范大学生物系。主要研究方向：大豆基因工程育种，现任上海交大植物基因工程育种 PI 团队队长，上海交大金山教授工作站首席专家，国家自然科学基金、国家科技奖、国家 863 计划项目评审专家，以及江苏和安徽等 5 省科技评审专家。

武天龙留在大豆科学研究所负责田间育种实际工作，得到了王金陵的言传身教，王金陵建立了大豆研究室的科研档案，要求每一位科研人员工作的田间记录、科研项目名称、配制的组合、新材料的来源，都要条理清晰地记录下来。这样，有需求的人只要通过查找档案就能找到所需的材料和相关的科研成果。王金陵告诉武天龙："你要认真对待这些档案台账，要知道每个材料是怎样来的，把前人所有的材料配制、总结等资料都要找出，要总结前人的研究成功经验。"

武天龙感恩王金陵把自己留在大豆科学研究所，留在王金陵身边，所以他非常珍惜每一次学习的机会，也非常尊敬、爱戴王金陵，发誓将来也一定要像王金陵一样，温和善待自己的学生，把王金陵的慈父之情毫无保留地倾注给每一位学生。就在武天龙留在大豆科学研究所的第二年，王金陵提升为东北农学院的副院长，隔年又提升为黑龙江省农业副省长。因王金陵身兼数职，工作忙碌，所以，他在大豆科学研究所的很多工作都交给了年轻人，武天龙也经常往返于东北农学院与黑龙江省政府之间，特别是王金陵提出向野生大豆进军之后，这个项目从立项、筹办、确定项目内容到具体实施，王金陵花费了极大的心血。在项目确定之后，王金陵曾多次与武天龙等人，坐火车到牡丹江地区、松花江地区去实地调研考察，路途之劳累，田间之辛苦，都没有影响王金陵，他像年轻人一样，睡在火车上，吃在地垄旁。而当项目完成并获得大奖之时，王金陵却隐退在众人之后，把荣誉与光环都送给了那些曾与他一起工作一起搞科研的同事和学生。王金陵是位学者，他把一生的精力都倾洒在他所热爱的大豆事业之上。王金陵是个官员，他高瞻远瞩，注重梯队式人才培养，他爱惜人才，像慈父一样关爱着下属。

1996年，大豆科学研究所几位老前辈都先后退休了，研究力量亟待加强，而此时，武天龙也想回上海与孩子和父母相聚。但当时的情况，却很让武天龙感到尴尬，去留难以决定，最后他找到王金陵，跟王金陵说明了自己的苦衷。让他没想到的是，王金陵非常慈爱地对他说："你们这代人吃的苦太多了，还是回家吧，回头，我亲自去学校帮你办理此事。"这样，武天龙又在王金陵的帮助下，离开了东农大豆科学研究所。每当武天龙回想自己在东农大豆科学研究所工作的岁月，都非常感慨，他说："一个人的成长，离不开贵人，而这个贵人，不是谁都能遇到的。王金陵先生是我成长路上的贵人，我要以他为楷模，把他的优良品格和'一手出品种，一手出论文'的科学态度，永远地传承下去。"

# 3 苗期要蹲苗

20 世纪 80 年代初期。一天，王金陵刚刚乘火车到学校，还没在椅子上落定，合江所的刘忠堂就敲门进来，迫不及待地问："王老师，为什么我在栽培大豆时，前期看长势很好，后期产量却上不去呢？"

王金陵笑着说："别着急，慢慢说。"

在 20 世纪 70 年代末期，刘忠堂觉得育种人光育种不行，还需要懂栽培和病虫害防治，这样才能与生产缩短距离，于是，他开始涉及栽培领域，一边搞育种，一边搞栽培。栽培技术在当时农学界是比较新的领域，虽然刘忠堂以前接触一些，但对如何搞好栽培技术、如何提高大豆产量、如何发挥大豆品种的增产潜力，都没有深入了解。在刚开始搞栽培时，跟其他人一样，认为多施肥、好好管理就能提高产量。但这样做了几年之后他发现，多施肥以后苗期长得非常旺盛，开花期也特别漂亮，但是产量却上不去。所以，他借用出差的机会，来到农学院请教王金陵。

王金陵对刘忠堂讲："小刘你要记住，你的苗期长得太快了！苗期你要蹲苗，把基础打好了，再加其他措施。苗期是参观田，秋天肯定不去这里参观，凡是苗期长得肥头大耳特别好的，到了秋天产量肯定上不去。因为在苗期营养过剩，节间长，郁闭得早，植株爱倒伏，而且花荚脱落也很多，所以不会创造高产。"

20世纪80年代初在田间检验"东农36号"、"东农41号"在第一积温带麦茬复种情况（左三）

刘忠堂点头称是，然后接着问："到生育中期花期怎么办？"

王金陵再次回答："花期别捂花。"

刘忠堂继续追问："那后边怎么办？"

王金陵笑着回答："后期你就使劲地攻粒。"

王金陵用蹲苗、捂花、攻粒，简洁的六个字，把大豆生命周期说得一清二楚。他还告诉刘忠堂，做栽培不是搞措施，那些措施农民也会，作为研究人员，要搞栽培生理和发育。没有生理就不懂怎样使用技术，没有发育，就没办法使用技术。

简短的话语，给刘忠堂指点了迷津，回到合江后，开始有目的地扩展知识面，一边学习，一边试验，一边理解王金陵对他讲的六个字。经过反复试验，认真揣摩，终于弄懂了王金陵蹲苗、捂花、攻粒六字的含义。所谓蹲苗，就是在豆苗破土之后，要控制它迅速增长。如何控制呢？首先要考虑一些措施，比如适当早播，控制施肥，限制地上生长，最终达到壮而不旺。别捂花，就是到花期采取措施，让花旺而不闭。等到结荚期再充分利用地力和阳光，只要保住花，荚也就自然保住了。攻粒，就是要采取措施，把籽粒攻得满满的，这时植株的状态应该是生育健壮，叶色浓绿。等到成熟期，如果出现了王金陵常说的"略有倾斜，叶落迅速，一片金黄"，就一定会是丰产的长相。

王金陵的六字理论让刘忠堂受益一生，同时，他把这个理念也传递给了他的同事和学生，让更多的人得此真传，终身受益。

刘忠堂爱问，王金陵善答。这两位不是师生，胜过师生的大豆育种专家，因大豆而结缘，因一问一答而建立深厚的友谊。王金陵喜欢刘忠堂不懂就问的精神，更喜欢他能坚持"一条道跑到黑"，即使他到了晚年，与刘忠堂见面时，面对刘忠堂的问题，一时想不起或答不上来，总会先记下来，回到家里，通过查阅资料，确定答案之后，再把这个问题答案以见面或寄信的方式交给刘忠堂。

刘忠堂在王金陵身上学到的不仅是学术，更多的是思想，还有他对学问的严谨与认真。经过多年不懈努力，他主持了全国大豆国家公关项目，培育的品种连续五年推广超1000万亩，创造了中国第一个大面积高产技术体系。其中使用的12项技术，就是按照王金陵的指导思想，根据它的促控需求，把它固化在种子和机械的两个载体上实现现代化，然后调节大豆的生育过程创造出高产。

# 4 调马占峰回校

1980年的一天，王金陵的家门被叩响，一位年轻人走进来，他就是马占峰。

马占峰中专毕业后分配到尚志县良种繁殖场当技术员，在那里工作了三年，主要负责八个农作物的试验。马占峰在尚志县良种繁殖场工作时，接触到"东农1号"，当时已经在生产上应用，而"东农4号"正在参加试验，在国营农场大面积示范推广。因"东农4号"特别适合当时的生产条件、资源条件，而且在全国推广，面积之大，独一无二，所以马占峰跟其他做大豆育种的人一样对王金陵这个名字耳熟能详，非常钦佩。

因王金陵也经常到马占峰所在的农场查看育种情况，与马占峰在工作上有一些接触，他很喜欢马占峰这个记忆力超强，对大豆事业非常执著的年轻人。1961 年，马占峰以优异的成绩考入东北农学院，报考了王金陵的专业。当时农学院只有三个学科，农学系是其中一个。马占峰报考农学系，主要是奔着王金陵大豆育种而来的。所以他上课时非常认真，认真听讲，认真记笔记。

王金陵讲课有个特点，除带有江苏徐州方言之外，就是在黑板上写字时写得非常快，急了拐弯的不讲究格式，再加上他的眼睛有些花，看近处要戴上眼镜，看远处要摘掉眼镜，一会摘下来，一会又戴上，给人的感觉有些忙叨，所以那些注意力不集中的新生课下总说听不懂。马占峰学过三年专科，又有三年的工作实践，再加上他听课时认真、专注、及时、细致、全面地记笔记，所以，他不但能听懂，还非常愿意听王金陵讲课。用他的话说："王先生讲课非常精辟，讲的内容有大量的中外文资料，有自己的研究基础，备课充分，内容丰富。基本上都是一个单元一个单元地讲。比如大豆的起源及育种的基本形式、基本理论、基本方法等。如果是一个大单元，就会用几堂课来讲，一个小单元，会用一堂课来讲。不论怎样讲，只要课后认真整理笔记就会发现，王金陵讲的每一个单元都是非常独立、非常严谨、非常精彩的论文，有论点，有论据，有理论，有实践，有国内，有国外，非常丰富，非常精辟。"

1966 年，马占峰毕业后被分配到嫩江地区良种场做育种工作。到了嫩江良种场，马占峰以跟王金陵学习的理论为基础，跟一位叫赵学林的老教师学习实验技术，不久，他又被调到香坊农场。

"文革"结束后，东北农学院搬回哈尔滨重新建校，大豆研究室需要增补一些专业技术人才，王金陵想把马占峰调到大豆研究室。因香坊农场由国营农场系统管理，总局在佳木斯，

20世纪80年代在东北农学院
讲解大豆光照生态类型

当马占峰提出申请时，香坊农场以重视人才为由不放他走。无奈之下，他只好来找王金陵。

王金陵得知原委之后，立即给农场总局书记兼局长写了一封亲笔信，让马占峰拿着这封信去了农场总局，当时总局的书记姓王，他看到信后说："王先生为了适应国营农场机械化，特意为我们培育出适合农场农业机械化生产的'东农4号'，对我们农场发展作出了很大贡献，他说话了，我们一定放人。"这样，马占峰被王金陵调到了东北农学院大豆研究室（现东北农业大学大豆科学研究所），继续做大豆育种科研工作。

1980年，马占峰调到东北农学院大豆研究室工作，并在王金陵的指导下，明晰了大豆光合速率与育种的关系，大豆生物产量与高产的关系，配合王金陵的生态育种理论进行了育种实践，在特用育种上涉猎广泛，培育出高油、小粒豆和高异黄酮等品种。东农小粒豆690（现东农60）、691一直是出口东南亚国家的主打品种。

# 5 推荐董钻[①]为大豆专业委员会理事

一个人有多高，多大，多轻，多重，就在那里，自有公论。很多事不用自己去说，只要是用心做了，回报给你的自然就是一个好的结果。

1981年，王金陵与王连铮共同主编的《作物育种学》正式出版。同年11月，王金陵当选为中国作物学会大豆研究会第一届理事长，并连任四届，每届四年。中国作物学会大豆研究会后改称中国作物学会大豆专业委员会。

山东。济南。中国作物学会大豆研究会第二次会议[②]。参会人员皆是来自全国各地的植物专家和相关学科的学者。其中有马育华、张子金等著名的学者。

机会永远留给有准备的人，很多时候，当你用心做了之后，并没有想得到什么，但那些你该得到的就自然而然地来了。在报告大会上，来自辽宁省沈阳农学院的教师董钻作了一个《大豆的器官平衡与产量》的报告，这个报告是他通过多年试验，细致观察与测定后写的一篇关于早熟、晚熟品种分别在高肥、低肥条件下株型与物质的分配变化。报告简洁，论理清晰，论据充实。这个报告作完之后，立即得到在场人员的好评，更得到王金陵和其他专家的赏识和认可。会后，由王金陵提议，推荐董钻为第一届大豆专业委员会理事。

古语云：千里马常有，伯乐不常有。此时董钻已经46岁。

---

① 董钻，山东省莱州人，沈阳农业大学教授，从事作物栽培学及大豆产量生理教学和研究工作。撰写研究论文40余篇。策划、主编、参编、译著、著写多部学术著作。科研项目"建平县科技扶贫综合项目开发""大豆产量程序设计及措施优化""大豆产量潜力研究和生产技术规程研制推广"分别获辽宁省政府科技进步奖二等奖、三等奖和一等奖。指导博士研究生、硕士研究生几十名。

② 1963年在徐州召开了一次中国作物学会豆类学术讨论会，后将其称为中国作物学会大豆专业委员会的第一次全国大豆学术讨论会。济南会称第二次学术讨论会暨第一次会员代表大会。此次会上选举了第一届大豆专业委员会理事、理事长。

对一个男人来说，46 岁，思想已经成熟，阅历也比较丰富，然而因常年工作在一线，踏踏实实地搞科研，董钻既没有功利之心，更没有追求名利之念。但他幸运地遇到了王金陵，王金陵是一个非常爱才的专家、学者，特别是在大豆育种领域，非常希望有更多的年轻人能够加入进来。王金陵经常对身边的人讲："每个人都会老去，要想让大豆育种事业可持续地发展下去，需要不断有年轻人加入，未来是永远属于年轻人的。"所以当他听完董钻的报告之后，非常欣赏董钻的那种不问名利、一心做学问的精神和对科研事业一丝不苟、持之以恒的科学态度。因此，他愿意给这个年轻人一个机会，让他在大豆科研事业中更好地发挥自己。

会后，董钻把报告整理后寄给了王金陵。王金陵收到稿件后做了一些修改，改好后寄还给董钻，董钻收到王金陵亲自批改和亲自画的表格时，非常感动，非常感慨。他没想到自己只是一所普通高校的普通教师，居然能被像王金陵这样的专家认可和提名，更没想到，还能亲自帮他修改论文。所以，他把自己定位为王金陵的编外学生，凡是王金陵发表过的文章或出版的书籍，都会仔细阅读，认真体会。并把对王金陵的钦佩与敬仰也传递给他的学生，把王金陵撰写的书籍和论文都作为必读之物，让他的学生们仔细研读。用他的话说："看王先生的书，补充自己的知识，我不是王先生的学生，但我却从他身上学到了很多很多，不仅仅是学术，还有他的为人。"

王金陵是一个学者，爱自己的事业，更喜欢热爱这份事业的后生。在这次会议之后，王金陵曾多次到沈阳农学院去看望董钻，看董钻的试验田，关爱着董钻的成长。董钻是做群体生理的，直接从生产的角度来做大豆研究。所以王金陵每次看过他种的试验田，都会鼓励他说："你选择的方向是正确的，你要继续研究下去。"

大豆科研生产研讨会，在两届大豆学术讨论会之间的三年每年召开一次，王金陵每次与董钻见面，都会询问他新的研究成果。有一次开完年会之后，他们一起去辽宁省铁岭农科所，看辽宁一位大豆专家用"铁丰 18 号"做的一个试验。这个试验是通过稀植充分发挥单株的生产力以此来提高大豆的产量。王金陵看后对董钻说："种植特别稀，个体长得比较繁茂强壮，将来会出现分枝、劈叉、裂荚，不但不会高产，反而会减产。"等结果出来之后，印证了王金陵的说法。

后来，在王金陵九十岁那年，董钻著写的《大豆产量生理》一书出版，本想请王金陵给他写个序文，但想到王金陵年龄太大，就改用了王金陵写给他的一封信，作为感言放在了盖钧镒序的前面，王金陵知道后对董钻说，你不能把我放在前面，应该把盖钧镒放在前面。

# 6 体系构建与发展

1948 年，王金陵来到"冰国"哈尔滨，与东北农学院创始人刘成栋共同创建东北农学院。在刘成栋的支持和信任下，他创建了东北农学院农艺系，使之成为农学院三大院系之一。1952 年，黑龙江省教育厅把东北农学院林学系迁出由刘成栋组建东北林学院。学校将农艺系改为农学系，王金陵晋升为副教授，当选为农学系首任系主任。

在王金陵担任农学系主任期间，非常重视教学、科研、生产三结合，重视人才培养。他根据教师的特长，帮助他们确定方向，最后把他们都培养成学科的带人头。例如，李景华成为马铃薯的带头人，王云生成为玉米的带头人，佟明耀成为小麦的带头人等等。他按照美国的教学模式，把学生当成科学家去培养。他经常对农学系的老师讲："我们培养的是科学家，不是单纯的教书匠，所以我们要像培养自己孩子一样培养学生。"

随着东北农学院的发展和壮大，农学系也增设了很多专业，其中土地整理专业从农学系分出成立土地规划系，园艺专业从农学系分出成立园艺系，农业教育专业从农学系分出成立农业

与吴宗璞、高凤兰在东北农学院大豆科学研究所合影

教育系。1994 年，东北农学院与黑龙江省农业管理干部学院合并组建为东北农业大学。1996 年，学校将农学系、园艺系、植保系三系合并组建农学院。四年之后，学校又将农学院一分为三，将园艺系分出建立园艺学院，将土壤农化系、农业环保系、农业气象教研室、农业生态教研室、农业微生物教研室分出组建资源与环境学院，将农学试验站划分到学校，成立东北农业大学植物类实验实习基地，余下各系组建农学院。2003 年，农学院开设生物技术（植物）专业，2009 年成立种子科学与工程专业，2010 年开始招收植物生产类拔尖人才，2015 年开设植物科学与技术专业，2016 年开始招收农学专业硕博连读班。

回看东北农业大学的发展，我们不难想到，建校初期的那个农艺系，就像王金陵手中的一粒种子，在他的精心培育下，经过时间的洗礼，日月的滋润，如今已经生长成一棵枝叶繁茂的大树，而这棵大树，在它七十年的风雨历程中，正在向更深更远的目标稳步发展。

　　除了农学系、农学院，王金陵还亲手组建了大豆研究室，并搭建了良好的科学技术梯队。1971年，他作为第一批解放的学术权威，走出牛棚，带着他的助手吴宗璞、高凤兰，硕士生杨庆凯组建大豆研究室，"文革"后期，先后将马占峰、赵淑文调入大豆研究室，协助开展大豆科学研究室的工作。1980年，学校在大豆研究室的基础上成立大豆科学研究所，并将武天龙调入大豆科学研究所，帮助王金陵进行田间管理工作。经过多年的人才积累，大豆研究的队伍也逐渐壮大。1985年王金陵主动申请离职，将大豆科学研究所所长的职务交给他的学生杨庆凯，副所长交由吴宗璞担任，2002年，杨庆凯不幸去世，大豆科学研究所所长由王金陵第一个博士生李文滨担任。

　　经过最近十几年的发展和建设，大豆科学研究所在原有学科的基础上，进一步发挥多学科交叉的优势，构建老中青有机结合的科研梯队。2007年12月大豆生物学教育部重点实验室正式挂牌运行，2011年被评为农业部北方大豆生物学与遗传育种重点实验室，2012年"大豆遗传育种与分子设计"被遴选为教育部创新团队。2015年"大豆抗病遗传育种团队"获第二批农业科研杰出人才及其创新团队。目前，大豆科学研究所以从2002年的5人发展到26人。其中，国务院特殊津贴获得者1人，国务院学位委员会学科评议组成员1人，世界大豆研究会执行委员会委员和北美大豆遗传委员会执行组成员1人，中国作物学会大豆专业委员会副理事长1人，科技部中青年科技创新领军人才2人，农业部现代农业产业技术体系岗位科学家1人，农业科研杰出人才1人，龙江学者2人，教育部新世纪优秀人才支持计划基金获得者2人，黑龙江省杰出青年基金获得者4人，香江学者1人，黑龙江省二级教授1人，黑龙江省长江学者后备支持计划获得者2人，黑龙江省新世纪人才4人，黑龙江省教育厅骨干教师7人，黑龙江省普通本科高等学校青年创新人才培养计划5人。

东北农业大学大豆科学研究所部分成员合影

钟灵毓秀，辐辏四方。大豆科学研究所一直秉承王金陵"严谨治学，甘当人梯"的教书育人思想，"一手出品种，一手出论文"的学术研究思想，"理论联系实际"的科学研究方法思想，"教学科研两促进、两不误"的成才立业思想，以大豆优异基因资源挖掘及新品种选育、大豆分子标记辅助选择技术、大豆转基因育种技术、大豆功能基因组学和重要性状基因功能解析为方向，开展科学研究，全力打造科技创新团队，在新品种选育、分子设计育种技术开发、基因挖掘等方面都取得了显著研究成果，为我国农业发展作出了贡献。

# 7 主编《大豆科学》

王金陵学识广博，对农业与农业生产非常了解，在他的教育生涯之中，提出"一手出品种，一手出论文"的思想，这个思想一直指引着他，带领着大豆科学研究团队，向科技强国的最高领域，拓步前行。

受王金陵思想的影响，时任黑龙江省农业科学院院长的王连铮提出创办一个专属大豆期刊的想法，这个想法得到王金陵的认可。于是由王连铮牵头，王金陵任主编，共同创办《大豆科学》。王金陵将《大豆科学》定位为纯学术性期刊，目的是宣传我国大豆科研成果及研究进展，加强国际间的学术交流，推动大豆学术研究和生产的发展。为从事大豆科学研究的科技工作者、大专院校师生、各级农业技术推广部门的技术人员等大豆科学研究者搭建一个良好的学习与交流的学术平台。1982年，由黑龙江省农业科学院主办的学术期刊《大豆科学》正式出刊，设有研究报告、综述、研究简讯、国内外研究评述、学术活动五个栏目。

从创刊开始，王金陵秉着宁缺毋滥的原则，只发布关于大豆的学术文章，不掺杂其他任何文章，来稿要经过初审、复审和终审三个层次，也就是作者投稿之后，要经过编辑、审稿人、编委三人签字之后才可以发表，缺一不可，形成了一个非常严谨的审批制度。

一丝不苟，精益求精，是一种态度，也是一种做事的原则。王金陵本身就是一个非常严谨的人，再加上他多年来对大豆的研究与热爱，对每期来稿，特别是英文稿件，都会仔细阅读，认真修改，精细到每个字，每个标点符号，所以在这些稿件中，总有他用铅笔或钢笔改正的痕迹。这些痕迹不仅体现出编者的辛苦，更体现了一位大豆科学研究者对科学的严谨态度。

1983 年，盖钧镒寄来一份《美国大豆育种的进展和动向》英文文稿，王金陵看后认为非常好，便写信给《大豆科学》的编辑王颂康。

> 王颂康同志：
>
> 盖钧镒写的这份《美国大豆育种的进展和动向》是系统介绍美国大豆育种工作较难得的材料，写得较深入细致，并是切身体会和实际调查及与多数美国大豆专家交谈的结果，我的意见是在《大豆科学》的后几页刊登，可分为三次刊出，请你们研究。
>
> 此文原是用英文写的，最近由盖钧镒译出并改写。
>
> 此致
>
> 敬礼
>
> 王金陵
>
> 1983 年 5 月 17 日

从他给编辑王颂康的这封信中，我们不难看出王金陵收到稿件后欣赏的喜悦之情，也能看出他对下属的尊重。他不搞一言堂，不以上压下，而是提出自己的建议和对文章的看法，交由编辑，让编辑自己研究。面对那些不相识的作者，他也一视同仁，不会因对方是普通教师或普通学生而人为地刁难或延期发表。

1993年哈尔滨家中用打字机
摘录文献

在 1983 年 10 月 6 日的审稿单上，清楚地记录着，当年河北师范大学生物系王桂霞、李云荫的论文《不同纬度、地区大豆短日照处理对过氧化物同工酶的影响》，编辑王颂康的意见是"退还作者修改，修改后第二稿可用"。审稿人胡志昂的意见是"赞成发表，对该文的一些意见在给编辑部的信中，请转告作者，供修改"。王金陵看了原稿和审稿单之后，在编委意见栏里写道"同意修改后第二稿刊用"。

一封封与学术界大豆研究者的交流信，一堆堆科学研究者的论文稿件，还有那一张张审稿单，在那个年代、那个岁月，成了王金陵工作与生活中的一部分，很多稿件都是他带回家里，在家里完成审批和修改的。这些审稿单，不仅记录着王金陵主编《大豆科学》的辛苦，也见证着《大豆科学》的成长历程。《大豆科学》在王金陵的精心主持下，早已成为中国自然科学核心期刊、我国乃至世界大豆领域唯一的一份学报、中国科学引文数据库中被引频次最高的期刊之一、被国家科技信息中心作为统计分析我国科技论文发表情况的期刊源之一。

1993 年，国家大豆工程技术研究中心、中国作物学会大豆专业委员会联合创办《大豆通报》，聘请王金陵任主编。《大豆通报》是国内外公开发行的综合性双月期刊，主要刊登与大豆行业相关的政策、科研、开发、生产、市场、产品等方面的规划建议、研究成果、阶段性试验、种植与深加工技术、国内外科技动态、科技信息、知识资料、经贸市场、学术活动及科研院所、大专院校、农场、企业介绍等。

2004 年，王金陵辞去《大豆通报》主编职务，由刘忠堂接任《大豆通报》主编。在刘忠堂主编《大豆通报》时，有人提议将《大豆通报》提高，为此刘忠堂前来请教王金陵。王金陵对他说："《大豆科学》是纯学术的，不要掺杂，让它在学术上占有一定位置，以此来产生影响。《大豆通报》是普及刊物，是针对科技推广人员、技术人员和农民的，让大家能看得懂、会做、能明白，这就是最基本的，决不能改变方向。"后来，刘忠堂想增加一些便于人们沟通的信息，为此再次请教王金陵，王金陵回复他说："这个可以，把这个加进去可加大人们对科研的信息量。"《大豆通报》把这些加进来之后，效果非常好。

2012 年，在《大豆科学》创刊三十周年之际，王金陵亲笔给《大豆科学》写了一份祝语：

《大豆科学》应坚持为农业科技创新服务，为大豆科学研究成果的传播服务，为大豆产业实践服务。祝《大豆科学》越办越好，再创辉煌！

# 8 当选为农业副省长

邓小平正式复职后，作了《解放思想，实事求是，团结一致向前看》的讲话，大批有言论问题的人士，经过实事求是的评审，得到了彻底的平反。这使王金陵彻底放下包袱，全身心投入社会主义建设之中。

　　在民盟中央主席费孝通的"做好事，做实事"的基本要求下，中央及各省民盟组织，开展调查、规划，民盟黑龙江省委职业培训大学、佳木斯民盟组织进行的"三江平原开发建议"项目得到省领导的重视。这段时间，王金陵的思想非常活跃，经常在全国人大常委会上发言，他的观点多次被采纳。

　　1979年末，王金陵辞去农学系主任改任副主任，当选为黑龙江省人民政府副省长、中国作物学会第二届理事会副理事长，由人民日报专栏公示、报道。

　　王金陵作为参政党成员能被推选为农业副省长，不是因为他有政治头脑，而是源于他科学救国、科学兴国的梦想，也正因为这个梦想，他带着他的学生们走在了世界农业科学的前沿，也正是这个梦想，一直鼓励他克服各种各样的困难，以"一条

黑龙江省海伦县丰山乡视察大豆生产情况（前排右二）

1988年民盟第六次全国代表大会与盟员合影（左三）

道跑到黑"的执著与信念，最终培育出了适合黑龙江乃至全国的大豆优良品种，为中国大豆发展奠定了良好的基础，对中国农业的发展起到了引领、推动和助推的重要作用。

老骥伏枥，鞠躬尽瘁。此时的王金陵满怀热忱地将全部精力都放在了工作岗位上。1981年被中华人民共和国家农业部聘请为《中国农业百科全书》总编辑委员会委员、《豆类篇》主编、中国作物学会大豆研究会（后改称大豆专业委员会）第一届理事长、黑龙江省经济学团体联合会聘为顾问。1982年当选为中国遗传学会第一届理事、黑龙江省作物学会第三届理事长、黑龙江省农学会第二届副理事长、黑龙江省第六届人民代表大会常委会副主任、第六届全国人民代表大会代表、东北农学院大豆研究室主任。1983年当选为中国遗传学会植物遗传专业委员会委员、农牧渔业部科技委员会委员、中国作物学会第三届副理事长。

身兼数职，忙忙碌碌，教学科研，认认真真。在王金陵担任副省长和省人大常委会副主任期间，在抓黑龙江省全省农业生产的同时，仍然注重大豆科研和推广工作。他经常带领科研工作者深入基层，工作在地垄田头，从选种到收割，一丝不苟，实事求是。他经常入驻农村，与农民交朋友，谈心得，鼓励农民科学种田，依靠科学技术实现农业科学化、现代化。

在王金陵的带领下，"东农 34 号"大豆品种于 1982 年由黑龙江省农作物品种审定委员会审定推广，该品种采用有性杂交、摘荚混合个体选择法育成，平均亩产 187 千克，蛋白质含量 45.25%，是国内推广的超早熟品种，仅 1985 年至 1987 年期间，黑龙江省种植的"东农 34 号"大豆出口 1.6 万吨，创外汇350 万美元。

把科学技术转化为生产力是王金陵的最终目标。1983 年，"东农 36 号"，以极早熟、高蛋白、高产量、抗虫害为特色，经黑龙江省农作物品种审定委员会审定推广，把大豆种植北界推移100 多公里，让我国北疆百姓吃上了高品质大豆。除"东农 34号""东农 36 号""东农 37 号""东农 38 号"等大豆新品种之外，玉米杂交种"黑玉 46""黑玉 47"也得到了大面积推广，提高了粮食产量，促进了国民经济的迅速增长，对黑龙江省及全国的农业发展作出了积极的贡献。


# **9** 我是个棉花套子

王金陵担任副省长期间，给自己定了两条纪律：一是十几里地的路途不用车接车送，二是下乡时与社员同吃同住。王金陵去阿城城东上下班从不坐专车，而是跟其他普通教师一样坐火车。一些普通农民来学校跟他要种子，他不仅会像对待朋友一样热情接待，还亲手把种子交到农民手中，并再三嘱托，希望他们能把这些种子的生长状况和发现的问题及时反馈给他。

王金陵除了给自己定了这两条纪律，还给自己定了一条死律，那就是不享受特权、不搞特殊化。

中国有句老话，官宦之家，门庭若闹市。意思就是当官时，不管多远的亲戚都会前来拜访，不管是不是朋友，也会常来走动，王金陵家也不例外。

王金陵是一个非常谦和、非常清廉的人，他给自己定的纪律，自是认真坚守，不管是多近的亲戚，如果违背纪律，都会遭到他的拒绝。

在20世纪80年代初期，国家实行计划经济体制，与之同时，滋生了一些相关的政策，很多人可以通过拉关系、走后门进行官场交易。一天，王金陵二姑家几个孙子组团从江苏老家过来，想请王金陵帮忙办个农转非，找个像样的工作，或者直接给安排个小官。王金陵得知他们的来意之后，温和地对他们说："这样的事儿，你们别找我，我办不了，我就是个棉花套子，砣大，但不压秤。还不如你们公社的书记、生产队长，他们能给你解决具体问题，我不行，我没有这个权利。"棉花套子是一种比喻，是江苏地方常用的俗语，意思是说，我官很大，但是我不管事，还不如你们公社的社长或者大队的队长。王金陵这样说，远道来的亲属虽然很失望，很不理解，但见他态度坚决，也只好悻悻地走了。

王金陵是个孝子，每次他去参加人民代表大会时都会到徐州老家探望年迈的父母。他的父亲王恒心在"反右倾"时被打成右派，在"文革"期间又遭到严重迫害，得了中风，一病不起。虽然"文革"结束后得以平反，却依然与妻子郭静心住在一间不足二十平方米的小屋里，这间小屋，被王家的人称为陋室。长年照顾他们的是王金陵的二弟王裕华。因王恒心六个孩子只有他在身边，所以，照顾老人的义务就由他一人承担，直到他因心梗去世，照顾父母的责任才转交到从外地调回来的六弟王裕泰身上。

王金陵回徐州从来不带秘书，不惊扰当地政府。每次回去，他都会陪父母待上几天，因陋室地方狭小，没有地方放床，晚上睡觉时他就在地上打个地铺。王金陵从小在牧师的家庭中长

1981年与陈雷省长一同劳动（左一）

大，深受父亲的感染，养成了俭朴的生活习惯。在上大学时，他穿的衣服总是最破旧的，参加工作以后，舍不得为自己添一件新衣服，把节俭下来的钱，全部寄给弟弟，支持他们完成学业。当副省长以后，他依然只是一身洗得发白的中山装，一顶布料单帽，这身打扮，跟农村的大队会计差不多。

　　一次，王金陵从徐州回哈尔滨，在上火车时被检票员当场拦住质问："你是干什么的，你怎么可以坐卧铺？"王金陵没有解释，只是把手中的车票递给了检票员。检票员非常怀疑地打量着王金陵，仔细地检查了车票，确定无误之后，才准许他上火车。但前来送行的二弟、六弟还有六弟的同学都遭到了拒绝。当时只有够级别的国家干部才可以购买卧铺，因王金陵穿得跟大队会计一样，才引发检票员的怀疑。王金陵检票通过之后，六弟的同学对乘务员说："你真是'狗眼看人低'，前面那个官太太，前呼后拥一群人，你问都不问，就放他们上去了，

1982年在父亲王恒心追悼会上代表家人向来宾致谢辞

而这是你们省的副省长，你却拦住不让上火车。"乘务员不相信地说："看他的样子，最多是个大队会计，必须得例行检查。"王金陵对六弟的同学说："你们快回去吧，我已经上车了，能上车回家就行，其他不要计较了。"但上了车，乘务员还是让他拿出证件证明自己的身份。当乘务员确定王金陵身份后立即赔礼道歉。后来，哈尔滨到徐州铁路段的领导还特意向王金陵写了一封道歉信。王金陵在回信中说："乘务员能工作认真是件好事儿。"

　　面对重病卧床的父母，王金陵曾几次想接他们来哈尔滨生活，可因他们年迈体弱，经不起折腾，最后都没有成行。母亲郭静心于 1980 年因病去世，1982 年，父亲王恒心撒手人寰，驾鹤西去。王恒心去世前因中风瘫痪卧床十多年，却坚持练习用左手给亲人写信，之后又开始撰写《保罗传》（由江苏省两所教会内部印刷，没有正式出版）。王恒心在他书中写道："那美好的仗，我已经打过了，当跑的路我已经跑尽了，所信的道，我已经守住了"。也许，这正是王恒心用他的方式对这个世界做的最后诀别。

徐州市统战部、民族宗教局出面为王恒心举行了隆重的追悼会，江苏省统战部、省宗教事务局寄来唁电并送来花圈。追悼会由时任徐州市副市长刘希伦主持，他在悼词中对这位民国前教育家、宗教家，做了全面平反并给以充分的肯定。王金陵代表全家向与会人员做了致辞。

# *10* 出任民盟黑龙江省主任委员

1981 年王金陵在中国民主同盟黑龙江省委员会第四届委员会第一次会议上当选为主任委员。他在《我的革命历史活动简历》中这样写道："我曾争取成为一名光荣的共产党员。东北农学院党组织也曾考虑到我的进步要求。但后来我看到了中央有关民主大批骨干应留在党外的文件，我是理解的，并在思想行动上力求按照共产党员的标准要求自己。今年我六十四岁了，身体还很健康，力争为社会主义四个现代化建设再做些工作……"。

简短质朴的语言，一颗爱国爱民的心。王金陵是一位学者，一位大豆育种科学家，也是一位从旧中国走到新中国饱经沧桑的老人。他身兼数职，却不忘初心，时刻以科学救国、科学强国的信心和理念，鼓励自己，克服困难，自始至终地跟随着党的指示，在教育、教学、科研前线刻苦钻研，为党和人民交给他的事业，无怨、无悔、无私地奉献着。

王金陵虽然是一名盟员，却时刻以一名共产党员的标准要求自己，因为他知道，民盟是共产党的辅助力量，只要党需要，自己在什么位置上都不重要，重要的是自己能用一颗真诚的心，为党、为人民、为国家做点事。所以，他不离不弃地跟着党，踏踏实实地做好每一份工作。

王金陵曾连任民盟黑龙江省委第四、五、六届主任委员，第七、八、九届民盟黑龙江省委名誉主任委员，是民盟黑龙江

1982年在省政府办公室工作时留影

省委首屈一指的资深领导人。在王金陵主持民盟黑龙江省委工作期间，摆脱了"左"的束缚，按照党的要求，把工作重点转移到以四个现代化为中心的发展轨道上来。他在主委办公会议上曾多次强调："要树立求真务实，真抓实干的精神，做好各项盟务工作，特别是要心怀大局，关心国事，把参政议政作为盟务工作的第一要务。"

　　作为一名老盟员，王金陵深知参政议政需充分依靠广大盟员的集体智慧和努力，因此，他建议成立理论学习中心组，借此经常联系省直各基层的骨干来民盟省委参与学习，提供社情民意信息。各基层选派参与理论中心组的盟员，大都思想活跃，勤于思考，具有较高的分析和理解能力，所以，他们在理论中心组的发言都很有见地，具有一定的参政议政的价值。理论中心组每周三学习一次，王金陵只要能把时间安排开就会亲自来参加学习。这样，他以身作则，率先垂范，不仅充分调动盟员参政议政的积极性，也将盟员的真知灼见升华为参政议政的合力，不仅集中了基层组织的人才资源和智慧，也打造了参政党履行参政议政的职能特色，使民盟黑龙江省委从他开始，多次受到民盟中央和省委统战部的肯定和表扬。

王金陵体察民情，集思广益，提出事关全省大局的建议，一直被列为省政协会议的第一发言人。他在黑龙江省人大会议上多次提出了有益的意见和建议。例如，技术军人的领军人物军衔应由少将改为中将、军队退伍的法律应昭示地方并在平时说明、测量事业应为有偿、三峡工程应重视流域的水土流失治理等等。这些意见均被采纳，对相关工作整改起到了促进作用。

王金陵认真学习邓小平理论，坚持实事求是的优良作风。在一次人大常委会上，他非常坦然地建言："治理黄河的三门峡工程，因泥沙问题没有解决而遭淹没，历史的教训值得注意，

1987年黑龙江省农业科学院研究生毕业论文答辩会合影（左二）

任民盟黑龙江省委员会主委时会见民盟新盟员（前第二排左七）

三峡工程一定要考虑周全，解决好泥沙问题，如果解决不好，宁可不建。"

王金陵每次参加全国人大会议或全国政协会议回来，到学校的第一件事，就是向党组织汇报参加会议的情况，谈会后的体会。由此可见，他是多么渴望能加入中国共产党成为党内一员，但因学校从统战工作的全局考虑，把他留在党外对东北农学院的发展更为有利，所以始终没有批准他加入中国共产党。

# *11* 走出国门

很多年前，王金陵曾梦想着去美国学习，但当时国家处于半殖民地状态，战事接连不断，因交通堵塞而失去了去美国进修学习的机会，这虽然让他终身遗憾，但他从没因此放弃对大豆的科研工作，即使被打入牛棚，也会想方设法地研究大豆，所以，他扎根在黑龙江这片土地上，把科学兴国的梦想制成垄，落成行。在没有科学仪器的情况下，通过口尝来鉴别大豆的成分，用手摇计算器计算浩大的数据。他深入基层，与农民、社员同吃同住，共同研究，仔细分析，最终培育出了一个又一个适合农业大面积推广的丰产丰收的优良品种，随着这些品种的大面积推广，王金陵的声名也响彻国内外。

从 1974 年王金陵应邀作为中国农业科学代表团成员出访美国之后，王金陵又代表国家，多次应邀到国外参观学习。1981年，王金陵受农业部邀请前往斯里兰卡参加国际大豆种子质量和保苗学术交流研讨会。在会上，王金陵详细介绍了中国大豆育种和栽培的进展，引起各国同行的广泛重视，大家纷纷提问，王金陵用一口流利的英语——作答，受到了各国同行的钦佩和好评。

1982 年，王金陵应联合国开发计划署援助项目邀请代表中国赴美考察大豆科学与生产情况。期间，他带领考察团考察了美国的印第安纳州、伊利诺伊州、密苏里州、艾奥瓦州，并在美国

1981年赴斯里兰卡科伦坡参加大豆学术会议与王连铮合影（左一）

1983年巴西南部考察留影（右五）

伊利诺伊大学举办的中美大豆学术讨论会上作为中方团长发言。

　　这次考察主要参观访问了各州大学农学院、试验站、农场、农民、农业推广站、粮栈和大豆加工厂等，留给王金陵印象最深刻的是，美国各大学农学院投入了大量的人力物力研究大豆的耕作、栽培、生理生化、遗传、品种资源、杂草防治及病虫害等方面的问题。美国对大豆的研究，不是单一的学科研究，而是紧密结合生产实际，进行多学科的大豆综合研究。美国农业部和印第安纳州普渡大学主持一项大豆的研究课题，就有栽培、杂草防治、病理、虫害、农业机械、气象及农业经济等方面的专家参加，研究的内容涉及轮作、耕作、栽培和管理方法。各地大豆栽培都进行多因子试验（如行距、密度、品种、播期等）。大豆育种强调在材料数量基础上进行有根据的选择，重视

1983年日本筑波国际大豆学术讨论会与盖钧镒、王连铮等合影（右二）

良种良法的研究。品种资源除了负责收集、保存、分发工作外，也进行创造育种材料及专题方面的研究。品种资源病虫害鉴定由各地有关专家进行。因美国在抗病虫草害育种及生理生化、遗传方面的研究比较深入，农场和农民的机械化程度、劳动效率和生产水平都相当高。所以，大豆苗全、苗匀、生长繁茂、不倒伏、杂草很少、结荚多，单产也比较高。

　　1983 年，王金陵应中国科学技术协会邀请，与其他科学家组成巴西能源大豆考察团，前往巴西进行考察。在这次考察中，王金陵通过敏锐的观察，回国后再次写出了 14 000 多字的考察报告，首次向国内外同行介绍了巴西大豆生产、栽培和育种情况。

　　王金陵把巴西大豆的产区分为老产区、大豆发展中的新区、巴西北部各州三类。他在报告中对巴西大豆育种目标和育种方法进行了解读和诠释。他认为，与巴西大豆生产相对照，我国大豆生产与其有明显不同，在技术问题上又有很多相同之处，在生育期较长的农业生产地带，如何建立合理稳定的耕作栽培制度，使水、肥、气、热自然资源能得到充分利用，让农作物稳定地生产，为不同地区不同栽培制度选育丰产稳定的大豆品种，选育合理的大豆类型，中国有传统的例证和资源，巴西有深刻的认识与一定的成果。在土壤种植方面，双方各有经验，中国更有待利用的品种资源。在大豆病虫害及杂草问题上，双方既有不同之处也有共同之处，尤其在高温多湿地区的病害方面共同之处更多。在高温多湿条件下，如何保证大豆产品的优良品质，以及高温多湿条件下大豆的良种繁育与存储问题，双方均感需要。

王金陵对巴西大豆发展的前景给予了预测，与其后来三十年的发展完全吻合。由此可见，王金陵不仅具有敏锐的洞察能力，还具有高瞻远瞩的科学认识和科学思想。

1984年在美国艾奥瓦州立大学举办的第三届世界大豆研究会议与常汝镇、王连铮、何志鸿合影

　　王金陵从巴西回国之后，不久又前往日本筑波，参加亚热带大豆耕作制度学术讨论会。会上，他做了大豆类型的学术报告，得到各国专家学者的赞许，为国家和我国大豆学术界争得了荣誉。

　　1984 年，王金陵应邀前往美国艾奥瓦州立大学参加第三届世界大豆研究会议。与会期间，有一个关于大豆研究方面的专题，只有世界最著名的大豆研究专家才能被邀请坐在讲台上，当下面的参会人员向他提出问题时，他再次用一口流利的美式英语介绍了利用地理远缘的品种间杂交产生超亲遗传，以及选育超早熟品种——"东农 36 号"的经验，受到国内外同行的高度赞许，美国艾奥瓦州立大学农学院院长称赞道："这才是真正的育种家！"

# *12* 向野生大豆资源利用进军

　　作为科研工作者，王金陵之所以能站在科技的前沿，除了身体力行，更重要的是他拥有思想的高度和视野的宽度。他在读本科时阅读了七所大学图书馆里跟大豆有关的资料，并做了详细的记录卡片和系统分析，对中国大豆的分类重新进行了划分。为大豆育种研究搭建了一个非常良好的知识架构。在导师王绶教授指导下，随着他对大豆育种认识的深入，又对中国南北大豆有了深刻的思考。在他的一生中，著有论文 100 余篇，每一篇都具有时代意义，是当时中国鲜有的行业资料，经常被国内外大豆同行引用。特别是他的四部学术著作更是行业最宝贵的财富。

　　王金陵淡泊名利却注重大豆未来的发展，他培养出一代又一代的大豆科研工作者，指引着他们向更新更广的领域进军。从1983 年开始，在国家自然科学基金的资助下，王金陵带着他的学生和助手们开展了"中国野生和半野生大豆产量和蛋白质资源利用的研究""大豆种间杂种后代农艺性状改良和高蛋白资源创新""大豆种间杂种后代遗传潜势及利用价值"等专题研究。

　　通过多年的研究，王金陵发现，栽培大豆蛋白质含量平均为 40% 左右，而野生、半野生大豆蛋白质含量在 43% ～ 50%。因此，他认为，野生大豆是宝贵的高蛋白育种资源，其研究对于明确蛋白质含量的遗传与相关，对栽培大豆、半野生大豆和野生大豆杂交、复交和回交后代的利用和改良，制定育种方案及相关选择方法都具有重要的参考价值。所以，他带领学生以东北和华北春大豆产区的 11 个野生大豆为材料，分析了蛋白质含量与植株形态性状、荚部和籽粒性状等 21 个性状的关系，结果表明，野生性状越典型的、进化程度越低的野生大豆其蛋白质含量越高，即植株高大、分枝多、叶小、荚小、荚直、荚多、粒小、粒多的野生大豆蛋白质含量高。以 7 个和蛋白质含量相关显著或接近显著的性状对其蛋白质含量进行统计分析，结果表明，粒大小虽与蛋白质含量成负相关，但它的直接效应是正的，表明选大粒可能与选高蛋白不矛盾。栽培大豆与野生大豆杂交后代中，选择高蛋白材料，必须克服它与细茎、多分枝、小荚等的不利连锁，加强蛋白质含量的实际测定和直接选择，以选育结合栽培大豆直立、秆强不倒、主茎发达的特点和野生、半野生大豆的高蛋白含量特点的优良材料。

通过试验，王金陵带着他的学生，利用大豆栽培种 × 野生种、栽培种 × 半野生种、栽培种 × 栽培种三类组合研究了杂交后代性状的遗传规律及育种效果。指出，栽培种 × 野生种及栽培种 × 半野生种性状的变异程度和分离势远远大于栽培种 × 栽培种。这三类杂交组合出现优良类型的种类不同，栽培种 × 野生种容易产生高蛋白、极小粒及多荚多粒中间类型，而栽培种 × 半野生种是选育出口型小粒豆的理想材料。栽培种 × 野生种、栽培种 × 半野生种性状的稳定速度慢，在选择时要适当放宽选择标准，延迟选择世代，建议选用有限型栽培种克服蔓生性之手段。

在野生大豆和半野生大豆产量和高蛋白资源潜力的利用中，王金陵思考最多的是如何把高蛋白特点遗传下去，克服种间杂交后代的蔓生倒伏性，使之具有高于母本栽培大豆品质的蛋白质含量，同时又具有栽培大豆品种的优良栽培性。通过第一阶段的研究，于 1986 年获得了一些蛋白质含量在 45% 以上、遗传基础广泛、农艺性状较好的种间杂种后代。这一成果，受到国内同行业专家的高度评价，认为种间杂交后代在改良和利用上达到国际先进水平，并且该研究于 1987 年荣获农牧渔业部科技进步奖二等奖。

在研究野生大豆资源的试验过程中，王金陵带着他的学生们先后撰写了《野生大豆蛋白含量和性状间相关及统计分析》《大豆品种间与种间杂交后代农艺性状遗传的比较研究》《回交对克服栽培大豆与野生和半野生大豆杂交后代蔓生倒伏性的效应》《大豆种间杂种早代回交和高代选择性回交性状改良效果的研究》等论文。王金陵为了培养学生，他主动把自己的名字放在了后面。

功夫不负有心人，王金陵结合种间杂交育种，带领师生创造了"广义回交"改良法，获得了一些具有突出特异性状的品系，如一个超小粒大豆品系得到加速繁殖，为日本商人提供了纳豆的专用品种。这些含有野生血缘的栽培化的种间杂交后代对拓宽大豆遗传基础有着重要作用。这些向野生大豆资源利用进军的研究，不论在理论上还是在实际应用上，在国内还是在国外，都是富有开拓性的。

为了拓宽东北大豆品种的遗传资源，王金陵主持了国家自然科学基金重大项目"东北大豆种质资源的拓宽与改良"。他把这个项目分为 4 个课题，分别由东北农学院大豆研究所、黑龙江省农业科学院大豆研究所、吉林省农业科学院大豆研究所和南京农学院大豆研究所承担。经过五年的研究，不但在资源材料上有所改良创新，而且在种质资源拓宽与改良的方法途径及理论方面也有很大的提高。东北农学院大豆科学研究所创造了蛋白质含量高达 48% 的优质材料，抗大豆灰斑病八个生理小种的品系"东农 9674""东农 593"，抗大豆花叶病毒"东北 1 号""东北 2 号""东北 3 号"株系的"东农 92-070"，抗大豆胞囊线虫的"东农 93-8055"（"东农 43 号"）等一批新品种（系）。

# 第八章 德育桃李

　　王金陵担任农学系主任期间，通过考虑每个老师的长处，给他们安排了成就一生事业的方向，对东北农学院的学科发展起到了开拓性的作用。比如，苏少泉在选择方向时很迷茫，王金陵对他说："东北是个大农业，今后除草是个大问题，机械化除草也是个大问题，你就搞杂草防除，搞除草剂吧。"像苏少泉这样被他指点方向的人，最后都成为学科带头人。

# *1* 为常汝镇答疑解难

王金陵担任农学系主任期间，通过考虑每个老师的长处，给他们安排了成就一生事业的方向，对东北农学院的学科发展起到了开拓性的作用。比如，苏少泉在选择方向时很迷茫，王金陵对他说："东北是个大农业，今后除草是个大问题，机械化除草也是个大问题，你就搞杂草防除，搞除草剂吧。"像苏少泉这样被他指点方向的人，最后都成为学科带头人。

自从王金陵到东北农学院任教以来，他的心就深深地扎在了这里，他对学生讲的是自身实践，是自己在实践工作中总结出来的学术理论和观点。他始终坚持教学、科研、生产三结合，并努力为国家培养专业高科技人才，构建可持续发展的人才梯队。所以他要求学生，不但要打好扎实的理论基础，还要培养动手和科技创新的能力。他当年的人才培养思想，成为现在培养高、精、专人才必备的条件。

王金陵在其教育事业中，非常注重专业人才培养，他曾多次在全校教师会议和农学系教务工作会议上提出，培养青年学生，要像培养自己的孩子一样，去关心他们的学习，关心他们的生活，关爱他们的成长。他还经常对老教师讲，作为老教师，要为年轻教师铺路搭桥，为他们创造成长的条件，只有这样才能青出于蓝而胜于蓝。

就是在这种思想境界之下，王金陵在培育出"东农36号"

之后，在发表学术论文时，基本上就是把自己的学生排在前面，把自己排在后面。用他的话说，我们都会老的，会退出历史的舞台，而我们更需要年轻人来接班，把我们的思想和科技知识永远地传递下去。所以，他把他的学生，像王连铮、常汝镇、杨庆凯、祝其昌、孟庆喜、吴宗璞、高凤兰、马占峰、韩天富、邱丽娟、李文滨等等，一个一个地推到了中国农业科技的前沿，他们在各自的科研领域都为国家和教育事业作出了重大贡献。

在常汝镇和杨庆凯读研究生时，因当时研究生比较少，所以他们可以到教工阅览室与教工一起看书学习。常汝镇本来就是一个爱提问题的学生，一次，他向王金陵提了一个问题，具体是什么问题，时隔多年之后，已记不清了，但王金陵帮他解决问题的情节，却是历历在目，令他终生难忘。

王金陵当场对常汝镇提出的问题进行了解答，但觉得自己没有讲好，讲得不是很清晰，就对常汝镇说："我对这个问题，还有不是很清楚的地方，等我回去查查资料，再来给你解释。"一般老师解答完学生的问题就不会再有后续了，即使不正确，也会碍于面子而不再重新解答。但王金陵认为没有弄明白或者没有解释清楚的问题必须想办法弄明白，解释清楚，才算是真正地解决问题。作为老师就应该自己先弄明白弄清楚再来重新解答。所以，等王金陵彻底搞清楚了问题后，便带着卡片、资料来到阅览室，找到常汝镇，再次为他讲解这个问题。常汝镇研究生毕业后，一直从事大豆研究，在大豆品种资源领域辛勤耕耘，为从事大豆研究的科技人员提供大量所需的品种资源。为大豆科技交流尽心尽力，先后担任中国作物学会大豆专业委员会秘书长、副理事长和理事长，还曾任农业部大豆专家指导组组长，为发展中国大豆生产献计献策。

师者，传道授业解惑也。王金陵就是用这样一丝不苟的教书育人的工作态度，带着他的学生们在大豆科学的领域，一步一个脚印地、踏踏实实地向前迈进。

王金陵在担任黑龙江省副省长和黑龙江省人大副主任期间，政务繁忙，社会活动颇多，所以，他就让学生每周一次到两次

1997年与常汝镇、邱丽娟进行大豆高科技研究时合影（左二）

到他家中，一对一、手把手地指导他们哪些事情要做，要怎样做，怎样做才能做得好。而且，他与这些到访的学生都能认真商谈，询问他们所选的论文进行到哪个阶段了，试验都做了哪些准备，在试验的过程中遇到了哪些问题，是否需要查阅文献等等。另外，王金陵特别关注学生基础知识的训练。他认为，作为科研工作者，没有雄厚和扎实的基础知识作为积累，是很难走远的，只有把基础知识学好、用好，才能为将来研究新课题做好充分准备。

## 2 大豆领域全才杨庆凯[1]

王金陵早期的两个研究生，一个是好问的常汝镇，一个是好学的杨庆凯。1962 年，两个年轻人以优异的成绩考上了王金

---

[1] 杨庆凯，原东北农业大学大豆科学研究所所长，大豆遗传育种学家，先后担任中国作物学会大豆专业委员会秘书长、副理事长，全国政协委员，黑龙江省政府参事。

陵的研究生。王金陵喜欢这两个研究生，欣赏他们的勤奋，欣慰他们对大豆事业的追求，在王金陵与常汝镇、杨庆凯共处的日子里，一起上课，一起下田，既像父子，又像兄弟。

1966 年初，常汝镇与杨庆凯研究生毕业，常汝镇服从分配去了中国农业科学院油料研究所工作，杨庆凯留校任教。此时王金陵与杨庆凯接触得比较多，很多工作也交由杨庆凯去做。

在"文革"期间，王金陵被关进牛棚，因在牛棚里因拾捡一株大豆而被造反派批斗。在他走出牛棚后，第一时间找到杨庆凯、吴宗璞和高凤兰，带着他们在条件十分艰苦的情况下，把大豆育种工作坚持下来。在大家共同的努力下，保存了大豆育种材料，选育出了一批大豆优良品系，从 1971 年配制的"Logbew"×"东农 47-1D"组合选育出了极早熟的"东农 36 号"品种。"东农 36 号"作为高蛋白极早熟品种将大豆种植领域向北推移了一百多公里，开创了大豆育种的先河。同年，王金陵还带领他们配制"黑河 3 号"×"丰收 12 号"组合，培育成了"东农 37 号"品种。

"文革"后期，学校从香兰搬回哈尔滨阿城城东，大豆科研试验也搬到阿城城东，在新的地理位置，新的土壤环境下，王金陵带着杨庆凯和助手们又开始了新的科研、新的试验。而这段时间，王金陵的政治身份逐步恢复，不仅要参加政务会议，还要参加各种学术活动，身兼数职，很多工作只能交给杨庆凯去做。也正因如此，杨庆凯在王金陵的引领和指导下，得到了充分的锻炼，很快就担负起东北农学院农学系教学与科研的重任。

1982 年，东北农学院将大豆研究室正式命名为大豆科学研究所，任命王金陵为研究所所长，孟庆喜、陈魁卿为副所长，吴宗璞为研究所秘书，并由黑龙江省投入专项经费盖了大豆楼。大豆科学研究所以"一手出品种，一手出论文"的指导思想，全面开展教学、科研和推广等工作。因此，杨庆凯除了教学之外，还协助王金陵主持大豆科学研究所的工作和协助指导研究生。

杨庆凯是非常开朗、非常勤奋、非常好学的人。不论是在工作还是在学习中，只要遇到不会的问题，总能想办法学会。他考研之前学的是俄语，为了能读懂外文资料，在王金陵的指

东北农业大学211评估会议期间与王连铮、杨庆凯合影（左二）

导下，系统地学习了英语。担任教学工作以后，为了能讲好生物统计这门课程，又系统地学习了高等数学。为了推广统计分析的实际利用，他主笔编写了《田间试验与统计分析》、撰写了《计算器进行方差分析的优化程序》《标准差和变异系数》等多篇科普文章。

师傅领进门，修行在个人。杨庆凯担任农学系主任不久，因痴恋大豆科研事业而辞去了系主任一职，把全部精力都用在了教学与科研上。他曾经有一次学院推荐去苏联进修一年的机会，当时，能出国深造是非常难得的。可杨庆凯舍不得大豆科研和王金陵老师交给他主持大豆科学研究所常务工作的重任，于是找到时任作物遗传育种教研室主任的李景华老师征求意见，在得到以大豆事业为重的劝告后，杨庆凯放弃了出国深造的机会，一直坚守在农学院的大豆遗传育种岗位上。二十余年，他在教学与科研上，一直坚持王金陵的指导思想，选定目标，持之以恒，以"一条道跑到黑"的精神，在大豆遗传育种、栽培、病理及大豆产业发展等方面都取得了很好的成绩。

王金陵在培育出"东农 36 号"后就把学生往前推，用他的话说："谁作的贡献大，谁就打头。"所以，在 1984 年，他指导孟庆喜、武天龙、赵淑文、杨庆凯、马占峰、吴宗璞、高凤兰等人共同完成了《野生大豆和半野生大豆产量和蛋白质资源潜力的研究》并发表在《东北农学院学报》上。

中国还有句古话，那就是名师出高徒。杨庆凯在遗传育种研究中，不仅参与了"东农 36 号""东农 37 号""东农 42 号""东农 46 号""东农 47 号"等品种的科研工作，还非常注重选种圃对育成品种的影响，研究不同土壤对后代选择的效果，指出中上等肥力条件下选育的品种往往能适应生产的需求，为此特意在农学院试验站设置了一块高肥选种田。与此同时，杨庆凯还参与主持了两个重大科研项目，一个是国家自然科学基金重大项目"东北大豆品种遗传基础的拓宽与改良"，一个是"九五"国家重中之重科技攻关项目"大豆大面积高产综合配套技术研究与示范"。并先后发表论文 200 余篇。

青出于蓝而胜于蓝。1985 年，王金陵主动辞去大豆科学研

2000年在大豆科学研究所与杨庆凯研究大豆时合影

全国人大常委会副委员长民盟中央委员会主席接见民盟黑龙江省委员会领导班组（左五）

究所所长的职务，把他一手创建起来的大豆科学研究所正式交给杨庆凯。在王金陵担任副省长、人大常委会副主任期间，杨庆凯作为王金陵的首批弟子，代师传教，协助王金陵培养出一批优秀的博士生。

# 3 第一个博士研究生李文滨

1977 年恢复高考，中国的高等教育事业逐渐走向正轨。1978 年王金陵开始恢复招收硕士研究生，当年考上两名，他们是"文革"期间东北农业大学本科毕业生何志鸿[1]和尹田夫[2]。

---

[1] 何志鸿，硕士毕业后被分配到黑龙江省农业科学院工作，后调入黑龙江省科技厅农业处，现已退休。

[2] 尹田夫，硕士毕业后被分配到黑龙江省农业科学院工作，现已退休。

1984 年，王金陵被遴选为第二批博士研究生导师并开始物色他的第一个博士研究生。他的唯一应届硕士研究生名叫李文滨，是东北农学院七七级本科生，本科实习时在大豆课题组跟随吴宗璞做大豆花叶病毒研究，1982 年以优异成绩考上"文革"后王金陵的第二批硕士研究生，硕士学习时做的是大豆野生资源利用研究，学习成绩优异，本人也非常热爱大豆育种事业。

有一天，王金陵见到李文滨，问他是否愿意报考自己的博士研究生，李文滨听后非常开心，欣然同意。李文滨一直梦想成为一名遗传育种领域的博士生，但当时只有马育华和刘后利可以带这个领域的博士生。也许这就是王金陵与李文滨的师生缘分，当王金陵获得招收博士资格之后，首先想到的就是李文滨。王金陵选李文滨考自己的博士，除了他学习成绩优异之外，还有一个原因是他的父亲李景华、母亲许蕊仙都是自己的同事，也是好友。李景华和许蕊仙是 1948 年毕业于南京中央大学，比王金陵晚毕业几年，他们分配到东北农学院工作之后，深受王金陵的扶植与栽培，所以他们称他为王金陵老师。在"文革"前，李景华没有经费做马铃薯试验，王金陵就从自己为数不多的试验经费中挤出 2000 元钱资助他搞科研。在王金陵的全力支持下，李景华培育出国内非常有名的"东农 303"马铃薯品种。"文革"期间，两人先后被隔离，同被分配在香兰农场四分场劳动改造，他们同吃同住，结下了深厚的友谊。

李文滨在读硕士研究生期间主要从事野生大豆与栽培大豆杂交后代性状的遗传研究，那时王金陵担任民盟黑龙江省主任委员、全国人大常委会常委，农业副省长，行政事务繁多，只能抽时间指导学生论文实验。

一年冬季李文滨在温室繁殖大豆杂交材料，遭遇红蜘蛛严重危害，王金陵利用在省政府工作的间歇时间同秘书一起来到温室查看情况，及时给出了解决办法。王金陵不管多忙每周都会抽出时间来给学生上课，当时他主要给硕士研究生讲作物育种和生态育种专题。王金陵认为，做大豆育种首先要了解掌握区域的生态特点，适应贫瘠地区的品种就不能在高水肥下选育，

省政协产观团在涝洲人民公社新民
三队田间参观视察时留影（左二）

无限型大豆是适合贫瘠地区的一个显著特点，这为学生在后来
从事大豆育种工作奠定了基础。

1985 年，李文滨如愿考上了王金陵的博士，与 1983 级硕士
研究生张国栋[①]、罗振锋[②]，1984 级硕士研究生邱丽娟、廖林[③]、
彭玉华、杨琪、王曙明，1985 级硕士研究生满为群、刘晓洁[④]等
一起工作学习。

王金陵不论培养硕士研究生还是培养博士研究生，都非常
注重培养他们的独立研究能力。他在培养博士研究生初期，先
给他们一些参考文章进行阅读，然后再坐下来一起讨论。学生
掌握一定信息之后，帮助他们确定研究题目和研究范围，然后
让他们自主发挥去做实验，他定期了解实验进展，发现问题及

---

① 张国栋是王金陵第二届博士研究生，20 世纪 90 年代移居美国。
② 罗振锋为吉林省农业科学院原副院长。
③ 廖林现移民加拿大，在加拿大圭尔夫大学植物农业系大豆育种研究室工作。
④ 刘晓洁现在东北农业大学国家大豆工程技术研究中心工作。

时提出解决问题的建议。

那时没有互联网，也没有大数据，科研工作者要查文献，主要是去图书馆查阅资料。有一次，李文滨去王金陵家里，谈起查阅文献，王金陵让他参观了自己的文献卡片柜，柜里的每个小抽屉里都是从 20 世纪 40 年代开始记载的读书卡片，上面的文字数据都是用老式机械打字机打在上面的。王金陵督促李文滨要定期去图书馆查外文文献，跟踪每一期最新期刊，要把重要的内容记在卡片上，进行分类，通过记载和分类增加理解和记忆，便于将来写文章时进行参考。只有阅读大量文献、跟踪世界最新研究进展，才能把握科研领域的发展前沿，合理设计实验，不走弯路，论文才会有创新点。李文滨听后很受启发，开始效仿做阅读卡片，直到有了电子计算机和互联网为止。这一方法让李文滨很受益，他通过每个月跟踪、查阅、制作图书卡片，全面掌握了研究领域的整体研究进展和最新趋势，从而在博士一毕业就能围绕当时国外比较火的多年生大豆研究申请获得国家自然科学基金青年科学基金项目。李文滨通过那时制作卡片熟练掌握了英文打字技术，在当时非常难得。后来他去日本农业生物资源研究所做日本科技厅客座研究员时，日本人看到中国人也能熟练打英文很惊讶。

在读博士期间，李文滨做了栽培大豆 × 野生大豆、栽培大豆 × 半野生大豆、栽培大豆 × 栽培大豆杂交组合后代性状的遗传比较分析及与不同栽培类型品种再杂交改良野生性状的研究，首先提出了广义回交的概念。也就是在种间杂交后代利用半矮秆栽培大豆进行杂交，可以加快直立进程。李文滨博士研究生毕业后留校工作，后去日本、美国、加拿大留学，主要从事大豆遗传育种及生物技术研究。由于杨庆凯在 2002 年秋不幸去世，2003 年接任东北农业大学大豆科学研究所第三任所长。现为博士生导师，省特聘教授，教育部大豆生物学重点实验室主任，农业部北方大豆遗传育种与生物学重点实验室主任，黑龙江省作物学会副理事长。曾任世界大豆研究会执行委员会委员、中国作物学会大豆专业委员会副理事长、中国作物学会理事。

1984年在办公室修改审校来稿

# 4 委托培养研究生王曙明[1]

恢复高考之后，国家开始重视高端人才培养，从1982年开始，东北农学院也进入了一个高峰阶段。仅1984年农学院招收研究生40余名，而此时的王金陵声名远赫，又是黑龙江省副省长，很多学生都不敢报他的研究生。

1984年东北农学院与吉林省农科院进行研究生联合培养，东北农学院本科毕业生、耕作学科代表王曙明因受名额限制而成为王金陵的第一个联合培养的研究生。

本来王曙明报考的是沈昌蒲的研究生，但因沈昌蒲只有招两名研究生名额，王曙明虽然已经进入分数段，但仍不能被录取。

---

[1] 王曙明现担任吉林省农科院大豆研究所所长，大豆产业技术体系岗位科学家，中国作物学会大豆专业委员会副理事长。育成了"吉育78"等一批大豆品种在生产上推广利用。

就在王曙明踌躇之时，吉林省农科院教育办派人来征求他的意见，问他是否愿意到吉林省农科院读研究生。当时除中国农科院可以招研究生并授予学位外，各省级农科院虽然可以招收研究生，但没有学位授予权，所以各省级农科院就与能授权的院校合作，联合培养研究生。读吉林省农科院的研究生，除了毕业后要到吉林省农科院工作之外，其他方面与正规研究生没有区别。

吉林省农科院与东北农学院联合培养研究生，不占用东北农学院的名额，但由东北农学院的导师直接授课。吉林省农科院下设多个研究所，比如大豆研究所、玉米研究所、小麦研究所等。大豆所比较有名，由王金陵担任委培导师，所以王曙明就选择了大豆所，这样，他就成了王金陵的一名编外研究生。

王曙明作为吉林省农科院的委托培养研究生，跟东北农学院的研究生一样，要学一年半基础课，再做两年田间试验，在这两年里，正好是植物两个生长季节，最后半年撰写论文并答辩。

1985年春季开学时，王金陵带着他的研究生进行课题选题，让学生们自己选择感兴趣的课题。当时，王曙明选的是"半野生大豆的辐射"。王曙明之所以选择这个课题，是因为在此之前，农学院已经开始筹备东北大豆种质资源拓宽的研究了。"半野生大豆的辐射"课题正好涉及自然与辐射育种两方面内容。

王曙明拿到种子之后，先在省农科院技术物理研究所进行钴源辐射，分三个剂量进行处理，然后把处理好的种子带回学校，在学校的试验田里进行育种研究。辐射育种是比较前卫和先进的，在辐射育种之前很多人都选择栽培大豆做育种。但王金陵在给研究生的选题当中，设计出了半野生大豆辐射育种的选题，可见他对当时国际科学前沿的认知、了解和涉猎范围都是非常前卫和广泛的。他设计这个选题，是他对大豆有自己的认识和理论，他认为大豆起源是从野生大豆逐步通过人工选择进化到半野生，再由半野生进化到栽培的过程。所以他想通过对半野

坐火车往返于哈尔滨与阿城城东农学院之间进行教学工作

生大豆进行辐射处理，发现比较丰富的类型，有的甚至接近直立类型，有的接近栽培型。反之，又可以通过这个实验，验证大豆进化的连续性，通过诱变后代看到不同的类型。所以他设计这个课题，不仅是给研究生设计了一个课题，也是对自己的思想、对野生大豆发展到栽培大豆的过程进行一次更深入的理解和验证。

王曙明将以三个剂量辐射过的种子播种之后，开始对每个生长细节进行仔细观察。因要写毕业论文，所以他用了两年时间，完成了 $M_1$ 和 $M_2$ 两代育种，培养出一些相关材料，留给以后想研究同样论题的人继续使用。通过试验，王曙明对辐射后的性状、营养成分、株高、行距等数据进行了一些记录和分析。

野生大豆在 $M_2$ 代，已经显现出性状变异：不同蛋白质含量大豆材料和少数高油大豆材料。王曙明在做完 $M_2$ 代之后，就毕业回吉林省农科院参加工作去了，这个育种过程中的中间材料留给下一级学生继续研究。在王曙明做这个试验之前，国内基本都是做栽培大豆育种的，很少用半野生做育种，所以，在半野生大豆辐射之后，这个变化出现两个方向，一部分是朝栽培类型转变，一部分是朝野生类型转变，颗粒变小或者蔓生性又增强了，这个变异是随机的。

此时的王金陵已经调离黑龙江省副省长的职务，担任黑龙江省人大常委会副主任，但是他依然遵守自己给自己定的纪律，十几里的路程不用公车，不管多忙都要到试验现场辅导学生。那时的学生，经常能在小火车上看见他的身影，他也会经常在火车上与他的学生们进行亲切的交谈。

王金陵对王曙明的选题非常关注，经常到现场与他一起讨论，告诉他这个实验应该怎样做。等实验结束写论文时，王金陵送给王曙明几张关于辐射育种的卡片，让他查阅一些国外发表的外文辐射育种方面的文章。王曙明把写好的论文初稿交给王金陵，王金陵看后，非常认可地问："这些英文摘要是你自己写的吗？"王曙明回答是。王金陵说："你的英文不错，写得挺好，等我回去细看。"后来，王金陵对王曙明的论文进行了细致的修改和标注。

王曙明在王金陵那里不仅学来了一些先进的科学理念，还学来了一个良好的查找和阅读外文资料及文献的习惯。也正是这个好习惯，帮助王曙明打下了一个良好的基础，明确了王曙明日后从事大豆研究的方向，毕业后，直接分配到吉林省农科院的大豆育种室，开始从事品质育种研究工作。

在王曙明前往吉林省农科院报道之前，王金陵特别交代他说："吉林省农科院是搞大豆的好地方，那里的大豆研究做得非常好，比较全面，大豆所的田佩占所长也曾做过我半个月的研究生，在大豆界是比较年轻的，在大豆育种方面也是比较有名气的，而且他还能写一手好论文，你去了，一定要跟他好好学学。"

# 5 为邱丽娟[1]申请减免经费

1985 年，王金陵招收了 5 名研究生，分别是彭玉华、王曙明、杨琪[2]、廖林和邱丽娟。王金陵与五名研究生见面时，交给他们三页纸，上面写着三十多个课题题目，让他们自己选想做的课题。当时邱丽娟选了"大豆蛋白质和产量的相关研究"，她认为自己可以做出点东西来。但是，等她真正做起来时，才认识到这个题目看似简单，实际做起来却非常难。后来，她放弃这方面的研究，改做大豆杂交育种的研究。在她做大豆杂交育种时，有个硕博连读的机会，她通过考试获得了硕博连读生资格。

邱丽娟在上学时与王金陵见面很少，每次王金陵到学校来，都会询问她课题做得怎样了，还要反复叮嘱她说："英语是一门必备的工具，一定要把这门课程学好。"在毕业时，邱丽娟交上一份论文，自己感觉写得很好，但王金陵看后，给她提了几个问题，告诉她应该在哪个方面进行阐述，然后让她回去再看看书。邱丽娟回去仔细看书发现，王金陵虽然没怎么看她的论文，只看了文中的几个数据，就知道问题出现在哪里了。

邱丽娟在读研时，做了一个关于大豆品质分析的课题，需要 4000 元钱的测试经费。在 20 世纪 80 年代，4000 元钱是一个不小的数目。王金陵拿不出这些钱，但他又不想让他的学生因为经费问题而放弃对这个课题的分析与研究，所以，他思来想去，决定求助他的老朋友，给时任吉林省农业科学院副院长孙寰写信，请他给减免一些经费。因那时讲创收，又涉及局部研究室和大豆研究所的利益，孙寰用了最大的努力给他减了 2000 元钱。有了这个优惠，邱丽娟顺利完成了试验与分析。但她不知道，她的导师为了帮她，不仅去求人，还搭上了自己的"导师费"。

---

[1] 邱丽娟现为中国作物学会大豆专业委员会主任委员 ( 以前称理事长 )，博士生导师，中国农业科学院二级研究员，在大豆品种资源及大豆生物技术领域成绩卓著，在 *PNS*、*Nature Biotechnology* 等 SCI 刊物上发表论文数十篇。

[2] 杨琪 20 世纪 90 年代移居美国。

1989 年 7 月，王金陵在给孙寰的信中这样写道：

孙寰院长：

　　春天你来时，曾向你讲到，我有一位博士生研究生 ( 女 ) 邱丽娟，因论文材料分析的事儿，欠了大豆所一笔分析费，由于交付材料分析时，在去年十月份分析费用涨价之前，因此曾请你转请大豆所分析室从优对待。春末夏初已汇去了原应付的两千元，但一直未得到收据，现该生已经毕业，分配到中国农科院品种资源所工作，分析费报销事要托另一研究生杨琪 ( 女 ) 对学校承担责任报销 ( 由我来保证 )，为了早日了结此事，请院长费心追问一下，该两千元收据能否寄来，如果分析室坚持须付四千元 ( 能否再少些 )，那就把我对其他研究生的导师费，清扫账上，以结此事。

　　此事有劳你处，过后当面谢，请分析室最近能回一信。今后我不拟再招研究生了，因我年事已高，知识陈旧，同时研究生毕业后的工作问题，以及其他事务问题，实在费神，我的全部导师费，自己一分钱也没用过，都贴给研究生了。

　　　　此致

敬礼

　　　　　　　　　　　　　　　　　王金陵

　　　　　　　　　　　　　　　　1989 年 7 月 24 日

　　王金陵在他的政治生涯中，没有利用职权请人吃过一顿饭，也没有为家人做过一件违规的事儿，而为了他的学生不仅申请减免经费，还一次一次地给老朋友写信，希望能给予帮助，让学生实现通过实验分析完成课题研究的愿望。

　　1989 年 8 月，孙寰帮助王金陵寄回了经费收据，为此王金陵再次写信表示感谢。

孙寰院长：

　　来信及化验费收据均收到，多谢你的关怀，像你及你院成员这样大的胸怀与眼光，不计一时之利，主要看到人才培养与科学事业的发展是难得的，大豆课题能否顺利开展，拿出成绩，也主要看是否有此种精神，有人只看钱，不计自己能否完成研究任务，后果便不好了，但愿无此种人。

　　此致

敬礼

王金陵

1989 年 8 月 13 日

　　王金陵像培育自己孩子一样培养他的学生。邱丽娟毕业后分配到中国农科院工作，王金陵每年到北京参加全国人大会议期间，邱丽娟都会抽时间去看望他。有一年，邱丽娟因生小孩

1989年邱丽娟、张国栋两名博士研究生学位答辩会后与评审专家合影

而没能前往，王金陵知道后，特意到商场买了一双老虎鞋，到邱丽娟家去看望她和刚出生的小孩。

# **6** 八五级研究生满为群①

孜孜以求，诲人不倦。王金陵对待他的学生是非常亲和的，但在学术研究上，态度却是非常严谨的。不论是哪个学生，都会亲自为他们改写论文，不管是谁在试验研究或者在撰写论文时遇到困难，都会全力以赴地去支持帮助他们，直到把他们培养成一名名副其实的科学研究者，扶上马，再送上一程。所以他的学生对他也如同亲人，非常尊重、爱戴他。

1985 年，满为群考上了王金陵的研究生。满为群在报考王金陵的硕士生前，十分钦佩王金陵的教育理念和学术观点，所以，他用最好的成绩考上了王金陵的研究生，并立志在大豆科学领域做出一番事业来。

王金陵在指导硕士生撰写论文时经常对他的学生说："要在实践中发现问题，把问题拿到学术的领域去研究，然后再用研究的理论去指导实践。"所以他在给硕士生作论文选题时，总会根据当时黑龙江省农业的发展情况，大豆科学研究当前所面临的一些问题，和要解决的生产中的实际问题而立课题题目，并让学生自己选比较感兴趣的课题去做。

满为群选择了大豆结荚习性和叶形方面的问题，因为当时国家大豆品种已经开始陆续走向生产，结荚习性和叶形是大豆两个最重要的生态性状，而在生产中，到底是长叶形的产量高还是圆叶形的产量高，有限结荚习性好还是无限结荚习性好，这些问题都是那时没有弄清楚的问题，所以王金陵就把这些问题作为大豆科学研究的课题，让他的学生们更加细化地去探索分析。

王金陵培养人才的思想是"一手出品种，一手出论文"，

---

① 满为群现为黑龙江省农业科学院大豆研究所研究员。

1984年与视察东北农学院的何康部长合影

这是理论与实践最好的结合，也是着重培养学生动手动脑能力的最好办法。作为硕士生导师，王金陵知道，作为刚刚本科毕业的学生，此时还没有过多的感悟，他们需要导师的指引，需要手把手地教他们，如何从春季到夏季进行田间调查，如何配备材料，如何在田间做大豆杂交，这些事情，说起来简单，做起来并不容易，都需要学生亲手实践，让他们有所感悟和深有体会，才能将理论与实践完美地相结合，培养出优秀的专业人才来。

王金陵还经常对他的学生们说："不要把你所从事的工作当成一种职业，而是要当成一种事业去做，只有这样你才会无怨无悔地全身心投入，才不会计较个人的得失，而是非常超脱、非常踏实地去工作，也只有这样才能把自己从事的科研工作做好。"

在王金陵学术思想的指引下，满为群在大豆界对王金陵的学术思想做了很好的继承。在他后来的科研工作中，先后育成了一些大豆品种，也都产生了很大的影响。特别是王金陵的生态育种的理念，对满为群从事大豆研究工作的影响特别大，而且，满为群在做每个科研项目时，首先要考虑的是，当时的农业状况，大豆研究的所在地区，实际生产上需要什么样的品种，培育这样的品种要下多少工夫。就是这个思想，让满为群承担了黑龙江省大豆生态回交育种的课题，提出生态回交育种方法，选出了一个适合黑龙江省北部地区的早熟、高蛋白的大豆材料。这个材料被很多人使用，并培育出好多新的大豆品种，而且正在申报奖项。

满为群的回交育种，来自王金陵生态育种的启迪。所谓生态育种，就是在一个地域或一个区域里找到适应这个生态区域的品种，比如说南部区域大豆生育区域是在什么范围内，株高多少，结荚类型怎样，抗病性有哪些，再把这些重要的性状进行综合评价，生态类型是一个很广义的概念，但实际上它具有一个综合的思想。不同的生态区域所要求的生态类型不一样，适应区域也不一样。这就是生态育种的理念。

## 7 推荐博士后韩天富[1]

那个夏天，天很蓝。东北农学院老农学楼下面，一个年轻人就此路过，忽然，他看见一位猫着腰的老人，身后挂着一个小黑包，从主楼那边走来，他赶紧迎上去说："王先生，我要考您的博士研究生。"

王金陵停住脚步，微笑着看着这个年轻人，温和地对他说："好啊，你是哪个老师的硕士生。"那个年轻人告诉他，他是

[1] 韩天富现担任大豆产业技术体系首席科学家，博士生导师，二级研究员，农业部大豆专家指导组组长，为发展中国大豆尽心尽力。

李文雄、曾寒冰的硕士研究生。

这个年轻人就是韩天富，本科在甘肃农业大学获得农学学士学位。他在读本科时，读过王金陵主编的《作物育种学》，读研究生时，又听李文雄、曾寒冰两位导师经常提起王金陵的名字，也多次听过王金陵的报告，所以他一直想报考王金陵的博士。

1991 年，韩天富考上王金陵的博士研究生之后，王金陵已不再担任全国人大常委的职务了，因此，他经常到农学院指导学生实验和撰写论文。

因为接触比较多，王金陵很喜欢与韩天富聊天。他对韩天富说，马育华是他师兄，他们同在导师王绶教授指导下学习，毕业后都当过王绶教授的助教，他第一次见到马育华时，是在一个果园里，当时马育华得了肺结核，是在王绶教授的帮助下获得痊愈的。后来，两个人一南一北，结下了深厚的友谊。

韩天富读博时主要研究大豆开花以后的光周期反应。在植物教科书上关于光周期现象的解释就是日照相对长短对植物开花的影响。所以，当时很多人都不认为植物开花以后还存在光周期现象。就在韩天富读博士期间，他到北京拜访一些著名植物生理学家时，生理学家向他提出质疑，问他是否搞错，开花后怎会还有光周期现象。

韩天富当时也很纳闷，回来之后立即请教王金陵。王金陵给他一些英文卡片，让他找一些相关论文。韩天富找到论文之后，发现植物开花以后确实有一些迹象表明，它对日照的长度有所反应。后来，在学博士后期间，韩天富通过系统研究，证明了大豆开花以后的确存在对日照长度的反应，这些反应属于典型的光周期现象，而且品种之间还存在着非常大的差异。一些品种开花以后，不继续给予持续的短日照，就会出现大豆开花逆转现象。另外，开花以后的光照长度，对大豆的发育、性状的形成，甚至是品质都有很大的影响。

王金陵给韩天富设计的博士论文选题是"不同生态类型大豆品种开花后光周期反应的研究"，这个论题是他长期以来，

1992年参观吉林农科院试验田时合影

通过几十年阅读文献和生产实际观察得到的结果。因此韩天富就在这样一个被别人忽视或认为不可能的项目中取得了一些新的发现。

师法自然。在一块大豆田里，一亩地要种上 15 000 ～ 20 000 株大豆，它们几乎是在同一天成熟，都能非常好地把握这个节奏，为什么它们能做到这一点呢，其中一个重要原因就是每个植株都能感受日照的变化，当夏至过后，日照变短，虽然温度还在持续上升，大豆就知道秋天即将到来，要开花结果了，日照越短，发育越快。黑龙江大豆能够在霜前正常成熟，就是因为它们能感知日照的变化，知道秋天要来的信息，然后就一起成熟了。作为一名植物育种科技工作者，都认为与这样聪明的对象打交道，是一件其乐无穷的事儿。

韩天富在读博士时成绩非常优异，他决定毕业后继续研究植物的光周期性，所以，王金陵将他推荐到马育华的得意门生盖钧镒那里做博士后。韩天富潜心钻研，奋力前行，在大豆光

20世纪80年代末接待马育华、盖钧镒及作学术报告时合影

周期反应方面得到过五项基金资助，他的助手也在这个方面得到多项基金资助。所以他一直感恩王金陵给予他开创性的研究方向，并把王金陵的优良品质得以传承。

传承就是最好的回报。在韩天富读博期间，曾多次亲眼目睹，年近八旬、弯着腰、驼着背的王金陵坐硬座火车或坐双层公交车来学校给学生们上课，这些情节，就像王金陵送给他的一张张读书卡片，深深地印在了他的脑海里，刻在了心坎上，所以每次他回哈尔滨，从来不让车接，而是坐着21路公交车直接前往。

赞美是一种美德，也是一种欣赏。韩天富赴美访问回来后，与一起去的专家写了一个总结，写得很详细，在《大豆通报》上做了相关报道。王金陵看到后，对他身边的人讲，韩天富是比较钻的，很聪明。为此他还专门给韩天富寄了一张明信片，对他进行了一番赞美。

# 8 跨学科博士生秦智伟①

20世纪90年代初，我国经济突飞猛进，社会出现了非常繁荣的景象，而各大高校也非常重视高等专业科技人才的培养。

一天，王金陵的好友李景华、许蕊仙夫妇来访时说，许蕊仙有个学生，叫秦智伟，研究生毕业后留校工作，现在想攻读博士，但农学院蔬菜学没有博士点，是否可以跨专业报考王金陵的博士，王金陵说，这个学生这样上进，我同意，让他努力备考吧。

许蕊仙把这个好消息告诉秦智伟之后，秦智伟非常兴奋。在1977年，他考入东北农学院时，就听说过王金陵的名字，虽然接触不多，但知道王金陵非常有名气。秦智伟和李文滨是硕士生同班同学，所以他也有机会跟李文滨一起接近王金陵，在报考博士生之前，他曾到农学系听过王金陵讲的关于大豆生态育种的公开课。

那天，天气非常晴朗，王金陵穿着他常年不变的灰色小褂，在讲台上用他带有江苏徐州口音的普通话介绍了国际大豆育种与生产的情况，并列举了几个东北农学院育成品种的特性。秦智伟虽然不能全部理解，但能感觉到王金陵对大豆理论的根深蒂固，知识广博。后来他在日本进修时期，借调研的机会走访考察了北海道和农林水产省的农业试验场和农研中心，在那里惊喜地发现，这几个日本国家级科研单位作物育种室，都有王金陵早年的专著《大豆》，并且那些搞大豆育种的日本科研人员，为了能读懂《大豆》和有机会到中国实地考察，正在努力学习汉语。他们听说秦智伟来自东北农学院，立即对他格外尊敬。

① 秦智伟现为黑龙江八一农垦大学的校长。

1992年参观吉林农科院试验田时合影

　　就是这份自豪，让秦智伟回国后有了报考王金陵博士的想法。当他把这个想法对导师许蕊仙说了之后，得到许蕊仙的支持。

　　王金陵在1992级博士研究生考试中，出了一道"实验设计"专业课考题，在判卷时，他看到秦智伟的考卷，很欣慰。秦智伟的考卷，不仅理论基础扎实，实验设计也很好，还有一定的经验。就这样，秦智伟以专业课89分的高分，于1992年春考上王金陵的博士研究生。

　　王金陵在担任黑龙江省人大常委会副主任期间，政府会议比较多，还要经常去北京参加相关会议，但他每个月都要到大豆科学研究所一两次，去试验田看秦智伟种的试验材料。有一天，他刚从北京开会回来，就来学校找秦智伟说："我去北京开会，好长时间没有跟你见面了，今天下午不安排其他事了，就谈谈你博士论文选题的事儿。"王金陵边说边从包里拿出他在北京开会期间，利用空暇时间给秦智伟准备的杂志和相关论文。等秦智伟坐下来，王金陵接着跟他说："你可能是我的关门弟子了，我跟你的硕士研究生导师说了，你的博士论文可以做大豆方面的，也可以做有关的论文。但这只是给你的破例，我看你还是做大豆的比较好，这样我可以指导你。另外我看你在考试中的试验方案设计得不错，我现在想听听你的意见。"

王金陵如此和气，如此替学生着想，让秦智伟深深感动，他诚恳地对王金陵说："我入校时，就知道您是我国著名的大豆专家，在日本留学时，日本学者把您的书当成了经典，跟您学知识学本领，是我多年来的夙愿，我还是做大豆方面的论文吧。"

选择跨专业攻读博士，那是勇气，能在专业考试中把试验设计得非常好，那是良好的科研基础，王金陵赏识秦智伟，更喜欢这个积极上进的学生，所以他非常高兴地说："这很好，其实作物育种的原理和方法是相通的，大豆是个大作物，国内外研究的人也多，涉及的学科也多，学好了会对你未来育种工作有帮助的。"

因为秦智伟是学蔬菜的，所以王金陵对他格外关注，特别是在博士研究生选题上也很用心。

有一天，王金陵来学校，把秦智伟叫过来问他最近看了什么资料，英语如何，秦智伟如实回答。王金陵说："非常好，你看了很多资料，也看了很多关于大豆方面的书，对你的论文有什么想法？"秦智伟说："我在搞甘蓝时，研究出一个题目，国内很新颖，可是大豆就不一样，前人做的很多，很难找到一个切入点，我还是搞一些基础研究吧。比如野生大豆对改良现有的栽培品种究竟有什么作用。"

王金陵听后非常高兴，他十分耐心地给秦智伟讲了几种大豆类型，野生大豆的特点。他说："目前我们对野生大豆的研究和认识还远远不足，我们这里是野生大豆的故乡，应该对它进行深入研究，我们研究得越深，野生大豆有效利用的可能性越大，李文滨他们做了关于野生大豆形态和农艺性状方面的遗传研究，收获很大，你不妨从生理生化方面利用同工酶等新科技开展研究。你再查查资料写一个综述给我看看。"那天，王金陵给了秦智伟很多英文资料，都是当时美国最新的研究成果。

1993 年春，秦智伟的博士论文开题报告《大豆种间杂交后代生物化学性状遗传研究》通过了王金陵的审查。秦智伟的试

全国人大黑龙江组会上与邵奇峰书记合影

验田是许蕊仙从甘蓝地里划分出来的，土壤肥沃，大豆植株高大繁茂，这让王金陵十分欣喜，他一边指导秦智伟如何观察大豆性状变异，如何选择，一边对秦智伟说："你在许老师的菜地里种大豆，长得这样好，以前我很少见。不过，这也提示我们，要选择高产型大豆品种，必须把土壤肥力搞上去，好让高产基因型重复表现出来。"后来，王金陵安排大豆育种的课题，每年都在香坊果园菜田里种十几亩的品比试验田。

那年秋天，王金陵到试验田来看秦智伟种的大豆，顺手摘了几个青豆荚，津津有味地吃了起来，然后回头问秦智伟能不能吃生大豆，秦智伟没有回答，直接摘了几个青豆荚，学着王金陵的样子吃了几粒。王金陵看后高兴地说："这还真像我的学生，品尝生大豆是一种本领，'文化大革命'期间，我们在香兰农场，那时搞大豆品质育种，没有仪器，只有用眼睛看、嘴尝的办法来分析，当时我们育成的'东农36号'极早熟高蛋白大豆，就是靠这个办法分析出来的。"

# 9 给邹德堂①博士论文的修改意见

　　大学首先要有大师。刘成栋在创建东北农学院之初四处网罗人才，除了王金陵之外，还有余友泰、许振英等等。随着时间的推移，这些人已经成为行业的巨人，教育界的精英。在各自的领域里成为学科带头人。而后来者，也如雨后的春笋，朝气蓬勃，接踵而来。也许就是因为有大学，有大师，才有这么多追求者。就像校长史伯鸿在 1982 届毕业典礼上所说，我希望你们都成为新时代的王金陵、余友泰、许振英。

　　校园是高级知识分子聚集的殿堂，也是无数学子莘莘成长的摇篮。1985 年，当邹德堂跨入东北农学院大门时，他听到的就是王金陵、余友泰、许振英的名字，还有关于他们在学术界的成就。求学深造的欲望和对科学知识的渴望，让他在攻读硕士、参加工作之后，又于 1991 年如愿以偿考上了王金陵的博士。

　　知识的大门永远都为求知者敞开。邹德堂对王金陵在大豆方面取得的辉煌成绩非常钦佩，在博士论文开题时，他想进一步研究大豆，但王金陵却执意让他继续选择水稻遗传方面的育种研究，因为他知道邹德堂从硕士毕业到参加工作，一直在从事水稻遗传育种方面的工作，他说："你选定一条科研方向道路以后，不要朝三暮四，要矢志不渝，要'一条道跑到黑'。我建议你继续研究水稻的遗传育种，水稻遗传育种起步晚，特别是粳稻的品质育种起步更晚，但是，随着人们生活水平的提高，人们在吃饱的前提下要吃好，因此水稻品质育种势在必行，而品质育种的前提就是要搞品质的理论研究和研究成果的应用，所以你要把水稻品质最重要的品质性状、指标、直链淀粉含量抽出来进行研究。"这样，王金陵与邹德堂商量之后，选定了论题"稻米直链淀粉含量的遗传研究"。论题选定之后，王金陵再三嘱咐："邹德堂，你在搞品质研究时，不能以牺牲产量

---

　　① 邹德堂现任东北农业大学农学院院长。

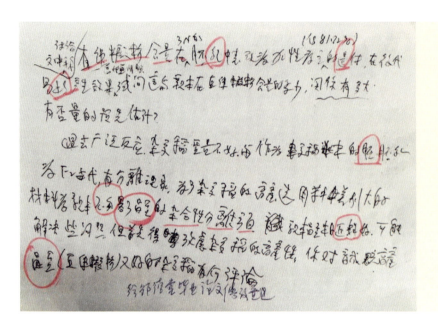

王金陵给邹德堂博士论文的修改意见

为代价，必须在兼顾产量的前提下提高品质。"

邹德堂完成论文初稿之后，王金陵对其论文提出了一些修改建议，他在回复中这样写道：

讨论文中称，直链淀粉含量在 3N 的胚乳中表现为加性为主的遗传，在后代易于产生效果。试问这与亲本在直链淀粉含量的多少，关系有多大，有否量的预先估计？

过去广泛反映，杂交稻质量不好，与作为杂交稻米的胚乳为 $F_2$ 世代，有分离现象，为了杂交稻的高产选用其中差别大的材料为亲本，勿畧（忽略）了品质的杂合性分离方面，亲本品质相近较好，可能解决些问题，但首先得考虑杂交稻的高产性，你对育成既高产（直链淀粉）品质又好的杂交稻有何评论。

按照王金陵的指导意见，邹德堂顺利完成了博士论文的研究，他在论文写道："稻米胚乳的直链淀粉含量其遗传不存在细胞质效应，$F_1$ 代正反交结果不同，是由三倍性造成的。试验的 6 个组合正反交 $F_1$ 代的直链淀粉含量均介于双亲中间或偏向高亲，高直链淀粉含量对于低直链淀粉含量表现为部分显性或显性。直链淀粉含量遗传均符合加性—显性模型。在总的遗传变异中，加性变异占 81.72%，显性变异占 18.28%，以加性效应为主。直链淀粉含量的遗传受环境影响较小，说明该性状易于选择和固定。在降低直链淀粉含量为目的的水稻品质育种过程中，选择亲本时应选择低直链淀粉含量品种，以便在后代中获得具有目的性状的变异。如果是利用杂种优势，由于 $F_1$ 的种子已是 $F_2$ 代，为避免广泛分离，应考虑使双亲直链淀粉含量较低，同时视其分离程度经过实际测定。"

这样，邹德堂在王金陵的引领下，开始研究杂交稻的品质育种，成功地培育了 10 多个水稻新品种，其中"东农 428 号""东农 425 号"都是黑龙江省第一积温带和第二积温带的主栽品种，受到广大稻农的喜爱，连续 4 年成为黑龙江省的主推品种。

时隔多年，水稻成了我国农业的主打产品，验证了当年王金陵对邹德堂所说的那句，人们在吃饱的基础上还要吃好。而他到了耄耋之年，再回到大豆所时，经常谦虚地鼓励年轻人说："现在科研条件好了，你们比我们会的更多了。你们会的都是先进的技术，你们应该好好做，做出更大的成绩。"

# *10* 九二届博士生年海[1]与陈绍江[2]

20 世纪 90 年代初期，国内具有博士生导师资格的教师并不多，王金陵作为东北农学院著名博士生导师，很多学生都想报考他的博士生。特别是那些已经在工作岗位上工作过的人，如果能考上王金陵的博士，是一件非常幸运的事儿。

---

[1] 年海，1962 年生，华南农业大学农学院教授、博士生导师。国家现代农业产业技术体系岗位科学家，农业部大豆专家指导组成员，国家大豆改良中心广东分中心主任。

[2] 陈绍江，中国农业大学教授、博士生导师，主要从事玉米遗传育种研究及遗传学教学。现为国家玉米改良中心副主任，现代玉米产业技术体系岗位专家，国家"十三五"重点研发计划项目首席专家。

　　1992 年，年海与陈绍江同时考上了王金陵的博士。当时，王金陵除了出任全国人大代表之外，已经辞去了其他政治职务，把全部精力都投入在对博士生的论文指导之上。王金陵在给学生上课时，经常对学生讲，一定要提高文献资料的收集和综合归纳能力，特别是要提高英文的阅读能力。英语是科学研究工作者必须具备的工具，只有英语过关，才能读懂世界上各个国家的文献资料，丰富自己，拓宽自己的知识面。不要迷信本本，要多思考，多到田间观察，到生产一线调研，一定要做到"一手出品种，一手出论文"。

　　师生情谊重，点滴送温暖。王金陵是一个非常俭朴的人，他用过的生活用品，只要不是破旧到一定程度，是不会轻易更换的。有一年冬季，王金陵听说年海要与武天龙一起到大豆品种繁殖基地去现场考察，特意从家里将自己戴了几十年的厚手套和帽子给年海带去，生怕寒冷的风雪冻伤了他的学生。

　　1995 年，年海博士毕业到华南农业大学工作。当时，广东没有人搞大豆科学研究，所以年海对自己继续从事大豆科学研究的前途感觉很懵懂，很渺茫。王金陵得知年海的想法之后，对他讲了巴西大豆的发展历程，并告诉年海热带大豆发展具有非常巨大的潜力，做这方面的科学研究工作一定会很有前途的。

　　在王金陵的鼓励下，年海立志改变南方大豆科研及生产的现有状况，有针对性地提出了以资源筛选评价为基础，以根系耐酸铝及低磷育种目标为突破点的科研思路，在生产上注重新品种和新栽培技术集成。经过近 20 年的努力，取得了一系列研究成果，对南方大豆科研和生产的发展产生了现实推动作用。

　　陈绍江考上博士后，他研究的具体内容是大豆灰斑病的致病机理。每到收获季节，王金陵总会亲自到香坊农场进行具体选种的指导，反复强调育种需要实践，研究需要论文，理论与实践要相结合。这不仅是他的切身体会，也是对科研工作者的重要思想指南。

　　陈绍江将王金陵的理论结合实践的思想充分融入他后来长期从事的玉米诱导单倍体育种技术研究中。玉米孤雌生殖单倍体育种虽已经成为现代玉米育种关键技术之一，但在 20 世纪 90 年代中期仍处于不明朗状态，其在实践中的作用在国内外均存在不少争议。特别是国内育种界，由于单倍体育种本身在不同作物上已有较长时间的研究，且均没有真正在育种上规模化的应用，因此该项研究尚存在不确定性。为能够理清相关问题，陈绍江在研究中就从科学和实践上所存在的问题入手，在理论和应用两个方向开展创新研究，经过 20 余年的持续工作，使单倍体育种成为玉米育种的"高铁"技术，使玉米纯系选育的速度缩短至 1 年，并大规模地应用到玉米育种之中，促进了育种技术的转型升级。

## *11* 没有关上门的博士李海英[1]和李新海[2]

王金陵是一位学者，少年时怀揣科学救国的梦想而留在了黑龙江这片黑色的土地上。为了好友刘成栋（刘达）的一份信任而投身教育。在他的生命轨迹中，除了家人、同事，就是他的那些学生了。所以，他像培养科学家那样培养他的学生，像爱护自己孩子一样爱护自己的学生。只要是学生有所需求，他都会全力以赴，尽其所能。所以，他的学生，大部分都受益于他的精心培养，真心推荐。如今这些学生早已成为国家的栋梁、行业的精英，但对每一位学生来说，王金陵在他们心中，是高大的、亲和的，是值得一生学习的。

王金陵在很多年前，就对他的学生说："你可能是我最后一个弟子了"，但是，他对之说过的，却都不是最后一个，后

---

① 李海英，女，现任黑龙江大学生命科学学院院长，博士生导师，"生物学"省级领军人才梯队后备带头人，霍英东教育基金青年教师奖获得者，获得省级教学名师、黑龙江大学三育人先进个人、先进工作者等称号。

② 李新海，中国农业科学院作物科学研究所副所长、纪委书记，研究员，博士生导师，现代玉米产业技术体系首席科学家。现担任中国作物学会分子育种分会副秘书长和玉米专业委员会副秘书长，国家农业转基因生物安全委员会委员。

面还有很多很多，如吕文河①、金正勋②、李荣田③、栾非时④、许修宏⑤、王凤义⑥、李卓夫⑦等一批农业专家，虽然他们有的已经不再搞大豆研究，但是都在自己的研究领域中贡献着自己的力量。如今想来，当时王金陵的心里可能就有那么一种准备，自己年事已高，面对每一位学生都要认真对待，倾心倾力，把自己的思想和学识毫无保留地留给后人。

1993年，杨庆凯的学生李海英和李新海一同考上了王金陵的博士。因为当时杨庆凯的博士生导师资格还没有批下来。所以，经杨庆凯推荐，李海英和李新海都报考了王金陵的博士。

李海英读博士期间，每次大豆科学研究所召开重要的学术会议，王金陵都会叫上她，让她做一些服务工作。会上，王金陵经常开着玩笑对与会人员说："咱们的会议层次很高，都是硕士、博士给端茶倒水。"时隔多年以后，李海英也做到了教授的级别，她在回想自己当年做学生时，能为那些高级知识分子、科学家倒好茶水，也是一种社会历练。所以，她也效仿王金陵，让她的研究生在她所在的学院的大小会议上端茶倒水，学会为别人服务。

李海英有位师姐叫曹越萍，每次从外地回来，都会叫上她一起去看望王金陵，王金陵见到她们也非常高兴，经常讲一些自己亲身经历给她们听。每次都是非常兴奋地去，依依不舍地离开，每次交流，对李海英来说，都会从王金陵那里得到很多

---

① 吕文河现为东北农业大学农学院教授，主要从事马铃薯种质资源的改良与创新，马铃薯遗传育种和马铃薯分子育种的研究。

② 金正勋现为东北农业大学农学院教授，主要从事水稻遗传育种研究。

③ 李荣田现为黑龙江大学教授，主要从事植物分子生物学研究。

④ 栾非时现为东北农业大学生命科学学院院长，主要从事西瓜、甜瓜分子遗传育种的研究。

⑤ 许修宏现为东北农业大学资源与环境学院副院长，主要从事应用微生物等方面的研究。

⑥ 王凤义（1958—2012），曾为东北农业大学农学院教授，主要从事马铃薯遗传育种及栽培等研究。

⑦ 李卓夫现为东北农业大学农学院教授，主要从事春小麦种质资源创新与新品种选育、冬小麦遗传育种与越冬分子机理等研究。

人生的哲理、做人的坦荡和对科学的严谨态度。

在李海英即将毕业之时面临着就业问题。一天，李海英无意中看到东北林业大学森林植物生态学教育部重点实验室接收博士后，就贸然去咨询了相关事情。在那里，李海英遇到了聂绍荃和祖元刚，他们听说李海英是王金陵的博士，非常爽快地答应她在实验室做博士后。聂绍荃对李海英说，你回去让你的导师王金陵写一份推荐信就可以了。

李海英回到学校找到王金陵，说明了自己的情况，王金陵欣然同意，还与她商量如何写最好。这样，李海英拿着王金陵的推荐信顺利进入东北林业大学博士后工作站，成为黑龙江大学"博士工程"首批引进的博士后，后来一直工作在黑龙江大学的教学、科研、管理第一线。

王金陵也非常重视多方面人才的培养。与李海英一起考上王金陵博士的李新海，虽然博士期间做的是大豆方面的研究，博士毕业后，继续在华中农业大学作物遗传改良国家重点实验室完成博士后研究工作。并先后在国际玉米小麦改良中心、国际水稻研究所和美国艾奥瓦州立大学进修。在中国农业科学院作物科学研究所工作后，主要从事玉米优异基因发掘、种质创新与新品种选育等方向的研究。如今已经在玉米研究方面做得非常出色，是我国现代玉米产业技术体系首席科学家，参与"十五""十一五""十二五""十三五"国家农作物分子育种发展战略和项目规划，为我国生物育种研究和产业发展作出了积极贡献。

# 第九章 耄耋风华

王金陵曾身兼数职，不管是做高官，还是教书育人，不管是案头书写，还是在地头试验，总是非常亲和，非常尊重别人。他用严谨的科学态度，前卫的科学理念，为国家培育了一大批优秀的专业人才。他经常对他的学生们讲："我是一条老泥鳅，你们都是小泥鳅，只要我在你们身边一转，你们身上就有腥味了。"

# *1* 老骥伏枥

高山仰止，景行行止。王金陵身居高位，对工作始终是一丝不苟，不居功自傲，不讲排场，不摆权威架子。身为专家，能试验在田头，调研在炕头，广交百姓朋友。身为领军人，能热情地帮助中青年教师，为他们指明科研方向，别人在他的指导下完成论文，他坚持不署自己的名字，或把自己的名字放在后面。身为资深主编，从《大豆科学》创刊以来，对每篇文稿都字斟句酌，极其负责。

王金陵曾身兼数职，不管是做高官，还是教书育人，不管是案头书写，还是在地头试验，总是非常亲和，非常尊重别人。他用严谨的科学态度，前卫的科学理念，为国家培育了一大批优秀的专业人才。他经常对他的学生们讲："我是一条老泥鳅，你们都是小泥鳅，只要我在你们身边一转，你们身上就有腥味了。"

早在20世纪80年代初，王金陵发现中国大豆在国际市场上的销量逐年下降，心中十分着急，每当给学生讲课或与助手研究课题时，总会鼓励他们说："大豆起源于中国，兴盛于中国，我们应该把大豆打出去，把失去的国际市场夺回来！"与此同时，他更注重中青年人才梯队的培养，他认为，科研工作是无止境的，需要一代接一代的继承，并不断创新，才能很好地发展下去。不能孤芳自赏，不能断代，更不能没有后来者。所以他在1985

年主动让位，让年轻人接管大豆科学研究所。每当他看见年轻人时，总会告诫他们："一定要抓紧年富力强的好时候，安心在自己的工作岗位，放弃一些浮躁的不切实际的想法，按照既定目标，踏踏实实地做出一些成绩来。三四十岁的好时光转瞬即逝，切忌好高骛远，要珍视机会，扎实工作，无论身处什么岗位都要创造成功的亮点！"王金陵看到年轻人似乎看到了大豆育种的未来，他希望中国的大豆育种工作，会在这些人的手中延续下去，并发扬光大。

时光荏苒，岁月如梭。转眼间，王金陵到了杖国之年。随着年龄的增长，王金陵因多年腰间盘突出压迫神经导致肌肉萎缩，腰弯得越来越厉害了，行走也日趋艰难。但是，心态平和的他，毅然坚持正常工作，坚持给学生上课，坚持批改学生们的论文。在他近 90 岁高龄时，还每年夏季去学校大豆育种田查看大豆生长情况。

1994 年，77 岁高龄的王金陵代表国家前往泰国清迈进行大豆考察。在清迈举办的第五届世界大豆研究会上，他用一口流利的美式英语就大豆育种问题和各国专家进行了广泛的交流，

20世纪90年代与盖钧镒等同行在田间考察大豆时合影

2004年7月王金陵在东北农业大学香坊农场大豆育种田指导工作

1994年泰国清迈第五届世界大豆讨论会田间参观

1996年东北农学院主楼前农学院教工庆祝王金陵八十寿辰合影

他的思想与他的学识引起与会代表的高度肯定和重视。

这次出访，是王金陵最后一次走出国门，用一个大豆科学家的视野视察国外的大豆生产情况，即使他年事已高，即使他身体有点不适，但他依然精神饱满地与大家一起奔走在试验田，从不因年龄或身份要求特殊照顾。回国后，他再次用饱满的热情，撰写了《印度、印尼、泰国、巴基斯坦等国家大豆生产简况》，对各国大豆历史和大豆生产都做了相关的介绍。

王金陵留给世人的不仅仅是他的学术，他的思想，还有他不贪、不争、不嗔的人生态度，即使到了古稀之年，面对党和人民交给他的工作，依然是无怨无悔，全力以赴。

1996年，王金陵迎来了他的八十岁生日。在他伞寿之年，时任东北农业大学农学院院长祖伟提议并组织在哈弟子为王金陵举办八十寿辰生日宴会。时隔几日，省委统战部也为庆祝王金陵的八十岁寿辰举办了座谈会，时任省政协副主席、省委统战部部长谭方之主持了会议，时任省委副书记单荣范在座谈会上亲笔题词"倾心兴农荫后世，矢志合作利国邦"并发表了贺词。单荣范在贺词中高度评价了王金陵为我国农业科技发展和统一战线工作所作的突出贡献。他说："在从教生涯上，王老

是著名的教授、备受尊敬的学者和长者；在从政道路上，王老
是成熟的社会活动家和政治家。当前，我们更应该提倡务实求
是、埋头苦干、艰苦奋斗的精神，把老一代留下来的传统继承
下去并发扬光大，把我们的各项事业向前推进"。《黑龙江日报》
对此作了相关报道。

# 2 我希望杂交大豆育种成功

从王金陵八十岁寿辰开始，他的学生们就自发地为他举
办生日庆典，并借此汇聚国内外业内精英、学术专家进行学术
交流。

2002 年，王金陵的首批研究生，大豆科学研究所所长杨庆
凯，在东北农业大学国际交流处为王金陵举办了 85 岁生日庆
典。2004 年，王金陵的第一个博士生李文滨在东北农业大学国
际交流处为他举办 87 岁寿辰，在这次生日庆典上，校党委书
记刘世常高度赞誉了王金陵在我国农业发展等方面作出的卓越
贡献。

惊风飘白日，光景西驰流。又一转眼，王金陵到了鲐背之
年。值此之时，他精心培养出来的学子，早已成为时代的佼佼者，
学科的带头人。所以，他在养花养鸟，读书看报，享受天伦的同时，
更享受这份桃李不言下自成蹊的喜悦和欣慰。

2007 年，大豆科学研究所所长李文滨向大豆专业委员会提
出举办王金陵九十华诞庆典活动的意向，时任中国作物学会大
豆专业委员会主任委员盖钧镒院士提议，在王金陵九十华诞之
际，将第十八届全国大豆科研生产研讨会设在东北农业大学召
开，并在会议之际为王金陵举办隆重的生日庆典。这个提议，
得到东北农业大学的重视，同意以学校的名义主持筹办此次
会议。

为了办好这个生日庆典，大豆科学研究所的全体成员，于
2005 年末开始筹备，并把会务工作放到了重要日程。为了让这

个生日过得富有意义，大豆科学研究所所长李文滨提议为王金陵做一个专题片，一本弟子相册，一本传记，筹建王金陵青年科教奖励基金会。

在专题片中，东北农业大学党委书记刘世常、校长李庆章欣然提笔，为王金陵题写贺词。刘世常题的是"德高望重，师者楷模，学行并举，大家风范"，李庆章题的是"学界学人之师，北疆北豆之王"。

在《金豆为伴》中，作者石岩通过一次次采访，不仅收集到了王金陵的曾经与过往，还与王金陵建立了深厚的友谊。王金陵亲切地称石岩为"小石头"，"小石头"也没有辜负他，

1997年在家中种花养鸟时留影

2006年家中与石岩掰手腕时合影

为他撰写了长达三万余字的人物传记，由黑龙江科学技术出版社出版。

在电子相册中，他的弟子和大豆所的同事们每人写上一篇感言，每人附上一张相片，共同纪念曾经与王金陵相处的日子。

2006年3月15日，第十八届全国大豆科研生产研讨会暨王金陵九十华诞庆典在哈尔滨市天鹅饭店一楼多功能厅如期举行。东北农业大学党委书记刘世常主持了会议，东北农业大学校长李庆章敬献了致辞，黑龙江省政府副秘书长金济滨代表黑龙江省委副省长申立国发表了讲话，农业部全国农技推广中心粮油处处长张毅宣读农业部种植业管理司贺词，中国作物学会副理事长万建民宣读路明理事长贺词并发表了讲话，原农业部副部长王连铮、大豆专业委员会名誉理事长常汝镇代表弟子献上了祝寿词，东北农业大学副校长包军宣布王金陵科教奖励基金会成立。

2006年九十华诞与邱丽娟、曹越平、李文滨等合影

当主持人请王金陵发表感言时，他非常简短地说："第一，我预祝 2008 年北京奥运会成功举办，第二，我希望杂交大豆利用成功！"

杂交大豆育种是孙寰在 20 世纪 90 年代初做的一个项目，当时国内外对这个项目还不认可，1993 年孙寰培育成不育系之后，王金陵给予了充分的肯定并一直在跟踪，所以在他九十华诞之际，对孙寰具有创新意义的杂交大豆育种给予了特别关注。

会上，由中国作物学会大豆专业委员会理事长盖钧镒向王金陵颁发了我国首个大豆科学最高荣誉奖，东北农业大学校长李庆章代表东北农业大学向王金陵敬赠一对"龟鹤延年"，弟子代表常汝镇向王金陵献上精致的弟子相册，黑龙江省科协副主席何万云献上一首贺词。

# 3 成果绽放

献身农业，无上光荣。自从王金陵改学农科之后，便与大豆结下了不解之缘。他曾跟随导师王绶教授在金陵大学研究大豆育种，曾被国民政府派到东北最大的农业科研基地吉林省公主岭接收日本人留下的大豆育种材料，曾在东北农学院创办之初，被聘请到东北农学院创建农艺系。他历经了战争与和平，遭受过诬陷与批斗，但不管遇到什么，都没有放弃对大豆事业的追求，将一生的精力全部投入培养科学技术人才和教书育人之上，如今岁月安好，他在鲐背之年也迎来了更多的鲜花和掌声。

他主编的《东北大豆种质资源拓宽与改良》由黑龙江科学技术出版社出版，他编著的《大豆生态类型》由农业出版社出版，

1978年第五届全国人民代表大会全国劳模从北京回哈尔滨时合影

他与杨庆凯、吴宗璞共同主编的《中国东北大豆》由黑龙江科学技术出版社出版，与许忠仁、杨庆凯共同主编的《东北大豆种质资源拓宽与改良》由黑龙江科学技术出版社出版，他的文集《王金陵大豆论文集》由东北林业大学出版社出版，他的专著《大豆》荣获 1982 年度全国优秀科技图书奖二等奖，他的论文《中国东北大豆》荣获东北农业大学优秀著作。

他撰写的论文：《大豆杂交组合早期世代鉴定的研究》荣获黑龙江省科技成果奖一等奖，《大豆品种育种问题初步研究、国内外大豆生产品种蛋白质含量的比较分析》荣获提高农作物产品质量学术研讨会优秀论文，《东农 34 号选育与推广》荣获农牧渔业部科技进步奖二等奖，《大豆种皮斑驳及抗斑驳育种》《大豆超早熟育种研究》《当前形势下黑龙江省大豆品种的选育与开发问题》荣获黑龙江省大豆科技讨论会优秀论文，《东农 36 号超早熟高蛋白大豆新品种》荣获农牧渔业部科技进步奖二等奖，《回交克服大豆中间杂种蔓生倒伏性》荣获农牧渔业部科技进步奖二等奖、黑龙江省科学技术学会优秀论文一等奖，

2006年在家中修改文稿

《中国野生和半野生大豆产量与蛋白质含量潜力的研究》荣获农牧渔业部科技进步奖二等奖,《早熟大豆东农 36 号的选种》《回交对克服栽培大豆与野生和半野生大豆杂交后代蔓生倒伏性的效应》《高纬度地区早熟大豆育种问题的研究》《不同类型大豆品种及杂种后代对生态条件反应的研究》《当前形势下黑龙江省大豆品种的选育与开发问题》《大豆育种实现产量突破的方向和途径》荣获黑龙江省自然科学技术优秀论文一等奖。《大豆灰斑病遗传、抗性资源筛选与抗病育种》荣获黑龙江省教育委员会科技进步奖一等奖、黑龙江省科技进步奖二等奖、国家科技进步奖三等奖。《大豆抗花叶病毒种质创新抗性遗传与抗病育种研究》荣获黑龙江省科技进步奖三等奖。《秣食豆种资源利用潜力研究》《大豆抗胞囊线虫种质拓宽与改良》荣获黑龙江省教育委员会科技进步奖二等奖、黑龙江省科技进步奖四等奖。《大豆定量化生物性状指标高产育种理论与实践》荣获黑龙江省教育委员会科技进步奖三等奖。《大豆育种试验产量突破的方向和途径》荣获黑龙江省作物讨论会优秀学术论文,《黑龙江省大豆品种的选育与开发问题》荣获黑龙江省种子学研讨会优秀论文。

他主持完成的项目:"大豆遗传育种基础理论的研究"荣获黑龙江省 1979 年科技成果奖一等奖,"选育高产、抗病、优质大豆新品种(东北部分)"荣获科技部表彰,"早熟大豆东农 36 号的选种"荣获国家科技进步奖三等奖,"大豆 Soja 亚属种间杂交种后代性状改良的资源与创新"荣获国家教育委员会的二等奖,"优异早熟基因东农 47-1D"荣获黑龙江省教育委员会科技进步奖三等奖,"黑河高寒冷地区大豆技术开发研究"荣获黑龙江省黑河地区行政公署颁发的科技进步奖二等奖。

他参加完成的项目:"大豆抗灰斑病机理研究"荣获1998 年黑龙江省教育委员会科学技术进步奖一等奖,"大豆抗灰斑病机理研究与应用"荣获 1998 年黑龙江省科技进步奖三等奖,"高寒山区超早熟大豆新品种(系)选育与繁育基地建设"荣获中国高校科学技术奖二等奖,"高油大豆品种的选育和推广"荣获黑龙江省科技进步奖二等奖,"国外大豆种质的引进、研究与利用"荣获北京市科学技术进步奖二等奖。

他育成的品种:"东农 4 号"的选育与推广荣获全国科学大会奖。

他参加育成的品种:"东农 34 号""东农 36 号""东农 40 号""东农 41 号""东农 42 号""东农 43 号""东农 46 号""东农 47 号""东农 48 号"由黑龙江省农作物品种审定委员会审定推广。其中,"东农 34 号"大豆品种被评为黑龙江省优质产品,"东农 42 号"荣获中国首届农业博览会铜质奖、中国第二届农业博览会银质奖、农业科学技术进步奖二等奖。参加育成的"东牡小粒豆"通过黑龙江省农作物品种审定委员会审定推广,荣获国家科学技术委员会颁发荣誉证书。

1997年获何梁何利奖归来，祖伟副校长欢迎时合影

2006年被中国作物学会大豆专业委员会授予杰出成就奖

他获得的奖项：荣获首次世界大豆研究大会奖，全国科学大会先进个人奖，黑龙江省农业科技功勋奖，《大豆科学》编辑部授予特别贡献奖。1997 年度何梁何利基金科学与技术进步奖、农学奖，大豆科学最高荣誉奖。

他获得的荣誉称号：自 1978 年起王金陵连续荣获黑龙江省科技战线先进工作者大豆研究标兵，省教学及培养研究生工作模范教师称号，全国教学与大豆科研成果劳动模范称号，黑龙江省改革开放三十年（1978～2008）十大科技人物。

他获得的荣誉证书：荣获黑龙江省科学技术学会颁发的从事科学技术工作四十五年荣誉证书，国家教育委员会颁发的从事高校科技工作四十年荣誉证书，国务院颁发的政府特殊津贴及证书，中国农学会颁发的"献身农业，无上光荣"荣誉证书。

# 4 成立王金陵青年科教奖励基金会

2006 年，在筹备王金陵九十华诞之际，东北农业大学发起并成立了"王金陵青年科教奖励基金会"以此彰显王金陵在农业教育、科研和生产领域的卓越成就，弘扬老一辈科学家孜孜以求的探索精神，调动大豆研究领域青年学者的积极性和创造性，推动我国大豆科学事业的发展。

本会经为时一个月的筹备，于王金陵九十华诞之际，由王金陵本人捐款和东北农业大学面向全国科研单位及民间募集资金正式成立。王金陵担任理事长，全国 24 个主要研究单位的专家组成理事会。

在王金陵九十华诞庆典大会上，东北农业大学副校长包军，对关于成立王金陵青年科教奖励基金会发表了说明。基金会挂靠东北农业大学，具体办事机构为东北农业大学大豆科学研究所，并在中国作物学会大豆专业委员会的协助下开展工作。

2008 年，王金陵青年科教奖励基金会召开理事会，并在会议上通过投票选举产生了第一届王金陵青年科教奖励基金获得者——黑龙江省农业科学院佳木斯分院郭泰。郭泰，毕业于东北农业大学，黑龙江八一农垦大学农业推广硕士，大豆研究室主任，研究员，黑龙江省农业科学院和省级重点学科大豆育种学科后备带头人。

2011年，在中国作物学会大豆专业委员会主办的第二十二届全国大豆科研生产研讨会上，龙江学者、东北农业大学青年教师、大豆生物学重点实验室副主任张淑珍教授荣获第二届王金陵青年科教基金奖。

2012年，河南省农业科学院经济作物研究所卢卫国成为全国第三个获此殊荣的青年科技工作者。卢卫国，国家大豆产业技术体系郑州综合试验站站长。

2014年，中国农业科学院作物科学研究所李英慧研究员成为全国第四个获此殊荣的青年科技工作者。李英慧，从事大豆种质资源的鉴定和研究多年，主要研究方向为大豆种质资源中优异等位变异基因的发掘和利用。

王金陵青年科教基金奖金并不丰盈，这个奖励也不是很大，但对于业内人士、大豆科学的研究者，能获得此殊荣都无比的兴奋和深感荣幸，因为王金陵不仅是大豆科学理论的奠基人、中国杂交育种的先驱和开拓者，更是他们的良师益友、学科的指路人。所以，后来者以此为荣，并继承王金陵实事求是、严谨治学的科学态度，"一手出品种，一手出论文"的教学思想，在各自的工作岗位上充分发挥自己的潜能，为国家的农业发展贡献着自己的力量。

后来，因2012年成立的"王连铮青年大豆科教奖励基金"，同样是奖励在我国大豆科技事业作出突出贡献的科技人员，为区分二者奖励的受众对象，也为了表彰不同层次大豆工作者对我国大豆事业的贡献，2016年3月，经中国作物学会大豆专业委员会商讨，在王金陵青年科教奖金基金连续颁布了四届之后，将"王金陵科教奖励基金"正式更名为"王金陵大豆科学成就奖励基金"，主要奖励在大豆科研工作上作出突出成就、杰出贡献的科研工作者，"王连铮大豆科技发展基金"的奖励对象则更加侧重年轻科研工作者。王金陵大豆科学成就奖于 2016 年首次颁给大豆学科带头人，南京农业大学教授盖钧镒院士。

# 5 当我们年轻的时候

　　王金陵的晚年喜欢养花养鸟，他养的八哥活了十八年，相当于八哥的百岁。鸟儿对人来说，可能只是一个过程，而人对鸟儿来说，那就是一辈子。王金陵的学生每次来看望他时，都会给他买花买鸟，以表尊重。王金陵的三子王乐凯却不太希望他们买花买鸟，他说，花开的时候，王金陵会很开心，但花枯死的时候，又会非常悲伤。为此，他的老同事沈昌蒲送给他一只会唱歌的玩具小鸟，只要按下按钮，鸟儿就会发出好听的声音。

　　王金陵忘年交校友蒋亦元院士是东北农业大学工程学院的教授。自从他来到农学院，就听说农学系主任王金陵是他的校友，所以他直接去找王金陵，拜访学长。两人一见如故，相处甚好。王金陵长蒋亦元十一岁，蒋亦元称王金陵为老师，王金陵称蒋亦元为亦元兄或蒋兄。两人在年轻时都忙于各自的工作，到了晚年，才有时间，坐下来一起闲谈。一次蒋亦元买了一个盆景送给王金陵，王金陵很喜欢，问他这盆景是什么品种，如何照顾。蒋亦元是搞工程机械的，对农艺是一点不清楚。他说："我买这花，不是相中花，而是相中盆景中的两个老头，你看，这上面还有诗：'白发师生松荫下，观看秋月春风，一壶浊酒喜相逢，古今多少事都付笑谈中。'这两个老头，一个是您，一个是我，您是老师，我是学生。"王金陵看后很认真地说："这是水浒传中的主题歌吧。说我们是师生不太合适。"蒋亦元说："很合适，您就是我老师。"王金陵非常喜欢这盆盆景，经常跟蒋亦元电话聊盆景的生长情况。

　　2011 年，王金陵九十五岁。经大豆科学研究所所长李文滨

2006年在家中浇花

提议，中国作物学会大豆专业委员会和国家大豆改良中心商议并经征询有关专家，决定在王金陵九十五岁寿辰这天，由中国作物学会大豆专业委员会和国家大豆改良中心主办、东北农业大学承办在哈尔滨召开全国大豆遗传转化技术研讨会，并于3月15日为王金陵举办隆重的九十五岁生日晚会。

会议期间，邀请作物转基因方面著名专家做专题报告，同时安排从事转基因技术研究的优势单位和部分参会人员做研究报告，共同交流并研讨我国大豆转基因技术的进展、经验和突破途径。会议由东北农业大学大豆科学研究所承办。

哈尔滨。天鹅饭店。多功能厅。一群白发苍苍的老人，围绕在王金陵身边，此时的王金陵年近百岁，却精神矍铄，神采飞扬。其实，王金陵到这个年龄多少有点记忆力减退，但是他对他的学生们却记忆深刻，每年都盼望着与他们见面，哪怕是简单的聊聊天，只要听到他们的声音，看见他们的身影，他就感觉非常幸福。

在王金陵九十五华诞的庆典大会上，时任东北农业大学校长徐梅献上了贺词。她说："王金陵教授是我国著名的作物遗传育种学家、农业教育家、中国大豆杂交育种的开拓者，他治学严谨、勇于创新，在大豆科学特别是大豆遗传研究领域颇有建树，取得了一系列举世瞩目的成果，享有"北豆之父"的美誉。他的著述颇丰，先后撰写论文 50 余篇，撰写专业学术著作 8 部，成为国内外大豆研究领域的经典文献。他淡泊名利，高风亮节，拥有大家风范。他俯首耕耘，提携后学，是学人的楷模，他的品德与风范早已成为东北农业大学宝贵的精神财富，鼓舞着东农人艰苦奋斗，自强不息，在此衷心地祝愿，王金陵教授福如东海，寿比南山！"

在宴会开始之前，蒋亦元曾问过王金陵："我可以唱首歌吗，就是在当年团拜会上，你唱的那首 When We Were Young……王金陵非常高兴，点头同意。当蒋亦元唱这首歌时，王金陵听着听着，兴奋地从主持人手中要过麦克风，跟着蒋亦元一起唱起来，唱着唱着，他从椅子上站了起来，当大家看到他从椅子上站起来的时候，都非常感动，随之而起，与他同唱 When We Were Young……

王金陵因病而不能直腰多年，没想到在他九十五岁的生日宴会上，因一首歌而挺直了腰板，这是一种感动，也是一种力量，也许正是这种感动，这种力量，才让一位近百岁的老人精神饱满，激情澎湃！也正是这种感动，这种力量，让身边的后辈们，眼含热泪，为之震撼！

# 6 鲐背伴侣

东北农业大学李庆章校长曾经说过："王金陵教授是我国杰出的大豆育种学家，是大豆杂交育种的开拓者，是知名的农

1947年北京与妻子生启新结婚照

业教育家和社会活动家，蜚声教界政坛，深受世人的敬佩和爱戴。大师是一所大学的旗帜，东北农业大学因为有了王金陵这样一批造诣精深、德高望重的大师级人物，才有了今天的成就与辉煌。"

东北农业大学农学院院长魏湜也曾经说过："王先生'一手出品种，一手出论文'的思想，现在仍然是我们农学院科研教学的座右铭。王先生为人为师给我们树立了很好的典范，他培养了很多学生，建立了很好的学术梯队，不仅把黑龙江省大豆事业发扬光大，在全国各地、在世界各地都在继承他的事业，把大豆事业做强、做大。农学院有今天，跟王先生开创的基业是分不开的。"

王金陵作为我国著名的农业专家，在大豆科学研究方面，成绩卓越，多次受到省及国家的奖励和表彰，为黑龙江省的经济建设及农业现代化，作出了巨大贡献，然而在这些鲜花和掌

1967年元旦与夫人生启新合影留念

声的背后，有个默默支持他的女人，这个女人就是与他不离不弃、相伴白头的鲐背伴侣，他的夫人生启新。

如果说遇见是美丽的开始，相恋是幸福的绽放，那么牵手就是彼此拥有，相伴就是爱情永恒的见证。1947年，王金陵与生启新在父亲王恒心的撮合下，结为连理，成为夫妻。从此他们夫唱妇随，相濡以沫。

王金陵为了大豆的梦想，奉献出自己的全部精力，而他的妻子生启新为了支持他实现梦想，担负起家庭的全部责任。不管是怀抱幼儿被困长春，还是身怀六甲含冤入狱，她总是非常平和地面对突来的灾难，祈祷上帝宽容那些做错事的人。她还经常告诫王金陵：落难时不要大悲，高官时不要大喜。她不论是遇到险境，还是生活在顺境，总是会用非常平和的心态去面对。拥有时，尽心尽力，认真负责，失去时，顺其自然，安泰怡然。在她的影响下，王家的家风严正，气氛和谐，孩子们健康成长，

215

正因如此，王金陵才可以无牵无挂地把全部身心都投入在他喜爱的大豆科研事业之上。

生启新之所以能拥有这样性格，源于她的出身和她从小受到的教育。她出生在教会家庭，从小在教会创办的学校学习，受到中国礼仪和西方国家的良好教育。毕业后，留在王金陵父亲王恒心创办的学校培正中学教书。良好的出身，虔诚的信仰，加上知性女人良好的自身修养，让生启新温和而贤惠，善良而睿智。所以，她在相夫教子之时，不忘感恩，不忘德育后人。

在生启新的精心教育下，他们的三个儿子都顺利地考上了大学，都能以自己的特长而获得美满的生活。虽然她唯一的女儿因病英年早逝，但女儿生前，已是显露出与众不同和超强的记忆力。所以，生启新在孩子们的心中，是一个伟大的母亲，在王金陵的心中，是一位值得依赖的伴侣。2012年，王金陵在《奉献》（王金陵等兄弟为纪念父亲王恒心而编写的一本书，没有正式出版）一书中这样写道："一生快过去了，最使我安慰的是在妻子生启新的帮助下，一直走在主的道路上，在世间得以免行罪愆，在事后得见主面。"

时间能夺走青春的容颜，却夺不走心中的爱，只要心中有爱，生活就不会老去。随着岁月的流逝，生启新跟王金陵一样，都慢慢地到了老年，而不及王金陵的是，生启新患上了阿尔茨海默病，卧病在床。在生启新患病初期，王金陵主动担负起照顾她的全部义务，帮她翻身，喂她吃饭。随着他们年龄的增长，王金陵也患上了前列腺癌，需要吃抗癌药进行治疗。为了照顾年迈的父母，王乐凯特意请了两个保姆。但王金陵依然坚持自己照顾生启新，只要自己能做的都要亲自做，自己做不了的，才会请保姆帮着做。

古语云，言教不如身教，王金陵的所作所为为他的后人做了榜样，他的儿孙工作出色，生活祥和。他经常对他的三子王乐凯说："买书再多不如图书馆多，问题不在于你藏书多少，而是在于你看书多少，并从中收获了多少，能够实际应用了多少"。对他的小孙子王恩泉说："听说你的英语学得不好，我

2006年与老伴在家中合影

的英语学得好，我可以教你。"在王金陵的指导和帮助下，王恩泉不仅顺利地考入了北京一所大学，还坚持每月用英文写信给王金陵。爷孙的感情，就像忘年交的好朋友。

# 7 永远的纪念

王金陵心地善良，为人友善，在幼年时对事物充满好奇，在青年时立志农学，在中年之后把教学科研放在了人生的首位，他的一生中获得无数荣誉，却也遭遇差点被处决的厄运。但不论生活给予了他什么，他都是友善地理解，宽容地对待。年近百岁的他，思维清晰，在他心中永远关注着大豆，关注着中国农业的发展。

王金陵在 20 世纪 50 年代初期有个同事沈昌蒲，她在刚开始接触耕作学时，关于休闲地，她讲不出来，一是国内没有材料，找到国外材料之后，国外也没有讲休闲地休闲以后究竟有哪些优缺点，于是她就找到王金陵想要一块地做实验，当她说要用一垧土地时，王金陵对她说："一垧地可是八口之家一年的粮食啊，能不能小点？"沈昌蒲说："太小看不出来。"王金陵说："那就得想想其他办法了。"虽然当年这个试验没有做，但几十年后，沈昌蒲在写《在中国已运用 5000 年的垄作制度》这本书之后，第一时间想到的是王金陵，她认为只有王金陵对农业、农村、农民是全面了解的，所以她找到王金陵想请他作序、帮她修改校对这本书。此时王金陵已经九十五岁了，但他很愿意帮沈昌蒲修改校对书稿。

在王金陵九十五华诞之际，时任东北农业大学农学院书记王成贵提议，东北农业大学大豆科学研究所给他做了一个铜像。董钻去他家拜访他时对他说，有人提议要把他的铜像放在主楼前，王金陵听后立即反对说："我不同意，农学院刚建立时，不光我一个人，我的铜像坚决不能放在主楼前。"后来，考虑王金陵是大豆科学研究所的奠基人，也是研究所所在地——大豆

2010年王金陵在大豆科学研究所与弟子邱丽娟、李文滨合影

楼的奠基人，最后经学校同意把他的铜像放在大豆科学研究所门前。

2011年10月10日。金风飒飒，喜气洋洋。东北农业大学大豆楼门前条幅舞动，人影绰约，王金陵铜像揭幕仪式在此进行。前来参加仪式的有东北农业大学的校领导、学校各职能部门的部分领导，还有王金陵的弟子百十余人。农学院院长邹德堂主持了揭幕仪式，时任东北农业大学校长徐梅发表了讲话，由徐梅、常汝镇和王乐凯为铜像进行了揭幕，弟子代表为王金陵献上了鲜花。铜像底座上刻着王金陵的经典教学思想"一手出品种，一手出论文"。

九十多岁的王金陵坚持读书看报，跟弟子们书信往来，问寒问暖，问他们事业所在。然而岁月是奔跑的长河，我们每个人都是这长河中的匆匆过客。2012年9月以后，王金陵身体每况愈下，一年中有大多时间是在医院度过的，但是精神状态还

王金陵与常汝镇、董钻、邱丽娟、韩天富、王曙明的最后合影

很好。2013 年夏天，王金陵开始发病，身体各器官都开始衰竭。在他病重的日子里，总是能梦见他的父亲、母亲和已故的亲人。有一天他刚从睡梦中醒来，突然对三子王乐凯说："你快去开门，刘成栋刘院长来了"。王乐凯说："他没有来，您安心睡觉吧。"但是王金陵非常不高兴地说："你这孩子咋这么不懂事，快，你快扶我起来，我要亲自去接他……"。

也许人在临走前都有幻觉，在最脆弱的时候总会想起最亲的人，在王金陵生命的最后时光里，他想起当年把他从公主岭试验田里接到哈尔滨，在这个冰天雪地的世界里，一起创办东北农学院的老院长、老朋友刘成栋，这是怎样的情感，我们作为第三者无可感知，无可言喻，然而这最后的记起，往往是最珍贵的友谊！

2013年9月4日，在一个金秋的季节，收获的日子，我们尊敬、热爱的王金陵走了，他走的时候，风很轻很轻，云很淡很淡。

王金陵走了，黑龙江省人大、东北农业大学为他举办了一个隆重的告别仪式。农业部、中国作物学会、中国作物学会大豆专业委员会、南京农业大学及部分省市农科院等纷纷寄来唁电，对王金陵表示沉痛的哀悼，向王金陵亲属表达了亲切的慰问。王金陵的弟子，也纷纷从全国各地回到哈尔滨，为他们的恩师，中国大豆杂交育种的开拓者王金陵做最后的告别。

如果说亲人之间有一种冥冥的感觉，那么在王金陵与生启新之间，就真实的存在。在王金陵走的那天，卧床多年、痴呆严重的生启新，似乎早有预知，她不能说话，不能行动，却从两颊流出两行清泪，她知道，她一生依赖、喜欢的人即将离开这个世界，而她能做的，就是用她最后的那些能量为王金陵祈祷，祝他一路走好，天堂安息。

逝者已矣，生者如斯。王金陵走后不久，生启新也离开了我们。王金陵走了，然而他的思想却永远地留存下来，那些被他沾染上腥味的小泥鳅们也如他一样，早已成为世界的佼佼者、国家的栋梁之才，并秉承着他的思想，带着更多的小泥鳅，在他开拓的大豆杂交育种的科研路上，向更深、更远的领域，努力奋进，拓步前行。

# 附 录

有的人死了，却还活着。王金陵离开了他一生热爱的大豆科研事业，离开了他的亲人，他的学生，犹如一缕清风，亦如一记符号。但是，他留给后人的却是更多的思考。所以，与他曾经有过往的人，即使也到了一定的年纪，但依然深刻地想念王金陵，并写下了一篇又一篇精彩的纪念文章。

# 大豆遗传育种学家王金陵教授的学术成就[1]

**常汝镇　杨庆凯　邱丽娟**

## 1　立志从事大豆研究

王金陵，江苏省徐州市人，1917 年 3 月 15 日出生于一位牧师的家庭。徐州，地处黄淮夏大豆的主产地区，大片的大豆田，豆叶的清香，豆田中蝈蝈的鸣叫以及大豆在人们日常生活中的不可或缺，留给他美好的印象。1936 年他进入南京金陵大学攻读工业化学专业，但他对大自然和生物的热爱，促使他转入农学院农艺系学习，师从我国大豆遗传育种的先驱者王绶教授。1941 年毕业后留校，协助农艺系主任王绶从事大豆育种工作，从此开始了他一生不悔的追求，与大豆结下了不解之缘。他跑遍了因抗战而迁入成都的五所大学图书馆，将有关大豆的中外文献翻了个遍，掌握了大豆各研究领域的进展，为开展大豆研究打下了良好的基础。1943 年他离开学校，到陕西武功农业部省推广繁殖站任技术督导员，后转到当时农业科研最上层机构中央农业实验所工作，是该所唯一的大豆育种工作者。这期间，撰写了《大豆之光周期》《中国大豆育种问题》《中国大豆栽培区域分划之初步研究》等论文，首先以春作大豆、夏作大豆、秋作大豆及冬作大豆名称区分我国的大豆并依此将全国划分五大栽培区，已为今日通用。

---

① 摘自 2002 年《大豆科学》。

东北是我国大豆的主产区，立志从事大豆研究的王金陵向往着这块宝地，带着开创大豆科研事业的壮志，1946年抗战胜利后作为中央农业实验所的技士及政府接收人员，他来到吉林省公主岭农业试验场，从事试验场接收及大豆育种和相应的基础研究。在此期间，他成功地保存了一批"公第号"大豆种质资源。至今，吉林的大豆种质仍沿用"公第号"作为品种保存的编号。1948年6月成为解放后公主岭农业试验场的技术员，8月转往哈尔滨组建了解放后的第一所农业大学——哈尔滨农学院，应邀为首批教师，第二年晋升为副教授，担任了农学院首任农学系主任。

根据黑龙江省农业生产的特点，他提出了把大豆、小麦、玉米、甜菜、亚麻作为农学院开展育种的主要作物。他不仅从事大豆育种研究，还兼顾小麦、玉米育种，明确认识到玉米杂交种的利用前景。在遗传学受到政治、意识形态所左右的年代，他是国内少数保存玉米自交系的人之一，他巧妙地以自交系作为标本，供学生实习之用，从而妥为保存了一大批早熟玉米自交系并为著名的"黑玉46"双交种建立了雏形。更重要的是他开始辛勤的耕耘，为大豆攀亲做媒，选育了一个又一个大豆新品种。

## 2 大豆育种的几次突破

建国之初，东北大豆生产上应用的品种多表现植株高大、生育期长、容易倒伏，已不适应生产需要。为了尽快选育出耐肥抗倒的高产品种，他采用纯系育种法，从龙江小粒黄中经系选，育成"东农1号"，很快成为国营农场的主栽品种。同时开展有性杂交，以集合双亲的优点，培育优良的重组基因型。他一方面进行选择方法的比较研究，一方面加大选种力度。从满仓金×紫花4号组合中经过精心培育，选出一批优良品系，并将其送到生产第一线进行鉴评，从而育成了"东农4号"。这一品种株型收敛、主茎发达、节间短、结荚多、产量高、籽粒性状优良、适于密植、喜肥抗倒、适于机械化栽培。1959～1965

年，累积种植 3000 多万亩，年最大推广面积超过 1000 万亩。"东农 4 号"的育成和在生产上的应用，是黑龙江省大豆育种的一个里程碑。该品种获得了全国科学大会奖。

"东农 36"的育成是大豆育种的又一个突破。黑龙江和内蒙古北部高寒地区，无霜期只有 85 ～ 90 天，积温少，只能种植春小麦，被视为大豆生产禁区。单一种植春小麦，土壤营养单一，草荒严重，产量、质量下降。如能种植大豆，采取麦豆轮作，可改善土壤状况，增加蛋白和油脂来源。生产的需要，农民的渴望，激励了科学家强烈的责任感。还是在"文革"期间，在艰难的条件下，王金陵和他的同事们用引进的早熟大豆品种与自己培育的早熟品系东农 47-1D 配制组合，期望通过地理远缘和遗传基础的差异，使早熟性基因累加，产生超亲遗传，从而选育适于高寒地区的极早熟品种。经过几年的选择，尤其注意早熟性和丰产性的选择，终于育成了特早熟而产量性状又较好的"东农 36"，该品种极早熟，产量高，蛋白质含量亦高，对病虫害抵抗力较强。该品种的育成打破了我国高纬度大豆栽培的禁区，把我国大豆种植北界向北推移了 100 多公里，"东农 36"获得了 1989 年国家科技进步三等奖。以后又育成了性状更优良的超早熟品种"东农 41"。

他晚年参加选育的"东农 42"将高产、优质、抗病、外观品质好集于一体，蛋白质含量达 45%，抗大豆花叶病毒病和灰斑病。审定后大面积推广，深受国内外专家和大豆加工厂家的欢迎，并作为优质专用品种出口，该品种获黑龙江省农业科技进步二等奖。在黑龙江这块肥沃的黑土地上，王金陵教授辛勤耕耘。50 年来选育大豆品种 30 多个，其中大面积推广的 12 个，取得了巨大的社会经济效益，成为国内外知名的大豆遗传育种学家。

## 3 以遗传规律指导育种，创建新的选择方法

王金陵教授在从事大豆育种实践的同时，也十分重视大豆主要性状遗传规律的研究，用以指导大豆育种工作。他进行了

有关大豆杂交后代农艺性状遗传变异特点及杂交材料选择方法的研究，先后发表了《大豆生育期遗传的初步研究》《大豆杂交材料世代间数种主要性状变异性差别的初步研究》《大豆农艺性状的遗传传递规律与大豆的杂交育种》等论文。他根据生育期、株高、倒伏性和产量性状的遗传变异规律与定向选择效果，确定早期世代组合鉴定的原则和主要性状在各世代的选择技术，将其应用在大豆育种实践中，取得了良好的效果。

他用两个大豆杂交组合，计算 $F_2$ 至 $F_5$ 各世代的成熟期、株高、主茎节数、分枝数、百粒重和单株粒重等性状的变异系数，从各性状在不同世代的变异情况来看，各性状稳定的早晚不一样，株高、生育期和主茎节数在 $F_4$ 世代已基本稳定，表现在 $F_4$ 世代这三个性状的变异系数与亲本相似，分枝数至 $F_5$ 世代也大体稳定，而主茎荚数和单株粒重至 $F_5$ 世代的变异系数仍较亲本品种为大，表明这两个性状至 $F_5$ 世代仍有分离的倾向。根据这一结果，他指出：在大豆杂交育种工作中，株高、生育期、主茎节数，应于杂交世代的早期（$F_2$），便开始选择，自 $F_3$ 世代起便严格选择，至 $F_4$ 世代在这三方面即可成为稳定品系；分枝数，主茎荚数与单株粒重的变异系数大，可在后期世代（$F_4$ 及 $F_5$）按品系的表现进行初步选择，先选出优良品系，再从优良品种选单株，产量的严格选择，则靠测定小区产量。变异系数在大豆杂交后代各世代的结果，被王金陵教授赋予了新的意义，用来说明大豆不同性状在不同世代稳定的程度，用来指导大豆育种。他更重视各性状遗传传递规律的研究并将其应用于育种研究中。

为了提高大豆育种效率，他对大豆杂种后代选择方法进行了多方面的研究，创建了混合个体选择法和摘荚法。先后发表了《混合个体选择法在大豆杂交育种工作中的应用》《混合选择与系谱选择对大豆杂交材料定向选择效果的比较研究》《大豆杂交组合早期世代鉴定的研究》，以及《大豆杂交后代处理方法程度的探讨》等论文。

研究证明，对大豆杂交早期世代材料，用混合选择法针对成熟期、株高、结荚习性以及粒大小等性状进行定向选择，效果并不亚于系谱选择，但却简便易行。经过数代的定向选择，形成了能适应当地条件与要求的优良生态类型。在此基础上，再用个体选择法进行选择，能较有保证地选育出高产优质抗性强的优良品系。前面提到的"东农4号""东农36"都是通过混合个体选择法育成的优良品种。

王金陵教授还把一粒传延代法发展成摘荚法，一粒传延代法是在最大程度上保持各组合的变异性，保持住优良组合的优良分布形势，组合的群体量也大，又有利于南繁加代。结合育种实践经验，王金陵教授将其发展为摘荚法。即在 $F_2$ 世代，根据各组合的生育期、株高、结荚习性、倒伏程度等生态表现，以及丰产长相和抗病性能等，淘汰大约三分之一组合。在选留的组合中，从生育期适中，长相正常，病害轻的植株上每株摘 2～3 个豆荚，混合脱粒，到 $F_4$ 代，从每组合选拔大量单株，形成 $F_5$ 株系，此 $F_5$ 代根据株系的多种表现进行严格选择。这一方法简便易行，已被我国大豆育种界普遍采用。利用此法育成了高蛋白品种"东农42"，还育成了东农37、东农40和东农41等品种。

# 4 大豆生态理论研究

王金陵教授认为，美国大豆育种家除根据光周期特性对品种进行熟期分组外，没有明确的生态类型概念。而大豆是中国原产作物，栽培历史悠久，又地域辽阔，气候复杂，地形多变，生态环境多样。长期自然选择和人工选择的结果在中国形成了不同的大豆生态类型。因此，他非常强调品种的生态适应性，将品种的遗传特性与环境条件有机地融为一体。

他明确指出，大豆育种就是在一定的合适生态类型基础上，通过遗传改良，谋求产量的提高，品质的改进与抗性的增强。为此，他主持进行了一系列的相关研究。早在50年代，收集全国大豆品种进行光照试验，撰写了《中国南北地区大豆光照生态类型分析》，60年代又收集了全国各地野生大豆进行光照分析，写成《中国南北地区野生大豆光照生态类型的分析》，并进行了《哈尔滨田间条件对大豆主要生态性状形成效果的初步研究》，最后将有关生态研究的资料汇集成《大豆生态类型》一书。

1956 年发表于《农业学报》上的《中国南北地区大豆光照生态类型的分析》一文堪称中国大豆生态研究的经典论文。试验收集了南至 22°N 广东罗定，北至 50°N 的黑龙江黑河具代表性的 24 个大豆品种，在 8、10、13.5、14.5、自然光照、17～18 小时及不断光照 7 个处理下进行光照试验。目的在于了解不同纬度的光照条件下，及各地区不同栽培制度下所形成的品种在光照反应方面的特性。试验结果指出，来源于低纬度地区的大豆品种具有较强的短光照性，来源于较高纬度地区的品种则表现较弱的短光照性。同一地区不同播种期的大豆品种，对短光照的要求也大为不同。华中地区早播的早熟品种，光照类型的反应类似北方的早熟类型品种，迟播的迟熟品种，光照类型类似于低纬度地区迟熟或极迟熟型品种。试验依据全国各地大豆品种短光照性的强弱，划分了 7 个大豆成熟期类型地带，即极早熟类型地带至极晚熟类型地带。

野生大豆的光照试验结果表明，受各地区生长季节期间光照长短自然选择的影响，各地区的野生大豆形成一定的光照生态类型。长江流域及其以南地区的野生大豆光照性极强，总比当地的栽培与半栽培大豆强，说明大豆的强短光照是个原始性状。

他在《中国农业科学》上撰文《大豆的生态类型与大豆的栽培和育种》，详尽地分析大豆主要生态性状的生态地理分布规律，指出大豆生态类型在大豆栽培和育种上的意义。在栽培上，一个地区的大豆生态类型，就表明了在该地区要使该类型性状能够充分生长发育时所应采取的技术措施，以及在技术措施大大提高与改变的情况下，品种类型所应有的改变。在育种上，一个地区的大豆生态类型，对确定当地育种目标方面有重要的参考价值，指出育种用原始材料的中心及范围，还对育种区划、规划品种区域试验起很大的指导作用。他的大豆生态育种理论对我国大豆品种改良产生了深远而持久的影响，大豆生态育种的观点也深深扎根在大豆育种工作者的心中，从而选育了一批批适应不同生态条件的优良大豆品种。

## 5 拓宽大豆品种的遗传基础

王金陵指出，现在生产上所用的大豆品种，大多来自有限的亲本，因而造成品种的遗传基础贫乏，生产潜力的提高处于爬坡不前的状态。自80年代初开始，他主持了大豆种间杂种后代农艺性状改良和高蛋白资源创新，大豆种间杂种后代遗传潜势及利用价值等研究，旨在将野生、半野生大豆的血缘引入栽培大豆，以丰富其遗传基础。研究表明，选用有限和亚有限结荚习性品种作为杂交及回交亲本，对于种间杂种后代克服蔓生倒伏性，获得接近栽培类型的材料，概率大得多。利用半野生大豆与有限或亚有限结荚习性栽培大豆杂交，更易得到蛋白含量高的近栽培类型材料，利用矮秆有限性品种与野生大豆杂交，选出高蛋白、直立、黄种皮的 $F_2$ 衍生系，再用高产大粒栽培大豆回交，便可选出既高产，又蛋白含量高的品种。从种间杂交后代中，选得大批蛋白含量高而荚数又多的材料。此项研究获得了农牧渔业部科技进步二等奖。

为了拓宽东北大豆品种的遗传基础，他主持了国家自然科学基金重大项目"东北大豆种质资源的拓宽与改良"。历经5年的研究，除了对大豆种质资源创新、拓宽的理论与方法进行了卓有成效的研究外，在大豆种质资源的拓宽及材料改良方面取得可喜进展。东北农业大学大豆科学研究所创造了蛋白质含量高达48%的优质材料，抗大豆灰斑病8个生理小种的品系东农9674，东农593，抗大豆花叶病毒东北1、2、3号株系的东农92-070，抗大豆胞囊线虫的东农93-8055（东农43）等一批创新种质。

## 6 大豆演化、分类及起源研究

王金陵教授紧紧围绕大豆育种实践，开展有关大豆基础理论研究。除性状遗传传递规律、选择方法程序、大豆生态类型、拓宽遗传基础等研究外，也十分重视大豆演化、分类及起源等方面的研究。早在 1947 年便发表了《大豆性状之演化》，后又发表了《大豆的进化与其分类栽培及育种的关系》《大豆的分类问题》等文章。他指出，研究大豆的进化方式，以及有关进化的内在和外在因素，是大豆生物学根本问题之一。从进化的认识出发，才能全面地认识大豆的分类，提出合理的栽培措施，掌握大豆品种改良的基本规律。

他的研究指出，由于人为的选择，自小粒的野生型向大粒的栽培型进化时，大豆的茎秆也逐渐加粗、株高降低、蔓生缠绕性逐渐减弱、植株趋于直立、叶变大、短日性相对减弱、开花至成熟日数趋于增加、播种至开花日数趋于减少、种粒倾向圆球形或椭圆形。由于这种综合的变化，乃使大豆于自然界中形成一系列不同进化程度，各具一定形态与生理特性的大豆型。大豆的进化过程，是细小变异定向积累的过程。种粒大小、开花期（代表光周期性）和茎秆粗细（决定生长习性）最能表示大豆演化的程度。如将大豆性状依大小次序排列，可使人们认识性状的演化趋势，遗传愈复杂的性状，其演化趋势愈清晰。

在分类问题上，他指出，我们应从进化的观点出发，去进行大豆的分类。在种的划分上，虽然野生大豆与栽培大豆之间，在细胞学和遗传学上，并不存在种间隔离现象，它们之间的差别只是等位遗传基因的差别。但野生大豆的生长习性和形态性状与通常的栽培大豆差别很大。此类小叶、细茎、蔓生、炸荚性极强的野生大豆可以作为一个独立的种。在野生大豆与栽培大豆之间，存在一系列的过渡类型，Skvortzow 的细茎大豆（*Glycine gracilis*），即小粒栽培大豆，实属栽培大豆丰富变异类型中的一种类型，不论在遗传上、在形态上都不存在种的明显区别，不宜定为一个种。

在栽培大豆的分类上，从生产和研究实践出发，首先划分大豆栽培区，在栽培区划的基础上，按种皮色、生育期和种粒大小将大豆材料划分为类型群。这样便基本明确了大豆品种的生态类型及应用到生产栽培上去应注意的要点。这种分类，因种皮色是非常明显而稳定又关系到加工利用的性状，长期以来劳动人民和科学工作者就用来分类鉴别品种。相对说来，种粒大小是个受环境影响较小，遗传力较高，可用来作为一个品种特征的性状，也关系到大豆的利用。而生育期实质上是对一定地区一定播种期条件下的光照长短和温度反应的表现。大豆品种的分类至今仍以大豆栽培区划为基础，依生育期、种皮色和粒大小分群，仍以王金陵关于大豆分类的论述为其基本原则。

关于大豆的起源，早在 1947 年发表的《大豆性状之演化》一文中，专门论述了"大豆之来源"，指出吾人已悉大豆强短日性为一原始性状，早熟种之弱短日性或中日性为进化性状。大豆之原始性状强短日性，仅可自低纬度处之大豆上发现，大豆之发源地可能为华南附近诸地。在进行了中国南北地区野生大豆光照试验之后，进一步阐明以在短日照性上，长江流域及其以南地区的半栽培大豆比黄河流域及其以北地区的野生大豆还要原始一些，也就是适合长江及以南的半栽培类型以及这些地区的中粒，大粒栽培类型大豆，是不会从短光照性较弱的北方野生大豆演化而来，大豆迁移的方向，是从南方的短日照强的迟熟类型，逐渐变成短日性较弱的早熟类型而向北方迁移。为此，我国长江流域及江南地区应是大豆起源的中心。

他同时也指出，关于大豆起源中心问题，还有另一种可能，北方地区既然有野生大豆、半栽培类型大豆，而且大豆的类型和变异也很多，黄河流域的农业历史又极为悠久，而且只需通过基因变异的定向选择积累，野生大豆便比较容易地演化为栽培型大豆。因此，北方地区的栽培大豆，也可能是从当地的野生大豆经过定向选择而来。这样，大豆在我国的起源中心便不止是长江流域及其以南地区，而是多源的了。

## 7 为人师表，堪称楷模

王金陵教授从事大豆遗传育种研究近 60 年，从事教育也 50

多年了，在科学研究上取得丰富成果，撰写论文 140 多篇，撰写和主编专著 8 部，论文集和教材多本，为《大豆科学》创刊至今的主编，担任过中国作物学会副理事长，中国大豆研究会的第一至三届理事长。被评为全国劳动模范。曾担任过黑龙江省副省长、省人大常委会副主任，三至八届全国人大代表，第六、七届全国人大常委。

他平易近人，和蔼可亲，不图名，不图利，生活十分俭朴。他治学态度严谨，对工作一丝不苟，勤奋好学，持之以恒。即使再忙，仍要想方设法挤时间，到学校图书馆查阅文献，注意知识更新。他辅导学生耐心细致，如果觉得回答学生问题不圆满，他会告诉学生，待我回去查一查资料，再给予回答。他总会清楚地记得学生的问题，找出确切答案，再找到提问的学生，让学生了解所提出的问题。他"文革"前培养的本科生、研究生，"文革"后培养的博士、硕士，多数已成为大豆科技界的骨干，仅教授、研究员就有几十位，不少已成为博士生导师，真正是桃李满天下。

# 我的良师益友

**▎ 王连铮 ▎**

东北农业大学王金陵教授是国内外著名的大豆遗传育种专家、教育家、热心学术交流的活动家、关怀和重视农业和农业科教发展的社会活动家。

从 1949 年 1 月我到东北农学院学习直到 1953 年毕业，作为王金陵老师的学生，我和王老师接触较多，王金陵教授给我们上作物育种学和生物统计的课程。1956 ～ 1960 年东北农学院和黑龙江省农业科学院全面合作，1957 年我在黑龙江省农业科学院作物育种系工作时，王金陵教授又兼任该院作物育种系主任，因此接触就更多。后来他出任黑龙江省科学技术协会主席，对农业科研和农业教育特别关心和支持，对黑龙江乃至全国农业的发展给以极大的关注。他是一位孜孜以求的科学家，名副其实的劳动模范，热心科技交流的活动家，诲人不倦的老师。

1948 年秋，在哈尔滨建立了新中国成立后的第一所农业大学——东北农学院。王金陵老师应聘为副教授并任农艺系第一任系主任，一开始他就提倡教师应在完成教学任务的同时进行科学研究。根据当时黑龙江省农业生产情况，他提出把大豆、小麦、玉米、甜菜、亚麻等作为农学院开展作物育种研究的主要对象。他身体力行，在繁重的行政和教学工作之外带头从事大豆科学研究。在 20 世纪 50 年代中期，他利用纯系育种法育成了黑龙江省第一个秆强、适合机械化收割的丰产大豆新品种——"东农 1 号"，成为当时黑龙江国营农场和合江地区的主栽品种。为了更好地提高大豆品种水平，他在 20 世纪 50 年代就开始了大豆杂交育种。当时有的国外专家批评中国一些农业科研机构掉进杂交的海洋，但王金陵教授顶住了这股压力。

在广泛的搜集大豆原始材料的基础上，每年均配置几十个杂交组合，终于在 1955 年选育出"东农 55-6028"等优良品系。他深入农业生产，了解这些品系的表现，后经过多年品种比较、区域试验和生产试验，于 1959 年经黑龙江省农作物品种审定委员会审定推广，定名为"东农 4 号"。1959～1965 年，该品种累计种植面积达 3000 多万亩，最多年种植面积达 1000 万亩，对提高黑龙江省的大豆产量起到重要作用。为此该品种于 1978 年荣获全国科学大会奖。这是中国大豆育种界首先利用杂交育种选育出的推广面积最大的一个大豆品种。因此说，王金陵教授当之无愧是中国大豆杂交育种的先驱和开拓者。由于"东农 4 号"汇集了"满仓金"和"紫花 4 号"品种的优良性状，而且秆的强度有显著提高，综合性状显著优于亲本和对照，因此该品种得到大面积推广。同时这个品种又是一个配合力高的杂交亲本。黑龙江省农业科学院等单位用"东农 4 号"育成了 9 个大豆品种。为了打破大豆高寒栽培禁区，王金陵教授和助手们又于 1972 年利用瑞典早熟大豆品种"Logbew"和早熟品系"东农 47-1D"杂交，经多代选择和试验，最后于 20 世纪 80 年代选育出"东农 36 号"超早熟大豆品种，蛋白质含量高达 45% 以上，打破了我国大豆栽培的禁区，把我国大豆种植北界往北推进了 100 多公里。该品种获得国家科技进步奖三等奖。以后又选育出高蛋白的"东农 42 号"作为对日本出口的大豆专用品种。1988 年该品种被评为黑龙江优质品种。几十年来他先后选育出了几十个大豆品种。他经常身入农村了解大豆生产，颇受农民的欢迎。

王金陵教授一直很重视理论研究，他常说要"一手出品种，一手出论文"。他在大豆性状遗传规律、大豆育种技术及后代选择处理、大豆分类起源进化、大豆生态类型及大豆野生资源的利用等方面建树甚多，他撰写并主编了 8 本专著，发表了几十篇大豆学术论文。王金陵教授对大豆性状遗传和选择技术做了深入的研究。他根据生育期、株高、倒伏性状和产量性状的遗传变异规律与选择效果，确定早期世代组合鉴定的原则和主要性状在各世代的选择重点。他比较出了混合选择和系谱选择的效果，得出了成熟期外其他性状差异不大的结论，从而提出了省时省工的混合个体选择法，并在"东农 4 号""东农 35 号"和"东农 36 号"的育种过程中加以运用和实践并取得了成功。在大豆分类上，王金陵教授指出："Skvortzow（1927 年）将百粒重 4～5 克种粒褐色或黑色，分枝较强的类型，专列为一个品种，称为半野生大豆（*Glycine gracilis*）"。对于生产 *G. soja* 与 *G. max* 之间的 *G. gracilis* 通称半野生或半栽培大豆。由于生产上也大面积栽培，它实质上是进化程度很低的一种小粒半蔓生至蔓生的栽培类型大豆，与栽培大豆（*G. max*）的界限也不明显。*G. soja* 与 *G. max* 后代中能出现大批这种类型。所以分类学家多不认为它是一个独立品种。他的《大豆性状遗传规律和后代选择技术》曾获得 1979 年黑龙江省优秀科技成果奖一等奖，他与助手们研究的"中国野生和半野生大豆产量和蛋白质资源潜力的研究""大豆种间杂质后代改良和高蛋白资源创新的研究"。先后获得农牧渔业部和国家教委科技进步奖二等奖。

王金陵教授在从事教学科研工作时和在他担任黑龙江省副省长、省人大常委会副主任和全国人大常委会委员期间，非常重视农业的发展和科研成果的推广应用。他常常深入农村基层进行调查研究，并力主通过扩大试验来验证这一成果。经过试验，1964 年黑龙江省确定推广了玉米杂交种"黑玉 46"，1965 年又确定推广了"黑玉 47"，这对提高黑龙江省粮食产量起到重大作用。黑龙江省是国内推广玉米杂交种较早的省份之一。王金陵教授非常关心农业科研成果的推广应用，他多次到黑龙江省农业科学院视察工作，听取科研工作进展情况的汇报，深入田间调查并帮助解决科研工作的问题；他经常深入农村，了解农业科研成果的推广应用情况。他特别强调，发展农业生产要依靠科学技术。他非常重视农业科学研究和教育工作，他在工作十分繁忙的情况下，还出席研究生的论文答辩会。

王金陵教授曾担任中国作物学会副理事长、黑龙江省作物学会理事长、中国作物学会大豆专业委员会主任委员、黑龙江省科学技术协会主席、黑龙江省农学会副理事长等学术职务，他积极参加这些学术组织的活动并提出重要学术论文与同行进行交流。

王金陵教授多次参加国际学术会议，和国外同行进行学术交流。1981年初曾去斯里兰卡参加国际大豆种子质量和保苗学术交流研讨会，在会上王金陵教授介绍了中国大豆育种和栽培的进展，引起各国同行的重视，大家提问很多，他以流利的英语对答如流，受到各国同行的好评。1983年9月王教授去日本筑波参加亚热带大豆耕作制度学术讨论会，他做了大豆生态类型的学术报告。1984年他去美国艾奥瓦州立大学参加第三届世界大豆研究会议，他介绍了利用地理远缘的品种间杂交产生超亲遗传，以选育超早熟品种的经验，受到国外同行的赞赏。1994年2月他参加了在泰国清迈召开的第五届世界大豆研究会议，就大豆育种问题进行交流引起与会代表重视。这几次会议我均同行，我亲眼看到，由于王金陵教授学术水平高、知识面广、英文流利、不卑不亢，和外国同行交流深入，颇得各国专家学者的赞许，为国家和我国大豆学术界争得了荣誉。

王金陵教授从教和从事大豆科研已经60多个春秋，他培养了几十位研究生，一大批本科生和专科生，可谓桃李满天下。他教书育人，言传身教，诲人不倦。他认真备课，在课堂上深入浅出将学生引进知识的海洋，他要求青年人要选准方向，坚持到底，持之以恒，做出成果；不要朝三暮四，见异思迁，否则将一事无成。他经常鼓励年轻人和同行："大豆起源于中国，我们要为祖先争光，把大豆搞上去。"他热情关心中青年的成长，在他指导下完成的论文，坚持不署自己的名字，或把自己的名字排在最后。1987年他主动辞去东北农学院大豆科学研究所所长职务，让年富力强的同志担此重任。他非常关怀学科带头人的成长。在工作十分繁忙的情况下，他还出席很多研究生的论文答辩。他平等对待学生和同事。在向他请教学术问题时，他总是循循引导，不以权威自居，启发后人，勇于创新。

他担任《大豆科学》的主编达22年，他对期刊的论文认真审阅，对中文和英文摘要仔细修改，可以说是字斟句酌，工作极其负责，使《大豆科学》的声望不断提高，成为纳入英国国际农业生物科学中心（CABI-Center for Agriculture and Biosciences International，Wallingford UK）所编的大豆文摘的固定期刊。

他是大豆学术界的楷模，是我们的良师益友，我们要学习他对科学勇于探索、对工作极其负责、对同志深情关怀的精神，为我国大豆产业的发展和大豆科研工作的创新而不懈努力！

# 我是王先生的编外学生

## ┃ 董 钻 ┃

王金陵先生是我的恩师，我是王先生的编外学生。在我早年从事大豆教学和科研时，王先生 20 世纪四五十年代关于大豆光期性、栽培区划、大豆生态、栽培技术的论述，以及《大豆根系的初步观察》《大豆的遗传与选种》等著作，都是重要的参考文献。

"十年浩劫"后的 1981 年，我参加了由王先生主持、在济南召开的第一次全国大豆学术讨论会，第一次见到王先生。在会上，我做了《大豆的器官平衡与产量》的发言，得到王先生和大豆界几位前辈的认可和鼓励。正是在这次会议上，我被遴选为大豆研究会的理事。会后，我把发言稿整理成论文，寄给王先生求教。未过几天便收到了王先生的回复，对论文提出了修改意见，将文中原来的 8 个表格归纳，合并为 5 个，使稿件更加紧凑、简练。后来论文得以公开发表。

1991 年，在沈阳主持第七次全国大豆科研生产会议之后，王先生曾专门到农学院参观了我的大豆试验田，并就大豆梯型问题给予了指导，使我深受鼓舞。

2010 年，我和大豆育种家杨伯玉、单维奎策划编写《辽宁省大豆研究 60 年》一书，当时就此事致信王先生，作了汇报。原来王先生对辽宁的大豆研究状况了如指掌，肯定了编写此书的必要性，还特别提醒，在为辽宁大豆专家立传时不要漏掉几位老专家的功绩。该书出版后，我曾去哈尔滨王先生家中送书。当他翻阅时看到将他写的序排在另一篇序的前面，将他与编写人员的合影放在彩页的第一张时，郑重地说，他的序和合影应当排在别人的后面。

从 20 世纪 90 年代起，每逢元旦之际，我都寄上贺卡，祝福老人家新年快乐、身体健康；王先生每次给我的贺卡中，一向以"兄""挚友"相称，使我受宠若惊。

王金陵先生的道德文章和长者之风给我以深刻的教育，令我由衷的感佩；王先生对于我，有知遇之恩。我有这样的恩师，作为他的一个学生，深感荣幸和自豪。

# 老师与榜样

## ┃ 孙　寰 ┃

　　第一次见到王金陵先生，是 1974 年在公主岭。吉林省农科院邀请王先生做访美报告。我当时还没有从事大豆研究，主要是想听听访美趣闻，在那个封闭的年代，这样的报告非常吸引人。没想到，王先生一开口就是大豆，从美国引进大豆的历史，到当时美国大豆生产概况，既有生动的叙述，也有大量的统计数字。讲得最多的还是大豆育种，他特别介绍了"一粒传"、早代测验等新的选择方法。我印象最深的，是他对美国大豆株型的概括："多是无限性，叶子小，看似柔弱但不倒，上上下下都是荚。"几个小时的报告，使我了解了美国大豆科研和生产的全貌，学到了很多闻所未闻知识。一场报告使我对王先生的科学洞察力、专业修养、严肃认真的作风产生了敬畏和敬仰之心。当时我是个工人，没有机会和王先生见面，他在台上，我在台下，我认识了他，他不认识我。1983 年，我从美国回来写进修报告，惊讶地发现，我一年多对美国大豆产业的了解，也不比王先生在短短十几天的考察中了解得多。大师就是大师，同样是访问考察，他能看到别人看不出来的东西，能发现别人发现不了的问题。

　　随着我进入大豆这一行，和王先生的交往多了起来，我把他当作我的老师和榜样，看他的书，读他的文章，有问题向他请教，受益匪浅。交往越多，越能感受到他那谦虚谨慎、以诚待人高贵品质的魅力。有时我请他作报告他来不了，或他的学生有事要我协调，本来可以打个电话或派学生来办就是了，但他都是亲自写信给我，交代非常清楚，语气也非常谦和。对我来说，这些信很珍贵，它不仅仅是一封封普通的信，也是教我如何办事、如何做人的箴言，我一直都珍藏在身边。王先生是个大家，也是个高层领导，但你和他交流，很快就没有了距离感，他为人随和，平易近人。有一次在青岛开会回来的途中，他和我们六七个年轻人住在一个房间，开起玩笑来，你就忘记了他是你的长辈。

在我一生中，王先生对我最大的恩惠，就是鼓励、支持和指导我从事大豆杂种优势利用研究。1993年，我们课题组经过十年的努力，育成了大豆细胞质雄性不育系，我们自己对这个材料的性质和科学意义也不十分有底，我首先想到的，就是请王先生对我们的工作给予科学的判断和鉴评。王先生和其他专家认真仔细地审查了全部实验数据和图片，问了不少问题，最后肯定这是细胞质雄性不育系，并对进一步开展研究指明了方向。会后我和王先生单独长谈了一个多小时，他非常尖锐地指出，育成不育系只是第一步，解决传粉问题是关键。在这之后，他经常问我杂交大豆研究进展得如何，我也经常向他汇报和请教。有一件事让我终生难忘。在庆祝王先生90华诞的宴会上，他发表了即席讲话。在谈到他还有什么期盼和愿望的时候，他抬高了嗓门说，一是盼北京奥运会成功举办，二是盼早日种上杂交大豆。在台下的我，听到这句话，瞬间就傻了，泪水在眼眶里打转，他讲完话回到座位上，我握着他的手，不知说什么好，当时到底说没说话，或者说的什么话全都忘了。老人家的愿望承载了他对我国大豆产业的关心，对新生事物的扶持，对我们这些后来者的鼓励和鞭策。遗憾的是，他没亲眼看到杂交大豆产业化，这也是我们愧对这位大豆界泰斗的憾事。

王先生是我的老师、长辈，也是我的朋友。在相当长一段时间内，他每年都给我寄贺卡，我也寄给他，有时打电话问候。有一年我忘了寄，可他的贺卡到了，我感到很羞愧。

王先生的丰功伟绩和值得我学习的地方太多了，我只写了点点滴滴，作为对王先生的纪念和缅怀。

# 王老师的学术思想指引我前进

## 刘忠堂

今年是我们最尊敬的王老师 100 周年诞辰，我怀着十分崇敬和感激的心情，纪念这位中国大豆泰斗，遗传和杂交育种的先驱，开拓者，奠基人；传承和弘扬他献身大豆事业，不断创新，一手出品种，一手出论文的学术思想；为人师表，诲人不倦，甘当人梯，热心培养年轻人高尚品格。

我在学生时代没有机会亲耳聆听王老师讲课，工作期间也没有运气跟随在王老师身边倾听他的直接教诲。但是我可以自信地说：我是王老师真正的学生。我是在王老师的学术思想、研究方法、科研道路的光照下走过了大豆育种的 58 年。我工作期间，认真学习王老师的许多著作，认真倾听取王老师的每一次学术报告，带着问题多次向往老师请教，王老师总是那样热情、认真、不厌其烦地给我讲解，直至我明白为止。下面我就通过几件事，回忆王老师对我的教诲和帮助，以表我对王老师的感激和纪念。

大豆育种目标：搞大豆育种，首先就是确定育种目标问题。在黑龙江省三江平原地区确定什么样的育种目标呢？王老师在一次学术报告中说："当前大豆育种目标为植株高大，主茎发达，秆强不倒，适于机械化"。一句话拨散迷雾，点石成金，指明了育种方向。我们按着这个目标搜集材料，配置组合，按着既定的目标连续世代选择，不断培育出了适合机械化程度高、低湿地区，具有三江平原生态特点的"合丰 23""合丰 25""合丰 26""合丰 35"等大批品种，满足了生产需要，推动了三江平原地区大豆的发展。

## 大豆生态型：

王老师教导我们："大豆育种就是在一定的适合生态类型的基础上，通过遗传改良谋求产量的提高，品质的改良和抗性"。在处理大豆杂交后代的程序与方法上，他还指出："要在首先选择形成一定的生态类型的基础上，进一步选拔育成高产优质新品系"。

王老师的大豆生态育种理论对我们的大豆育种产生了深刻的影响，使我深刻地认识到"生态"在育种中的重要性，生态育种的理论深深地扎在我们的心中。我们按着王老师关于生态的教导，进行亲本选择，后代处理，分区试验，使育种的成功率很高，品种推广的面积都很大，其中年推广面积 100～300 万亩的品种 18 个，300～600 万亩 6 个，600～900 万亩的 3 个，900～1500 万亩的 2 个。合丰 25 连续 11 年年推广面积在 1000 万亩以上，年最高面积 1500 万亩以上，合丰 35 年最高推广面积 943 万亩，合丰 45 年推广面积 915 万亩。所以，在总结我一生的大豆育种时，我将"生态"作为育种的"三大基石"之一，记入我的体会中。

## 北方大豆区域划分：

著名大豆专家王连铮在撰著《现代中国大豆》时，约我写第十九章《北方春大豆》，其中第一节就是北方春大豆的区域分布与发展。北方春大豆包括黑龙江、吉林、辽宁、内蒙古全部及河北、山西、陕西、甘肃、宁夏、新疆的部分地区，大豆播种面积占全国的 54.8%。在分布上看，从东北到华北到西北，面积之大，范围之广，气候之复杂给区域划分提出了难题。我查阅了大量资料，结合各地的土壤、气候、栽培特点，初步确定分 5 个区，即松花江平原春大豆栽培区、嫩江平原春大豆栽培区、辽河平原春大豆栽培区、西北春大豆栽培区、新疆灌溉春大豆栽培区。写完后我仍不能确定，按我的习惯就是大豆上有不明白的问题就去请教王老师。于是，我把稿子请王乐凯先生（王老师之子）呈给王老师，请教北方春大豆栽培区域怎么划分。几天后，王老师在我的稿子上做了明确的批示，他说：北方春大豆栽培区面积大、区域广，在分区上要从大的生态考虑，不能分得太细，辽河平原的气候条件虽然与松花江平原有较明显的差别，但面积很小，大豆种植也不多，没有必要分出一个栽培区，可将辽河平原春大豆栽培区合并到松花江平原春大豆栽培区内，为松花江辽河平原春大豆栽培区，由五区合并为四区，使我豁然开朗。王老师在这样的高龄还对我如此教诲，使我深受感动，也使我更深刻地理解王老师讲的大豆生态育种与栽培的原理。

## 大豆蹲苗：

在下乡时，我们常会看到有的地块大豆生育前期幼苗不旺，蹲在地上生长很慢，农民有些着急。他们问我：你看这块地我今年种的也挺精心呐！怎么这苗长得这么慢呐？是不是得病啦？我就笑着跟他说，不是的，这是"蹲苗"，是壮苗的表现，说明你在整地、选种、种子处理、播种做得都很好，幼苗根系发育好，是苗壮，为丰收奠定了基础，加把劲儿！今年你的大豆产量要冒高了！农民喜滋滋地笑了。

可是，就是几年前农民提出的这个问题正是使我迷茫的问题，遇到问题找老师，是王老师帮我解开了这个迷。所以，农民喜滋滋地笑声里包含着王老师的教诲和学识。

## 大豆科学主编：

2012 年《大豆科学》迎来了创刊 30 周年庆典，来自全国大豆界、期刊界的领导、同仁和朋友 300 余人参加庆典和高峰论坛，收到了《中国农业科学》《作物学报》《遗传学报》等 94 家学报、期刊单位发来的贺信，53 个科研单位和大学的祝贺。可见《大豆科学》的影响之深，传播之广，受到学术界的普遍重视，可称得上是学术期刊少有的盛会。

　　然而，这个荣誉和贡献是与王老师远见卓识、聪明智慧、辛苦劳动分不开的。在王老师的帮助下，1982 年黑龙江省农科院主办的《大豆科学》创刊了，王老师出任《大豆科学》主编。创刊一开始，王老师就坚持"编辑学者化"的思想，他对每一篇稿件都严格把关，对不符合要求的稿件坚决退稿，对改后可以发表的稿件总是提出中肯的意见，对初次投稿的年轻作者，都是给予最大的帮助和鼓励。王老师孜孜不倦，辛辛苦苦，用他的心血和智慧培植《大豆科学》的成长，一干就是 19 年。2001 年我接任了《大豆科学》主编的工作，王老师对我说：《大豆科学》一定要坚持学者办刊，坚持把《大豆科学》办成科技工作者的学术交流园地，百花齐放，逐步扩大对国外交流，把《大豆科学》办成世界性的刊物。亲切的叮咛，谆谆嘱托，让我铭记在心，我和编辑部的全体同仁，正按着王老师的嘱咐努力工作，不辜负王老师的厚望，以我们的优异成绩纪念我们最尊敬的先辈——王金陵教授。

# 身边的伟人

## │ 武小霞 │

东北农业大学大豆科学研究所

虹静老师跟我说："你参与了先生的 90 华诞、95 华诞庆典的整个过程，还有在准备《金豆为伴》时你和先生接触较多，把你的一些感受写一下，放在这本书的后面，让大家更多地了解和感受先生"。我一直都没敢答应，总觉得，在先生众多的学生和大豆同仁中，我还不足以占用篇幅来写我的感受，但在今天再次整理材料准备制作纪念先生百年华诞的视频片子时，与先生接触的很多画面又清晰地出现在我的眼前，所以我想把我印象深刻的东西在这里呈现给大家，让我们一起回味和感受我们自己身边的伟人的力量，一起体会他曾给你我的影响。

## 听 到

1979 年，爸爸花了 46 元钱买了一台收音机，它打开了我一位小学生的世界，渐渐地迷上了收音机的所有节目。有一天，在收音机了听到了王金陵副省长的名字，感觉特别亲切，因为这个名字与我妈妈的名字读音相同，从此记住了黑龙江省副省长王金陵的名字。

## 看 到

1991 年，我考上了东北农学院。9 月入学后介绍学校历史时再次听到了先生的名字，知道了他是一位知名的教授、学校的创始人之一。1994 年春天，学校组织学生听全国人大代表传达人民代表大会的会议精神，我坐在阶梯教室的后面，听先生给我们传达会议精神。会议用了 1 个小时左右的时间，先生传达得特别认真，那是我第一次看见先生，知道了他是人大代表。

## 初　识

　　1996 年，我毕业留校第一年参加校田径运动会，一举打破了教工青年女子组 800 米、1500 米和 3000 米的记录，院里邀请先生作为嘉宾为我颁奖。先生边夸奖我跑得真快，边满面笑容的把 1000 元奖金递到我的手里。祖伟院长告诉我，给你颁奖的是王金陵先生，农学系的创始人，也是首任系主任，大豆领域的知名专家，当过黑龙江省的副省长。这时我终于对上号了，先生就是我小时候在收音机里听到的那个人。

　　1997 年 3 月，农学院在大学生活动中心为王先生举办了 80 岁生日庆典暨从教 50 周年学术报告会，农学院全体教职员工和他的部分学生参加了报告。记得开幕式上张国栋博士为先生送上了鲜花。当年 9 月先生获得了何梁何利奖，领奖归来祖伟院长到机场接见，感受到了先生的卓越和大家的尊崇。

　　2002 年 3 月，大豆研究所在国际交流中心为先生主办了 85 岁生日庆典，学院也为先生精心选了一个花瓶，先生的学生和同事送来了好多礼物，看见所有人都特别愿意和先生交流。

　　2004 年 3 月，李文滨教授在在国际交流中心为先生主办了 87 岁生日庆典，当时的校党委书刘世常和校长李庆章都参加了庆典，并赠送了小礼物。我感觉无论是领导还是老师、无论是同事还是学生，大家都喜欢和先生交流，先生的平和、友善和智慧感染着每个人。

## 90 华诞

　　2005 年底，盖钧镒院士提议，第十八届全国大豆科研生产研讨会在哈尔滨市召开，同时举办王金陵教授 90 华诞庆典。和学校沟通后，校领导也同意了。于是那个寒假，我们一直没有休息，都在筹备这件事。在紧锣密鼓地筹备会议的同时，也为王先生的庆典做着积极的准备。李文滨老师提议为 90 华诞做三件事情，一是找专业的人为先生写本传记；二是制作一个视频片子，在大会上播放；三是做一个弟子相册。传记和视频都由校宣传部负责，具体是石岩负责写传记，石岩和刘丽艳负责制作视频，弟子相册由张彬彬负责完成。

为方便和先生沟通，我多次带着石岩和刘丽艳到长江路 168 号他的家中，了解情况，搜集素材、拍摄照片等。每次和先生都预约到他家的时间，当我们按时到他家时，他都等在门口为我们开门，并且在茶几上摆上干果给我们吃。他非常配合我们的采访，聊到儿时淘气的掏蜂窝和游泳时他会开怀大笑；聊到儿时的伙伴马可时，给我们看他们一起的照片和他们间往来的新年贺卡，讲他们在一起时的故事。这时我们也注意到在他桌子的旁边始终挂着一排朋友给他寄来的贺卡，墙上挂的也是学生们送给他的画，桌子上摆放的是字画和学生们送他的礼物。讲到大豆时，是他兴致最浓的时候，一讲就是一两小时，直到嗓子讲哑了说不出话来。后来石岩为了别累着先生，每次去之前都把要问的问题列好。过了年到他家里拍摄，每次都是我陪着，他就笑着说，让博士每天来做这样的事是不是大材小用了。

前期的资料搜集完成后，石岩开始写作了，当她把初稿给我的时候，我真的惊呆了，她的传记完成，超过了我们的想象，李老师看了后，马上联系出版社安排正式出版，边联系边修改，在会议召开前终于出版了。在我跟石岩聊她是怎么完成时，她说资料搜集整理完，思路成形后，就一气呵成往下写，写不动了就躺在床上口述让她爱人为她打字记录，她真的是用心、用情、用力地完成了《金豆为伴》，为我们完整呈现了一个真实的王先生。

2006 年 3 月 15 日，庆典在哈尔滨市天鹅饭店召开，八点半先生在家人的陪伴下精神矍铄地来到了会场，与会的很多人在排着队与他合影，他笑着与每个人打着招呼。

还记得那次参会人数达到了 500 人，这可是我第一次参与主办这么大型的会议。我们则一直忙着在接收全国各地来的贺电和贺信。中午在天鹅饭店宴会大厅举行了先生 90 华诞庆典宴会，先生亲手切开蛋糕，与大家分享这份幸福和快乐。整个过程都看到先生非常高兴，一边与大家合影，一边与人交谈，感受到大豆界同仁对先生的敬仰，心中的敬意倍增。

会上，东北农业大学和大豆专业委员会为了表示对王金陵先生的敬意，在先生本人捐款的基础上，募集科研单位及学生资金，设立了王金陵青年科教奖励基金会。这项奖励不仅激励广大青年科技工作者在大豆研究中刻苦钻研、勇于创新，更是获得者一份不可多得的内心荣耀。

之后的每一年的中秋节、春节和 3 月 15 日他的生日，我们大豆所的老师都会去他家里看望先生，他记住了我的名字。我跟他说起 1996 年为我颁奖的事，他笑着说，"我记得我记得，跑得那么快的那个同学原来就是你呀？"。知道了我也从事大豆研究后，每次见到都会问问我的科研进展，叮嘱我看准一个方向后，就坚持下去。对于分子育种和基因功能研究，先生给予了高度的认可，说你们都是博士，一定要做一些高水平的研究，但大豆育种是我们的优势一定要发扬光大。

## 95 华诞

2011 年，大豆专业委员会再次征询有关专家，决定 3 月 15 日在哈尔滨召开大豆遗传转化技术研讨会，并在当晚为王金陵先生举办 95 华诞生日宴会。争取王先生意见时，先生虽然答应，但他一再叮嘱："不要浪费，尽量从俭，别给单位添麻烦"。

当晚十八时，依然在天鹅饭店宴会大厅举行华诞庆典晚宴，东北农业大学校党委书记、校长徐梅致词中说"书山瀚墨，呕心沥血，一腔赤诚报华夏；情系黑土，栉风沐雨，几番辉煌慰平生"，这正是王金陵教授献身科教高尚品格的真实写照。他的品德和风范早已成为东北农业大学的宝贵精神财富。农业部和省各厅局的专家和领导分别也致词祝贺。黑龙江省副省长程幼东代表省委送先生一幅画。国内的大豆界同仁及弟子从各地纷纷赶来祝贺。整个宴会过程中，先生一直温暖祥和地与大家交谈，合影留念，同时也感谢大家为他费心筹办。

## 丰　碑

在庆祝王金陵先生95华诞的基础上，为进一步大力宣传王金陵先生对大豆事业作出的突出贡献，2011年10月10日，在王先生工作一生的大豆研究所前隆重为王金陵先生塑像举行揭幕仪式。这是在学校党委的大力支持下，由农学院党委提议，由大豆研究所组织，所有弟子共同参与下进行的，为先生塑像旨在弘扬大师勇开先河的创新意识、守志弥坚的顽强意志、求真务实的科学态度、孜孜以求的探索精神和甘当人梯的高尚品格。

铜像揭幕仪式上先生眼含热泪，由衷地表达了对东农的感激，他回忆了自己在东农工作、生活的点点滴滴，谦逊地对东农多年的教育和培养表示感谢，并号召弟子们一定要多学知识，为东农的发展多作贡献。

现在到了先生的诞辰日、清明节，铜像前都会有一些鲜花，先生的弟子来到东农还都会到铜像前施礼问安，向先生表达着各自的敬仰和怀念。

这时候我明白，铜像就是一座丰碑，先生已经不是我们大豆研究所的，也不是农学院的，是我们东农人引以为豪的代表，是东农精神的缔造者和传承者，是我们所有人的骄傲。

## 采集工程

2012年底，黑龙江省科协向国家科协推荐了王金陵先生"老科学家学术成长资料采集工程"，2013年获得批准。老科学家学术成长资料采集工程主要面向年龄在80岁以上、学术成长经历丰富的两院院士，或者虽然不是两院院士，但在我国科技事业发展中作出突出贡献的老科技工作者。王先生是因为在农业科学尤其是大豆科学研究中作出卓越贡献的科学家入选的，也是黑龙江省唯一一位非院士入选的科学家。

我负责撰写先生的大事年表，然后编制每个人的采访提纲。在李文滨老师的指导下，和张彬彬老师一起先后采访了 30 多位专家学者和弟子等，并去了他学习和生活过的南京、北京、吉林等地整理资料，到他家里整理所有各类手稿、书信、笔记、图片等大量实物原件。2014 年 7 月，我们完成了所有的采集，共采集实物原件资料 6250 份，数字化资料 2143 份，视频资料 1100 多分钟，音频资料 1200 多分钟，所有材料都移交到国家馆藏基地永久保存。每一份材料都觉得沉甸甸、每一次采访都令人感动。先生的为人和科研品格感染着身边的每个人，先生历尽艰辛和磨难不忘初心的品质感动着所有人，这些感动和敬仰将被永久保存和传承，这时更加明白了先生和他所作的贡献是属于国家和世界的。

## 最后的见面

2012 年 9 月，先生生病住院，由于怕感染我们几经与医院沟通，才在先生意识清醒时陪同李文滨老师一起去探望两次。第一次去的时候，先生虽然体弱，但听到我们说话，他不能够回答我们，听到王乐凯介绍我们的名字他都能点头，心里感觉暖暖的，为他祈福，早日康复。2013 年 9 月 2 日，我们再次去探望时已经在 ICU 病房了，插着呼吸机，石岩拉着他的手，泪流满面地和他说话，希望奇迹出现。

王金陵先生因病于 2013 年 9 月 4 日在哈尔滨逝世。9 月 6 日天河园公墓观天厅礼堂庄严肃穆、哀乐低回。前来送别的人们面色凝重，眼含悲戚。省人大、政协、统战部、教育厅、畜牧局等各级领导、东北农业大学的领导、师生代表及先生的弟子参加了送别仪式。部分未能前往现场的师生也都自发在校园中的王金陵先生塑像前举行默哀活动。我的眼里浸着泪水，站在角落里，这些年与王先生接触的每一件事都历历在目，与王先生的每一次交谈都是心灵的震动。

2006年在先生家中合影

下午2点钟，大豆所的部分师生陪同先生家人再次聚集到先生塑像前鞠躬、献花，校园内外，从白发苍苍、步履蹒跚的老人到年轻的学子，曾深受王金陵先生教育、指导和影响过的东农人，用不同的方式向心中敬仰的王金陵先生做最后的送别。与此同时，校园网上的追思页面上，不同岗位的东农人也纷纷通过留言表达着对先生离世的悼念。

先生的崇高品格和科学精神将永远铭刻在后人心中，他为东北农业大学的发展和我国农业科教事业作出的卓越贡献将亘古不朽、光耀史册。

从儿时地听到，到长大后幸运的见到与相识，从片段崇拜到完整的尊重，从模糊的了解敬畏升华成清晰厚重的尊崇爱戴，渐渐的懂得先生就是生活在我身边的伟人。

# 因为爱，所以永恒
## ——怀念王金陵先生

‖ 石 岩 ‖

东北农业大学宣传部

2013 年 9 月 3 日，在哈尔滨医科大学附属第一医院的重症监护病房，我终于获准来到已昏迷多日的王金陵先生身旁。检测仪上显示的血氧饱和度始终难达正常，抢救设备上滴滴答答的紧蹙声响深深地叩击在我的心上。当发现呼吸机遮住的先生的面庞依然红润、水肿的四肢仍旧温热时，我欣喜地急问主治医生："先生还会苏醒过来吧？""不会有奇迹！"听了这样残酷的回答，我始终无法相信，只有默默地期待着、祈愿着……

就在我去医院探望的第二天，敬爱的王金陵先生永远地离开了我们。一连数日的寒瑟秋雨在先生离开的那日竟骤然而止，而后大大放晴的天空中，热切的秋阳仿佛是顺应先生旨意的使者，温暖抚慰着人们的哀恸、叹惋和不舍。而秋阳里，生发于我和先生之间的忘年情义也如同暖流，股股涌动在我的心底，缓缓地拉开经年的记忆。

一

初见先生，那是 2004 年的冬季，在东北农业大学校史馆刚刚落成之时，我作为新教工去参观，在那里第一次听到先生的名字。而后当我了解到王金陵先生是享誉国内外的作物育种家、农业教育家、"大豆王"时，心中愈发敬仰，于是有日能亲见先生便成了我心底一个深切的盼望。

两年后，机会终于来了。2006 年 3 月 15 日，是王金陵先生的九十寿诞，同时，第十八届全国大豆科研生产研讨会暨王金陵教授九十华诞庆祝会在东农召开，东北农业大学大豆科学研究所准备为先生编撰一本小传。寒假前的一天，学校宣传部把这个任务交给了我。由于成稿时间紧张，加之欲见先生心情急迫，我在接到任务的当晚即连夜制定好采写计划和提纲，并于第二天一早，开始了对先生的第一次采访。初见先生，那种激动的心情是难以言表的。毕竟，先生 90 高龄，在采访两个小时左右的时候，我已不忍心再继续进行，但他在讲述中始终穿插着英文、拉丁文的细节令人铭心难忘，我从中真切地领略到了这位老科学家的风采。他扎根黑土地、热爱大豆事业的真挚情感深深地刻在了我内心的"光盘"上。

二

王金陵先生蜚声学界杏坛，却对媒体终保持低调，尤其那些打算对他"大书特书"的采访都被拒绝了，所以现成的文字资料寥寥。困于此、也正得益于此，为了完成传记，我便有了"理由"更多地接触先生、了解先生、感受先生。

先生求真。每一次，笔者通过采访录音整理的采访记录和据此完成的传记章节，他都一定亲自修订，即便弟子和助手校对后，也要再次翻看。特别是有关学术的文字，如有不尽确定的地方，总要谦谨地翻出资料求证校准。

先生坚忍。1969 年，他在香兰农场"改造"期间，不畏无端的批斗监视，于滴水成冰的屋里坚持科研，而后又在牛棚中清掉陈年老粪、用土坯垫着木板清选大豆种子，著名的"东农36"即源于期间。

先生勤奋。在绿树成荫的东农校园里，一位拄着拐棍、向前倾探着身体的衢衢老者，缓步行于图书馆展架间的身影，以及耄耋之年、不畏路程颠簸依然往返于各个实验田间探查豆情的画面始终是他留给东农校园的难忘印象。

先生谦和。后生中有两位年轻学者陈庆山、张大勇与自己年龄相差五六十岁，但由于他们从事的大豆研究是基于新的角度出发，先生便在每一次见到二位的时候"尊称"其为"老陈""老张"，且态度特别诚挚、认真。

先生阳光。他热爱生活，兴趣广泛，年轻时喜好运动，跑步、游泳、篮球、滑冰，样样精通，老年时养花、养鸟、养鱼样样在行。90岁仍开心地唱着英文歌，和年轻人掰腕子比试高低，亲自去超市、花市选所爱、购所需。

先生简朴。即使后来住在"省长楼"里，他仍然穿着带有"小补丁"的衣服，一副用了几十年、被白胶布粘了又粘的老花镜始终相伴左右，那只从年轻时便跟随自己的旧行李箱子更是被一直"重用"。

先生重情。他的房间墙上挂满了自己特别珍视的东西：同行、朋友、弟子送予的字画和多年来寄自世界各地的新年贺卡，同时他也用各种方式传递真情，95岁时还颤抖地亲笔写下祝福，发送给蒋亦元院士。

先生平易。无意间得知我爱吃开心果，先生便始终记在心上，而后数年我再去家中探望或采访，他仍会在茶几上备好一盘，甚至有时还会亲自为我剥下果壳。那年，我因切除胆囊住院治疗，先生又特地让儿媳和弟子带着鲜花及他亲笔写下的问候来到医院看我。

睹物思人。先生寄予我的那些文字饱含着他的浓浓期望和殷殷深情，我将会永永久久地珍藏。

## 三

能穿越历史的隧道，把脚踏进先生曾经驻足过的土地上，静静地倾听，我三生有幸，并最终懂得：先生能够被人们深深怀念的原因只有一个答案——他的"爱"，他博爱这个世界，忠爱自己的祖国，挚爱师者的身份，眷爱相伴一生的大豆，珍爱生命中的每一个人……

大爱无形。爱，使他的生命纯净、本色而生动。我深信，无论何时何地，只要仰望星空，人们就会看到那颗闪耀的金陵星辰，像先生始终未曾离去一般，用不朽的建树、不逝的温暖鼓励陪伴着我们，直到永恒！

(此文原载于《东北农业大学报》2013.9)

# 愿为先生做点事

## 张彬彬

东北农业大学大豆生物学教育部重点实验室

我从 2004 年在东北农业大学大豆科学研究所工作开始，就跟王金陵先生有过很多次接触和交流。虽然大多数都是以看望先生身体情况或者祝寿的场合，而且先生对我这个"新人"也不是很熟悉，但是先生每次见到我总是问我科研方向是什么、科研情况进展如何之类的话。得知我是搞大豆生物技术（分子育种）方面的研究，先生会谦虚地说："这是个新的学科，我不太懂，希望你们能借助分子手段来培育新的品种，以后大豆研究就靠你们了！"并且总是叮嘱我们年轻人搞科研不要"朝三暮四"，要沿着"一条道跑到黑"才能有所成就……让我一点点感受到先生身上散发的人格魅力，渐渐"爱上"这位耄耋老人，愿意为他做点事情。

后来先生有幸入选老科学家学术成长资料采集工程，通过培训才知道入选采集工程的科学家大多数是院士，由此看来，先生不是院士却胜似院士的学术地位是被大家认可的。由于我的导师李文滨教授是先生的开山博士，并且继承了先生在东北农业大学开创的大豆科研事业，所以我欣然接受了这项任务，并且觉得这是件相当有意义的事情。可能由于我对中国科技史特别是农业科技史了解甚少，也可能因为我是情报采集方面的门外汉，所以整个采集工作历时近 2 年。期间我走访了先生的老家——徐州、先生的母校原金陵大学所在地——南京、先生作为政府官员接收日本人留下来的农事试验场——吉林公主岭等多地；为了更近距离地了解先生，我采访了他的校友、同行、学生、家人、朋友等 30 余人；收集了包括传记类、证书、信件、手稿、著作、照片、音像、视频等先生的实物材料近千件；还用我这只会写科技文献而没有任何文学底蕴的手，完成了 12 万字左右的王金陵学术成长研究报告……可以说我连"吃奶的劲儿"都用上了！期间为了写好采访提纲而向记者朋友请教过，为了系统地把资料整理好而去档案馆学习过，为了完成学术成长传记几个月连续失眠过，也哭过、累过，却唯独没有后悔过！因为通过近 2 年的收集、整理工作，通过和相关人员的交流及对资料的认真梳理，让我感慨良多：先生勤奋严谨，近千张的读书卡片记录着他阅览各个文献的身影；先生乐观豁达，一生经历坎坷却都一笑置之、毫无怨言；先生乐于助人，每一个受访者无论老少，都因为听说是为先生做点事情而欣然前往；先生好学博学，家里书柜中各门类书籍应有尽有；先生低调谦逊，对于自己的成绩从不愿多说……可以说，近 2 年来的采集工作对我个人而言无疑是个心灵上洗礼。

我作为大豆科研界的年轻人，为能为我们大豆界的泰斗——王金陵先生实实在在地做些我力所能及的事，而深感荣幸。也希望凭借这些点滴工作，能把先生的精神传播出去，影响更多的人！值此先生百年华诞，算是我为先生送上的一份心意。

# 王金陵年表

**1917 年　1 岁**

　　3 月 15 日，出生于江苏省徐州市铜山县黄集乡。因父亲王恒心当时正在南京金陵神学院读书，因此取名"金陵"。

**1922 年　6 岁**

　　9 月，就读于徐州正心女中幼儿园，与著名音乐家马可同班。

**1923 年　7 岁**

　　7 月，徐州正心女中幼儿园毕业。
　　9 月，就读于徐州西关保罗小学。

**1928 年　12 岁**

　　9 月，转入徐州亚园正心女中附属小学读六年级。

**1929 年　13 岁**

　　7 月，徐州亚园正心女中附属小学毕业。
　　9 月，考入徐州私立培心初级中学（现徐州市第五中学）。

**1932 年　16 岁**

　　7 月，徐州私立培心初级中学毕业。
　　9 月，进入南京金陵大学附中，学费全免。期间地理、历史、外语成绩优异。

## 1936 年　20 岁

1 月，南京金陵大学附属高中毕业。

2 月，考入金陵大学理学院工业化学专业。

6 月，申请转入农学院农学系。

## 1937 年　21 岁

暑假期间，在教导队参加为期 3 个月的军训，卢沟桥事变发生后，在徐州培正中学任理化教师。

## 1938 年　22 岁

3 月，台儿庄战役爆发，参加徐州李宗仁率领的"第五战区青年军团"，并随军到达河南潢川。

10 月，离开河南潢川，转赴武汉大学农学院借读半年。

## 1939 年　23 岁

4 月，随金陵大学从南京迁至四川成都华西坝金陵大学继续学习。四年级时已遍阅大学图书馆的中英文文献资料，掌握了大豆各研究领域的进展，为开展大豆研究打下基础。

## 1940 年　24 岁

12 月，在著名作物育种家王绥教授指导下，收集了三百余份大豆材料，进行性状分析，完成本科毕业论文《大豆的分类》。

## 1941 年　25 岁

2 月，金陵大学农艺系毕业，获得学士学位。留校工作，作为农学院农艺系王绥教授助教，教授生物统计学，进行大豆研究。

## 1942 年　26 岁

8 月，独立完成的《大豆之光期性》在《农林新报》上发表。该文是中国大豆光周期研究的第一篇文章，开创了中国大豆光周期研究。

## 1943 年　27 岁

4 月，离开金陵大学农艺系，到位于陕西武功（杨陵）的农林部西北农业推广繁殖站任技术督导员，从事大豆育种与繁殖。

9 月，转到中央农业实验所工作，作为该所唯一的大豆育种工作者，工作成效得到了农业部中央农业实验所所长沈宗瀚高度评价。

10 月，《中国大豆栽培区域分划之初步研讨》在《农报》上发表。文中以春作大豆区、夏作大豆冬闲区、夏作大豆区、秋作大豆区及大豆两获区等五区区划我国的大豆并依此将全国划分五大栽培区，已为今日通用。

## 1944 年　28 岁

2 月，担任国民政府农林部中央农业实验所任技佐、技士，继续从事大豆育种工作。

## 1945 年　29 岁

6 月，撰写《中国大豆育种问题》在《农报》上发表。文章从大豆栽培区域与大豆育种、自然小区与大豆育种、大豆种粒颜色与及大小与大豆育种、大豆品种间对播种期之反应与大豆育种、大豆纯系育种选株问题等进行了阐述，为中国大豆品种选育指明了方向。

## 1946 年　30 岁

5 月，民国政府农林部东北特派员办事处派王金陵接收公主岭农事试验场并出任场长，该场改称"农林部东北农事试验场"。

6 月，王金陵以接收专员的身份来到东北，任公主岭农业试验总场主任接收专员，在该场主持工作 2 年，直至公主岭被解放。在此期间经过整理种植、观察鉴定，初步选择、保存了一大批东北大豆品种资源，为以后富有成效地开展大豆育种工作打下了物质基础。期间，他成功地保存了一批"公第号"大豆种质资源。至今，吉林的大豆种质仍沿用"公第号"作为品种保存的编号。

10 月，《中国大豆育种问题》在《农报》上发表，获得中华农学会的奖励。该文和《中国大豆栽培区域分划之初步研讨》被业界称为中国大豆研究的"根基"。

## 1947 年　31 岁

1 月 11 日，与生启新在北京结婚。

5 月，从北京返回吉林公主岭工作。

10 月 10 日，长子王乐忠在吉林公主岭出生。

12 月，独立完成的《大豆性状之演化》在《农报》上发表。

## 1948 年　32 岁

6 月，任解放区吉林公主岭农事试验场技术员，从事大豆育种。

7 月，经历了"围困长春"，在长春市郊被卡阻，共计 52 天。

8 月，转往哈尔滨协助组建东北农学院，为该校所聘请的第一批教师中的首位。

## 1949 年　33 岁

3 月，晋升副教授，担任农学院首任农学系主任。

10 月 10 日，女儿王乐恩出生。

## 1950 年　34 岁

1 月，独立试验完成的《干旱情形下大豆萌芽力与种粒大小关系之研究》在《哈农学报》上发表，指出干旱区大豆，多小粒种，小种粒是大豆抗旱之生理及生态之必需条件。大事改良方面，小粒型是极有前途的工作。

3 月，文章《大豆收获期试验》在《哈农学报》上发表，指出大豆不宜过早收获，北方地区，大豆至叶已大半脱落，种粒已全现原色，且已半干硬，荚大半已由草色变为枯色，茎秆大半草黄色至枯色，即可开始收获。

12 月，与家人一起含冤入狱半年，后被无罪释放。

## 1951 年　35 岁

2 月，文章《东北大豆品种类型的分布》在《农业学报》上发表，文章首次对东北大豆品种性状的地域分布、品种类型进行了详细的介绍。

6 月，次子王乐光在哈尔滨出生。

10 月，文章《大豆的环境》在《东北农业》上发表，文章从大豆的光期环境、温度环境、水分环境、土壤环境详细论述了大豆生长的理想环境。

## 1953 年　37 岁

6 月，晋升教授，任农学系主任。期间抓教学改革、科研规划、对课程设置、师资配备、实验室建设、农场实习等工作，讲授作物遗传育种课程。

## 1954 年　38 岁

上半年，在北京参加苏联专家伊凡诺夫主讲的"米丘林遗传育种学"讲习班。

9 月，文章《中国大豆》在《生物学通报》发表，详细介绍了中国大豆的基本生产情况及在国民经济中的意义与地位、适于大豆生长发育的环境条件、中国大豆的特性特征、中国大豆的栽培技术等。

## 1955 年　39 岁

3 月，三子王乐凯在哈尔滨出生。

6 月，文章《大豆根系的初步观察》在《农业学报》上发表，通过试验证明，根系状态对大豆的增产具有重要意义。

## 1956 年　40 岁

6 月，指导的本科生孟庆喜毕业，留校作为王金陵助手，做大豆育种工作。

7 月，加入中国民主同盟会。

8 月，和武镛祥、孙善澄共同完成《中国南北地区大豆光照生态类型的分析》在《农业学报》上发表。

9 月，开始招收研究生。

10 月，在黑龙江省科普协会召开第一届委员会第一次会议上，选举省、市科普协会常委会，王金陵当选为副主席。

11 月，当选中国农学会理事。

1956～1960 年，东北农学院和黑龙江省农业科学院全面合作，王金陵兼任黑龙江省农业科学研究所作物育种系主任，对指导黑龙江省农业科学院的育种研究起到引导作用。同时，将东北农业大学的杂交后代引到黑龙江省农业科学院，育成"黑农 1 号"、"黑农 3 号"。

## 1957 年　41 岁

8～9 月，参加中苏联合黑龙江流域考察团。参与对黑龙江流域自然条件的农业气候区划、地貌特点、土壤区划、土壤肥力、土壤改良、植被、农林业等综合自然资源进行调研并给出建议。

8 月，与吴和礼、祝其昌共同撰文《大豆杂交后代定向选择的效果》在《农业学报》发表，该文将东北农学院大豆科学研究所近 10 年来的杂交大豆后代的选择结果和选择方法详细阐述，为中国大豆混合个体选择法提出奠定基础。

## 1958 年　42 岁

9 月，在科学出版社出版专著《大豆的遗传与选种》，该书分别从大豆性状与孟德尔遗传、大豆的进化与分类、大豆的生态地理分布、大豆育种问题、大豆混合选择与系统选择、大豆的杂交育种、大豆良种繁育等方面详细论述，这是国内在大豆育种专业领域中第一部权威性的著作，常被国内外学者引用。

10月，"东农1号"经黑龙江省品种审定委员会审定推广，本品种解决了黑龙江省东部农场的易倒伏、分枝角度大、机械收获困难、产量难提高的问题，成为五六十年代东部国营农场生产的主要品种，也是我国大豆抗倒伏育种成果的先范。

11月，"东农2号"：经黑龙江省品种审定委员会审定推广，为哈尔滨地区第一次更新换代大豆品种。

12月，当选黑龙江省科协第一届委员会委员。

## 1959年 43岁

4月，撰文《谈谈大豆的几项田间管理工作》在《黑龙江农业》发表，指导黑龙江省大豆田间管理。

10月，"东农4号"经黑龙江省品种审定委员会审定推广。该品种首次采用有性杂交，是集合双亲的优点的重组基因型。株型收敛，主茎发达，喜肥抗倒，适合合理密植和机械化栽培，成熟期短，结荚密，产量高，籽粒性状优良，受到广大群众的欢迎。1959～1965年，累计种植面积达3000多万亩，增产大豆折合产值2亿多元。不仅对当时的大豆增产起到重要促进作用，在广交会和外贸市场上也享有很高声誉。"东农4号"的育成和在生产上应用是黑龙江省大豆育种工作的一个里程碑，它指明品种间杂交育种是今后的主攻方向。推广全省，并成为全国机械化栽培育种成果的先驱，主要出口品种之一。

10月，与吴和礼共同完成《大豆结荚部位高低育种问题的研究》在《农业学报》上发表。

11月，在第三届二次会议上当选哈尔滨市政协副主席，任期两届。

## 1960年 44岁

4月，与祝其昌、孟庆禧撰写的《混合个体选择法在大豆杂交育种中的应用》在《东北农学院学报》上发表，验证了混合个体选择法人可行性。

6月，撰文《关于作物育种工作上的三个问题》在《黑龙江农业》上发表，论述了杂交培育选择问题、关于缩短育种年限，进行快速育种问题、关于玉米自交系杂交种问题。

10月，"东农5号""东农8号"通过黑龙江省品种审定委员会审定，并准予推广。东农8号，黑龙江省品种审定委员会审定推广。

## 1961年　45岁

1月，文章《大豆的生态类型与大豆的栽培和育种》在《中国农业科学》上发表。

## 1962年　46岁

1月，文章《大豆的进化与其分类栽培及育种的关系》在《中国农业科学》上发表。

1月，文章《哈尔滨田间条件对大豆主要生态性状形成效果的初步研究》在《作物学报》发表。

12月，文章《大豆农艺性状的遗传传递规律与大豆的杂交育种》在《中国农业科学》上发表。

## 1963年　47岁

2月，和祝其昌共同完成《大豆生育期遗传的初步研究》在《作物学报》发表。

2月8日至3月31日，中共中央和国务院联合召开全国农业科学技术工作会议，制定了十年农业发展规划，毛泽东等国家领导人接见了代表，并合影留念，东北农学院的刘德本、王金陵、何万云等受到接见。周恩来提出在全国开展农业科学实验工作，搞好全国十块农业样坂田，黑龙江省呼兰县康金井是其中一个。同时，当时黑龙江省政府决定在巴彦兴隆镇搞样板田，设四个点：森林，东旭，富源和中兴四个大队，分由东北农业大学，省农科院，农业厅的专家组织科技组参加新技术推广，王金陵任专家组组长，对推广玉米杂交种，大豆小麦的高产栽培技术和贯彻八字宪法等起了重要作用。

8月，和祝其昌共同完成的《大豆杂交材料世代间数种主要性状变异性差别的初步研究》收录在《中国作物学会豆类作物学术讨论会论文选编》中。

### 1964年 48岁

3月，和祝其昌共同完成的《混合选择与系谱选择对大豆杂交材料定向选择效果比较的研究》在《作物学报》上发表。

3月，文章《黑龙江省大豆商品质量的提高问题》在《黑龙江农业》上发表。

6月，文章《大豆丰产与适于机械化收获的育种问题》在《中国农业科学》上发表。

10月，"东农16号"经黑龙江省品种审定委员会审定推广，在哈尔滨、松花江地区大面积推广种植，成为第二次更新换代品种。

11月，当选第三届全国人民代表大会代表。

### 1965年 49岁

2月，文章《从黑龙江省大豆生产上品种的变化谈谈大豆育种的几个问题》在《东北农学院学报》上发表。

3月，和祝其昌共同完成的《东农4号大豆的选育》在《东北农学院学报》上发表。

### 1966年 50岁

5月，专著《大豆》在科学普及出版社出版。

### 1968年 52岁

10月，东北农学院改名为黑龙江五七农业大学，迁往佳木斯附近的一个劳改农场——香兰农场。

## 1971年　55岁

获得解放后，投入科研工作。

## 1972年　56岁

2月1日，王绶因心脏病于山西省太谷县逝世。

5月，和同事以瑞典早熟大豆品种Logbew与本地区早熟品系"东农47-1D"配组合、杂交育种，期望通过地理上远缘的早熟基因累加产生超亲遗传，从而选育出早熟的大豆品种。两次奔赴内蒙古自治区的呼伦贝尔盟和黑龙江省的嫩江、黑河地区，调查了解该品系在各个点上的表现。经过免渡河公社、拉不达林场等地试种成功后，又在嫩江、黑河地区北部的黑河、孙吴、逊克等县的黑龙江省第五、六积温带上布置了区域试验和生产试验。结果表明，它比国内早熟品种"北呼豆"早熟10天，比国外极早熟品种也早熟3～10天，不但产量较高，而且蛋白质含量也较高（45%～46%），抗病虫害抵抗力较强，很受群众欢迎。这就是后来审定的"东农36号"。

## 1973年　57岁

3月，与孟庆喜、祝其昌共同完成《中国南北地区野生大豆光照生态类型的分析》在《遗传学通讯》上发表。

5月，育种试验站搬到哈尔滨闫家岗农场。

## 1974年　58岁

3月，"东农33号"大豆新品种，经黑龙江省品种审定委员会审定推广，该品种蛋白质含量高达43%，种植累计面积达80余万亩。

9～10月，参加中国赴美农业科学代表团，对美国大豆生产和科研情况进行了系统考察。撰写两万字详尽的考察报告，介绍了美国大豆生产、育种、基础理论及病虫害等研究概况，对当时从事大豆研究的科技人员启发很大；初次交往，美方很重视，对后与美方大豆科学家学术往来产生深远影响。

试验站搬至阿城城东。随着学校的迁移，试验站 10 年之内搬了 4 次家，育种条件变化频繁，给研究工作带来很大困难。

## 1975 年　59 岁

1 月，当选第四届全国人民代表大会代表。

8 月，撰写的《美国大豆的科学研究情况》收录在《赴美农业科学考察报告》。

## 1976 年　60 岁

7 月，文章《大豆的分类问题》在《植物分类学报》上发表。

## 1977 年　61 岁

4 月，东北农学院农学系大豆课题组完成的《大豆杂交种第一代优势的研究》在《遗传学报》发表。

12 月，推选为东北农学院副院长；当选黑龙江省第四届政协副主席；当选民盟黑龙江省第三届委员会主任委员。

完成《大豆杂交后代选择处理方法与原理的研究》课题。提出的混合个体选择法是一个符合大豆遗传规律的好方法，定向选择已为黑龙江省大豆育种工作者掌握运用，育成多个优良品种。

## 1978 年　62 岁

1 月，获黑龙江省科技战线先进工作者标兵（大豆研究）称号；《大豆杂交后代选择处理方法与原理的研究》获 1978 年黑龙江省科学大会奖。

2 月，获得黑龙江省模范教师（教学及培养研究生工作）称号；获得全国科学大会奖先进个人奖励；当选第五届全国人民代表大会代表。"东农 4 号"大豆品种的选育与推广获全国科学大会奖。

9 月，遴选为硕士研究生导师。

## 1979 年　63 岁

1 月，撰文《大豆遗传特点与育种》在《黑龙江农业科学》

上发表。

2月，聘为黑龙江省科学技术委员会农业专业组副组长；撰文《30年来东北农学院的作物育种工作》在《东北农学院学报》上发表。

3月，"东北农学院革命委员会"被撤销，随学校迁回哈尔滨工作。

5月，当选为国家科委农业生物学科组成员；聘为黑龙江日报、黑龙江人民广播电台、黑龙江科技报的特约通讯员。

6月，与吴宗璞、孟庆喜和高凤兰共同完成的《大豆杂交组合早期世代鉴定的研究》在《遗传学报》发表。

12月，获得全国劳动模范（教学与大豆科研成果）称号；东北农学院大豆遗传育种基础理论研究组主持完成的《大豆遗传育种基础理论的研究》获得黑龙江省1979年科技成果一等奖；第一届东北农学院院学术委员会成立，王金陵任主任。

## 1980年　64岁

2月，文章《大豆的灌溉问题》在《黑龙江水利科技》发表。

余友泰院长兼任主任，王金陵改任副主任；当选黑龙江省人民政府副省长；当选中国作物学会第二届理事会副理事长。

4月，在中国民主同盟黑龙江省委员会第四届委员会第一次会议上当选为主任委员。

9月，在黑龙江省科学技术委员会第二次全省代表大会上当选省科协主席；《大豆杂交组合早代鉴定研究》获黑龙江省科学研究成果一等奖。

中国科学院和黑龙江省合作在海伦县搞农业现代化试点，他作为副省长很重视这项工作，常到点上检查工作，对推动黑龙江的农业现代化工作起到很大作用。

## 1981年　65岁

1月21～31日，参加在斯里兰卡举行的世界大豆种子质量与保苗学术讨论会，会上做了 *Soybean Management in Each*

*Soybean Cultivation Region in China* 报告，介绍了中国大豆育种和栽培的进展，引起各国同行的重视。

6月，被中华人民共和国国家农业委员会聘请为中国农业百科全书总编辑委员会会员，豆类篇主编。

11月，当选中国作物学会大豆研究会（后改称大豆专业委员会）第1届理事长（1981年11月至1993年5月连任三届）；王连铮主编、王金陵副主编的《作物育种学》由农业出版社出版。

12月，聘为黑龙江省经济学团体联合会的顾问。

## 1982年 66岁

1月，开展省作物品种区域试验及品种审定工作，向省政府申请请下六、七人的编制及固定经费，该机构为现在的黑龙江省种子管理局。

2月，当选中国遗传学会第一届理事；黑龙江省第三届作物学会理事长；黑龙江省第二届农学会副理事长。

3月，"东农34号"大豆品种由黑龙江省品种审定委员会审定推广，该品种采用有性杂交、摘荚混合个体选择法育成，平均亩产187千克，比"黑农26号"平均增产9.9%。蛋白质含量高达45.25%，是国内外在推广的超早熟品种，高寒区种植平均亩产109千克，打破了北部高寒农区不能种植大豆的禁区，在黑龙江第三积温带地区推广。据统计，仅1985～1987年，黑龙江种植的"东农34号"大豆出口1.6万吨，创外汇350万美元。作为南部地区晚播救灾品种或麦茬复种品种。

4月，黑龙江省六届人民代表大会常委会副主任（1983.4～1987.1）。

5月，主编的《大豆》一书由黑龙江科学技术出版社出版；当选第六届全国人民代表大会代表。

6月，指导的研究生何志鸿和尹田夫分别以《辐射条件下大豆主要农艺性状遗传变异的研究》《大豆冠层透光性的研究》硕士毕业。

7～8月，参加中美大豆学术讨论会第一次会议，任中方团长。我国派有大豆生产、栽培、育种、植保及加工方面的六名大豆科技人员参加。在全体大会上王金陵代表何康副部长作祝贺词。中美双方各就本国的大豆生产形势，栽培技术，品种资源研究，以及大豆植保与加工利用等方面的内容，进行了论文报告并作答辩。王金陵做了 *Ecological Distribution of Soybean Cultivars in China* 报告。

8 月 15 ～ 30 日，参加联合国资助美国中西部四大洲大豆科研生产考察团，任中方团长。

9 月，《大豆科学》创刊，王金陵任主编（达 22 年），对刊物的论文认真审阅和把关，使《大豆科学》的声望不断提高，成为收入英国国际农业生物科学中心（CABI-Center for Agriculture and Biosciences International .Wallingford，U. K.）所编的大豆文摘的固定刊物。

12 月，东北农学院成立大豆研究室，任命王金陵为研究室主任。

## 1983 年　67 岁

2 月，在中美大豆学术讨论会第二次会议上做了 *Several Soybean Breeding Problems in China* 的报告；在中国遗传学会第二届理事会上当选为中国遗传学会植物遗传专业委员会委员。

3 月，"东农 36"大豆品种由黑龙江省品种审定委员会审定推广，该品种极早熟，产量高，蛋白质含量亦高，对病虫害抵抗力较强。该品种的育成打破了我国高纬度大豆栽培的禁区，把我国大豆种植北界向北推移了 100 多公里。

4 月，当选为黑龙江省六届人大常委会副主任。

6 月，主编的《大豆》获 1982 年度全国优秀科技图书二等奖。

7 月～ 8 月，跟随国家科协赴巴西参加能源与大豆生产科研考察，任团长并负责大豆考察，形成 1.4 万字的考察报告。

9 月～ 10 月，参加在日本筑波举办的亚热带大豆耕作制度学术讨论会，担任会议执行主席并做"大豆生态类型"的学术报告。

10 月，被聘为农牧渔业部科技委员会委员。

11 月，当选为第三届中国作物学会副理事长；沈阳农学院聘为农学系作物遗传育种专业研究生硕士学位论文评阅人及论文答辩委员会委员。

1983 年，承担国家自然科学基金项目"野生大豆资源潜力研究"，让助手杨庆凯全面负责。

## 1984 年　68 岁

2 月，"东农 37"由黑龙江省品种审定委员会审定推广。

3 月，与孟庆喜、武天龙、赵淑文、杨庆凯、马占峰、吴宗璞、高凤兰共同完成《野生和半野生大豆产量和蛋白质资源潜力的研究》在《东北农学院学报》上发表。

4 月，当选中国民主同盟第四届委员会委员，连任三届。

5 月，当选农牧渔业部全国大豆专家顾问组副组长；经国务院学位办遴选为全国第二批博士生导师。

6 月，在中国民主同盟黑龙江省委员会第五届委员会第一次会议上当选为主任委员。

8 月 12 ～ 19 日，赴美国参加世界第三次大豆学术会议，做了 *Breeding Super-Early Soybean Cultivars* 报告，交流了利用地理远远的品种间杂交产生超亲遗传，以选育超早熟品种的经验，受到国外同行的赞赏。

10 月，当选为黑龙江省老龄问题委员会顾问。

12 月，当选为中国农业科学院油料作物研究所学术委员会委员。

## 1985 年　69 岁

1 月，主持的《选育高产、抗病、优质大豆新品种（东北部分）》获得国家科技部表彰。

5 月，当选为国家科委发明评选委员会特邀审查员。

6 月，指导研究生李文滨以《大豆品种间与种间杂种后代农艺性状遗传的比较研究》毕业；当选为黑龙江省科协第三届委员会名誉主席。

9月，通过全国统考，招收第一个博士研究生李文滨，招收邱丽娟为第一个硕博连读研究生；获黑龙江省人民政府特发"长期从事教学工作教师荣誉证书"。

12月，文章《大豆品质育种问题初步研究（1）国内外大豆生产品种蛋白质含量的比较分析》获1985年提高农作物产品质量学术讨论会优秀论文；《东农34号选育与推广》获农牧渔业部科技进步二等奖。

## 1986年　70岁

2月，作为参加人完成"东农38"大豆品种获得黑龙江省品种审定委员会审定和推广。

5月，《大豆种皮斑驳及抗斑驳育种》《大豆超早熟育种研究》《当前形势下黑龙江省大豆品种的选育与开发问题》获黑龙江省大豆科技讨论会优秀论文。

6月，被黑龙江省残疾人福利基金会聘请为黑龙江省残疾人福利基金会名誉理事；指导的研究生罗振锋以《大豆几种质量性状与产量因素及蛋白质含量的相关分析》论文毕业，获得硕士学位。

9月，中国作物学会遗传资源研究委员会名誉委员；《"东农36号"超早熟高蛋白大豆新品种》获得中华人民共和国农牧渔业部科技进步奖二等奖；《回交克服大豆种间杂种蔓生倒伏性》获农牧渔业部科技进步奖二等奖、黑龙江省科学技术学会优秀论文一等奖。

10月，他与孟庆喜、杨庆凯、赵淑文、武天龙共同完成的《回交对克服栽培大豆与野生和半野生大豆杂交后代蔓生倒伏性的效应》在《大豆科学》上发表。

## 1987年　71岁

4月，在中华人民共和国第六届全国人民代表大会第五次会议上，补选为常务委员会委员。

7 月，主持完成的《早熟大豆"东农 36 号"的选种》获国家科学技术进步三等奖。

9 月，主持完成的《中国野生和半野生大豆产量与蛋白质含量潜力的研究》获农牧渔业部科技进步二等奖。

10 月，被聘为农牧渔业部科技委员会委员。

12 月，《早熟大豆"东农 36 号"的选种》《当前形势下黑龙江省大豆品种的选育与开发问题》《回交对克服栽培大豆与野生和半野生大豆杂交后代蔓生倒伏性的效应》《高纬度地区早熟大豆育种问题的研究》获黑龙江省自然科学技术优秀论文一等奖；参加育成的"东牡小粒豆"通过黑龙江省国营农场总局农作物品种审定委员会审定并推广。获得中华人民共和国国家科学技术委员会颁发荣誉证书。

1987 年冬，给东北农学院的领导写信，要求辞去大豆研究室主任职务。杨庆凯教授接任大豆研究室主任职务，并开始主持国家级课题，吴宗璞和马占峰为副主任，中年教师承担起大豆研究室的领导职务。

## 1988 年　72 岁

1 月，19 ～ 22 日，赴泰国曼谷参加联合国亚太地区食用油料作物生产科研讨论会，并做大会报告 *Edible Oil Crops in People's Republic of China*；当选黑龙江省第七届人大常委会代表。

2 月，作为参加人完成"东农 39"大豆品种选育；在民盟黑龙江省第六次代表大会上，当选民盟黑龙江省第六届委员会主任委员。

3 月，当选全国人民代表大会第七届委员会常委。

5 月，被聘为农牧渔业部"全国大豆专家组副组长"。

6 月，他指导的第一位博士研究生李文滨以《大豆种间杂种（*Glycine max* L. Merr. × *G. soja* Sieb. et Zocc. *G. max* × *G. gracilis*）群体改良的研究》通过论文答辩，获得博士学位，留校任教。

10 月，黑龙江省科学技术协会为他颁发荣誉证书。

12 月，"东农 34 号"大豆品种被评为黑龙江省优质产品。

### 1989 年　73 岁

6 月，荣获得黑龙江省农学会表彰；《黑龙江省大豆品种的选育与开发问题》获黑龙江省种子学术讨论会优秀论文；他指导的博士研究生邱丽娟以《大豆不同组合杂种早期世代（$F_2$、$F_3$、$F_4$）蛋白质含量的遗传变异特点及其它性状相关性的研究》通过论文答辩，获得博士学位，现为中国农业科学院大豆种质资源学科带头人；他指导的张国栋博士毕业，留校工作，后出国。

7 月，为黑龙江省教师奖励基金会捐赠人民币贰佰元。

9 月，获黑龙江省科学技术学会颁发"从事科学技术工作45 年"荣誉证书。

### 1990 年　74 岁

2 月，《大豆育种实现产量突破的方向和途径》获黑龙江省自然科学技术论文评选中获得一等奖；东北农学院大豆室获得全省育种队的先进集体。

3 月，主持完成的《黑河高寒冷地区大豆技术开发研究》获得黑龙江省黑河地区行政公署颁发的科学技术进步二等奖。

5 月，被国家自然基金委员会聘请为国家自然科学基金委员会第三届学科组农业科学学科评审组成员；《大豆育种实现产量突破的方向和途径》获黑龙江省作物学术讨论会优秀学术论文。

6 月，指导的博士研究生杨琪以《三种不同类型大豆杂交后代遗传潜力的评价及其利用》通过答辩，获得博士学位，留校任教，后出国。

12 月，获国家教育委员会颁发的"从事高校科技工作40 年"荣誉证书。

### 1991 年　75 岁

3 月，参加育成"东农 40"和"东农 41"大豆品种，经黑龙江省品种审定委员会审定推广；《当前形势下黑龙江省大豆品种的选育与开发》获黑龙江省自然科学技术论文一等奖。

5 月，由农业出版社出版《大豆生态类型》，是他大豆生态育种学派著作，对于大豆栽培与育种都有指导性作用。

6 月，指导的张小刚博士论文《大豆对灰斑病（*Cercospora sojina* Hara）的抗性遗传研究》通过答辩，获得博士学位。

7 月，主持完成的"大豆 *Soja* 亚属种间杂交种后代性状改良的资源创新"获国家教育委员会授予的二等奖；黑龙江省科学技术协会四届委员会第一次会议决定，授予王金陵为四届委员会荣誉委员，推选为名誉主委。

9 月，由东北林业大学出版社出版《王金陵大豆论文集》，收集了他 20 世纪 40 ～ 90 年代独笔或第一作者完成的综述类 26 篇，研究报告类 21 篇，内容涉及大豆起源、分类、进化、光周期、生态、区划、耕作栽培、遗传育种、野生大豆研究等方面。

10 月，获得国务院颁发的政府特殊津贴及证书。

### 1992 年　76 岁

2 月，参加育成"东农 42"大豆品种由黑龙江省品种审定委员会审定推广，该将高产、优质、抗病、外观品质好集于一体，蛋白质含量达 45%，抗大豆花叶病毒病和灰斑病。审定后大面积推广，深受国内外专家和大豆加工厂家的欢迎，并作为优质专用品种出口；中国民主同盟第七次全国代表大会上，王金陵同志被推举为中国民主同盟第三届中央参议委员会委员。

3 月，黑龙江省自然科学基金委员会生物学科组评议专家。

10 月，"东农 42"获中国首届农业博览会铜质奖。

11 月，获得中国农学会颁发的"献身农业，无尚光荣"荣誉证书。

12 月，主编的《大豆遗传育种学》一书由科学出版社出版。

中国民主同盟第三届中央参议委员会第一次会议上被推举为中国民主同盟第三届中央参议委员会常委。

### 1993 年　77 岁

1 月，《大豆通报》创刊，任主编。主要刊登与大豆行业相关的政策、科研、开发、生产、市场、产品等方面的规划建议、研究成果、阶段性试验、种植与深加工技术、国内外科技动态、科技信息、知识资料、经贸市场、学术活动以及科研院所、大专院校、农场、企业介绍等。《大豆通报》现用名《大豆科技》；

7月，主持完成的"优异早熟基因源'东农47-1D'"获黑龙江省教育委员会科学技术进步三等奖。

10月，"东农42号大豆"列入国家级科技成果重点推广计划。

## 1994年 78岁

1月，聘为黑龙江省农村大豆专业技术协会总顾问。

2月，21～27日，赴泰国清迈参加"世界第五次大豆学术讨论会"，会上就大豆育种问题进行交流引起与会代表的重视。

3月，与许忠仁、杨庆凯共同主编的《东北大豆种质资源拓宽与改良》一书由黑龙江科学技术出版社出版。

5月，《大豆灰斑病遗传、抗性资源筛选与抗病育种》获得黑龙江省教育委员会科技进步一等奖。

6月，指导的博士研究生韩天富以《不同生态类型大豆品种开花后光周期反应的研究》通过论文答辩，获得博士学位，现为国家大豆产业技术体系的首席科学家；指导的博士研究生年海以《生态条件对大豆杂交后代的选择效应及其对农艺性状和品质性状的影响》通过论文答辩，获得博士学位，现为华南农业大学教授，南方大豆育种带头人。

## 1995年 79岁

4月，《不同类型大豆品种及杂种后代对生态条件反应的研究》获黑龙江省自然科学技术优秀论文一等奖。

5月，《大豆灰斑病遗传、抗性资源筛选与抗病育种》《大豆抗花叶病毒病种质创新抗性遗传与抗病育种研究》获得黑龙江省教育委员会科技进步一等奖；《大豆抗孢囊线虫病种质拓宽与改良》《秣食豆种质资源利用潜力研究》《大豆抗孢囊线虫种质拓宽与改良》分别获得黑龙江省教育委员会科技进步二等奖。

6月，他指导的博士研究生秦智伟以《大豆种间杂交后代生物化学性状遗传研究》毕业，获得博士学位，现为黑龙江省八一农垦大学校长。陈绍江以《大豆灰斑病菌的浸染过程及其代谢毒素的研究》毕业，获得博士学位，现为中国农业大学教授，从事玉米研究。

8月，《大豆新品种东农42》获黑龙江省农业科学技术进步二等奖；中组部批准离职休养。

9月，《大豆抗花叶病毒病种质创新抗性遗传与抗病育种研究》获黑龙江省科技进步三等奖；《大豆灰斑病遗传、抗性资源筛选与抗病育种》获黑龙江省科技进步二等奖；《大豆抗孢囊线虫病种质拓宽与改良》获黑龙江省科技进步四等奖。

10月，"东农42"获第二届中国农业博览会银质奖。

### 1996年　80岁

6月，指导的博士研究生李新海以《不同选择方法及选择强度对三种类型大豆杂交组合后代选择效应的研究》通过论文答辩，获得博士学位，现为中国农业科学院科技管理局副局长。

11月，中华人民共和国人事部批准暂缓离退休，继续从事研究著述工作。

12月，《大豆抗灰斑病遗传抗性资源筛选与抗病育种》获国家科技进步三等奖。

### 1997年　81岁

3月，《大豆定量化生物性状指标高产育种理论与实践》。黑龙江省教育委员会科技进步三等奖。

5月，在民盟黑龙江省第八次代表大会上，当选为民盟黑龙江省第八届委员会名誉主任委员。

9月23日，获得"何梁何利基金"1997年度科学与技术进步奖，农学奖，朱镕基总理出席并颁奖，奖金15万港币。

### 1999年　83岁

2月，参加育成"东农43"早熟大豆品种，黑龙江省品种审定委员会审定推广；参加完成的《大豆抗灰斑病机理的研究》荣获 1998 年黑龙江省教育委员会科学技术进步一等奖。

10 月，与杨庆凯、吴宗璞共同主编的《中国东北大豆》一书在黑龙江科学技术出版社出版。

## 2002 年　86 岁

1 月，参加完成的《大豆抗灰斑病机理的研究与应用》获得黑龙江省科技进步三等奖。

2 月，参加完成的《高寒山区超早熟大豆新品种（系）选育与繁育基地建设》获得中国高校科学技术奖励二等奖。

3 月，《中国东北大豆》获东北农业大学 2001 年校优秀著作。

6 月，中国民主同盟黑龙江省委员会在民盟省委九届一次全委会议当选为中国民主同盟黑龙江省第九届委员会名誉主任委员。

9 月，杨庆凯教授去世。

## 2003 年　87 岁

1 月，参加育成"东农 46"大豆品种，黑龙江省品种审定委员会审定推广。

4 月，培养的第一位博士研究生李文滨教授从加拿大回国，被聘为黑龙江省首批特聘教授——龙江学者，大豆科学研究所所长，继承东北农业大学大豆遗传育种事业。

## 2004 年　88 岁

1 月，参加育成"东农 47"大豆品种经黑龙江省品种审定委员会审定推广。东农 46 和东农 47，油分含量 23% 以上，是近年来我国大面积推广的大豆品种中油分含量最高的品种。

## 2005 年　89 岁

1 月，参加育成的"东农 48"大豆品种由黑龙江省品种审定委员会审定推广。

## 2006年 90岁

3月，获得由中国作物学会大豆专业委员会颁发的"大豆科学最高荣誉奖"。

成立"王金陵青年科教奖励基金"，该基金由他本人捐款和东北农业大学面向全国科研单位及民间募集资金设立。奖励的宗旨是，面向全国奖励在大豆研究中做出优异成绩的青年科技工作者，以推动全国大豆科研和生产的持续发展，截至2013年已颁发三届；国家大豆工程中心聘请他为《大豆通报》编委会顾问。

6月，省委组织部批准离休。

8月，参加完成的"高油大豆品种的选育和推广"获黑龙江省科技进步二等奖。

## 2007年 91岁

6月，为《中国东北优质大豆》作序。

8月，参加编写的《现代中国大豆》出版。

## 2008年 92岁

12月，参加完成的《国外大豆种质的引进、研究与利用》获得北京市科学技术进步二等奖。

## 2009年 93岁

3月，荣获由黑龙江省委宣传部、黑龙江省科学技术厅、黑龙江省教育厅及黑龙江省省科学技术协会联合颁发的黑龙江省改革开放三十周年（1978～2008）十大科技人物。

8月，在北京召开的第8届世界大豆研究大会上，首次设立世界大豆研究大会奖，王金陵因在大豆研究领域的卓越贡献，成为首批获此殊荣的中国科学家。

## 2011年 95岁

1月，荣获由中共黑龙江省委员会、黑龙江省人民政府颁发的黑龙江省农业科技功勋奖。

10 月，聘为《大豆科技》第二届编辑委员会顾问。

## 2012 年 96 岁

8 月，《大豆科学》编辑部授予"特别贡献奖"。

10 月 10 日，东北农业大学举行了王金陵先生"一手出品种，一手出论文"的铜像落成典礼，铜像安放在他建设和工作过的大豆科学研究所前面，激励后人。

## 2013 年 97 岁

9 月 4 日 11 时 40 分，病逝于哈尔滨。

# 后记一

## 给先生最后的礼物

作为先生的第一个博士研究生，我从先生那里不仅学到了知识，还继承了先生一手创办的东北农业大学大豆科学研究所，并在这里开创了我的大豆事业，可以说我从先生那里获益良多。转眼间，我也年近花甲，在临近退休前还想为先生再做点事。恰逢今年是先生的百年华诞，一是想将先生的学术思想、研究理论、人生经历做一个总结，二是想让老一辈科学家的成长经历和科研精神能够感染更多的年轻后辈，所以决定为先生出一本传记，作为先生百年华诞的纪念。

先生勤奋好学，近千张读书卡片印记了他漫游科学海洋的身影，家里书柜中各门类书籍应有尽有；先生学识渊博，一生发表 160 多篇论文和 8 部著作，奠定了我国大豆杂交育种的理论基石，培育一批优良大豆品种，获得何梁何利奖和多项国家奖励，"一手出品种、一手出论文"的学术理念为我们指明了方向；先生乐观豁达，一生经历坎坷，却毫无怨言；先生乐于助人，无论老师、学生、农民，有求必应；先生低调谦逊，对于自己的成绩从不愿多说……相信每一位阅读者都会从先生的点滴中获得心灵上的洗礼。

自从我 2003 年回归东北农业大学大豆科学研究所，至今已有 15 个年头，回顾往事，感慨万千。这些年有得有失，真正体验了人生的苦乐。苦的是撇下妻儿，错过很多孩子的成长过程和对妻子的陪伴。乐的是，重新回到自己出生、成长、学习和工作的母校，继续从事大豆研究，继续完成先辈未竟的事业，为先生、为大豆研究所、为学校、为我国的大豆事业作些贡献。十五年间组织建成教育部和农业部两个大豆科学研究重点实验室、保留了大豆楼、培养了一批后备力量、倡导设立王金陵奖励基金、为先生立了铜像……或许先生传记的完成将是我为先生献上的最后礼物。

最后特别想说的是"感谢"，感谢盖钧镒院士为本书奉献精湛的序，感谢多年来大豆界老先生们的提携与厚爱，感谢我的师兄弟和师妹对我的关照，感谢大豆界同仁给予的帮助与支持，感谢东北农业大学领导的大力支持，感谢王乐凯和先生家人提供的便利，感谢我的助手、学生和同事的鼎力支持……文滨在这里谢谢大家！

李文滨

2017 年 8 月于哈尔滨

# 后记二
## 梦见与呈现

　　《大豆科学泰斗王金陵》是为先生百年诞辰而编写的一部人物传记。这部传记是以先生人生轨迹为主线，政务、教学、科研工作为复线，以时间为切片，以故事为节点顺势展开的。在此，首先感谢大豆科学研究所李文滨老师对我的信任，把这样重要的一部传记交由我来编写，感谢张彬彬老师、王志坤老师、武小霞老师、石岩女士和王乐凯先生为我提供大量的音频、视频和文字资料，感谢东北农业大学校领导的大力支持！

　　今年上学期刚开学，我所在的东北农业大学继续教育学院院长梁云福就找到了我，说："经校领导推荐决定由你来完成王金陵教授传记的编写工作，时间紧、任务重，但你一定要把这部传记写好，因为王先生在大豆科学研究方面做出的成就不仅是我们学校的，也是我们国家的，世界的。"

　　初识先生是在2008年4月，当时应时任东北农业大学宣传部部长李岢然之邀，为哈尔滨市新中国成立后第一任市长，东北农业大学、东北林业大学创始人，中国科技大学、清华大学党委书记刘成栋（刘达）编写传记。外出采访回来，有幸在哈尔滨见到先生，当年先生已经91岁，但头脑清晰，思路敏锐。

　　1948 年，先生被刘成栋邀请一起创建东北农学院（东北农业大学前身）。因先生是当时少有的青年学者，刘成栋破格任命他为农艺系主任，负责农艺系的创建工作，并准许他按照美国的方式教学。如果说刘成栋给予先生一个空间和舞台，那么先生就利用这个空间和舞台开拓了我国大豆杂交育种的先河，培育出适合我国农业现代化生产和适合我国北疆高寒地区生长的大豆新品种，为我国大豆科学研究方面培养了大批高端农业专业人才，为我国乃至世界农业发展作出了巨大贡献。

　　对于我来说，能先后为两位先生树碑立传则是一生的荣耀，虽然我与他们不曾谋面或只见一面，但通过对他们一生的阅读与书写，他们的音容笑貌经常浮现我的脑海中，让我真切地感觉到他们在那样的年代，那样的岁月，为我国农业教育事业、为我国农业发展鞠躬尽瘁死而后已的精神与风采。所以，当我

作者虹静在写刘达（刘成栋）传《不弯的脊梁》时采访王先生

敲击键盘还原他们当年的故事之时，总会与他们的思想、他们的心灵碰撞，让我感同身受，如影随形。

先生出生在牧师家庭，成长于战争年代，从小受到西方和中国传统的双重教育，所以在他的人生轨迹中，信仰养成了他温厚善良的性格，好奇成就了他科学兴国的梦想。先生少年立志，发奋图强，不论是战争年代，还是和平年代，都坚持不懈，严谨治学，用一份大爱无私地为我国农业教育事业和农业科研事业奉献了自己的一生。

先生的胸怀博大而仁厚。在1950年"镇反"运动中遭到特情人员的诬陷而含冤入狱，差点命归地府，时隔多年之后，每当有人提及，虽然仍是心惊胆寒，却能用一颗宽容的心面对那些曾让他备受极刑之苦的人，用他的话说，都是为了各自的工作，不得已而为之。特别是在"文革"期间，他身处牛棚，却心恋大豆，即使挨打挨斗，依然昂首挺胸，不卑不亢地说："这是国家和人民给我的荣誉！"

先生的思想严谨而前瞻。在政务工作中，他严以律己，宽以待人，不以高官而欺人，不以高龄而求安，虽然是党外民盟人士，却时刻用党员的标准严格要求自己，以勤而修身，以俭而养德。在教育教学上，提出"一手出品种，一手出论文"的教育思想，这种思想一直沿用至今，并在他所创建的东北农业大学农学院发扬光大。在学术研究上，先生一生写过专业论文40余篇，专业著作多部，参与的科研项目无数，荣获的省市、国家级奖项若干。

先生的目光高远而伟岸。在人才培养上，先生像培养自己孩子一样培养学生，用培养科学家的方式培养高端科技人才。先生把一生所学倾囊奉献给他的学生，把满腔的爱都奉献给了大豆科学研究事业。在他的精心培养和无私奉献下，他的学子学孙们以梯队式、放射型迅速成长，并在各自的岗位上，像先生一样无怨无悔地用更先进的科学技术，培育出更多的适合我们农业发展的作物新品种，培养出更多的国家栋梁之才。

先生是无私的，在传道授业解惑之时，还把他的善良，他的温和处世之道留给了他的学生。所以他的学生，不但把他的学术思想很好的继承，还把他的学术精神、科学兴国的梦想踵事增华，日新月异。先生是贤德的，不论是高官还是蒙冤入狱，都能平和宽容地的面对，所以先生留给我们世人的，不仅仅是他的学术思想，众多的专业人才，还有他的优秀品格和无私奉献的精神。先生就是那个年代，那个岁月的一记符号，代表的不仅仅是一个人，一个故事，而是一个时代，一个我们都不曾经历的时代。

书写先生就是书写一个时代。每当我翻阅先生的相片，先生的音容笑貌便呈现在我的眼前，而此时，我总会闭上眼睛，尽情地与之交流，与之沟通。我想用我最大的能力还原先生的旧日风采，给世人留下一个鲜活生动的学者形象。也许日有所思夜有所梦，就在那天晚上，当我写完一个章节，关掉电脑睡去之后，先生来到了我的梦里，温和地对我说，不用过于追求往昔，只要能留给后人一点思考足矣。

梦见，也许就是最好的呈现。记得在编写刘成栋传记之时，在合肥中国科技大学校园里的眼镜湖畔，在专家楼住宿的那个夜晚，我也梦见了刘成栋，梦见了他在那里工作的情景。今天，在哈尔滨，在东北农业大学，在先生工作和生活过的地方，我又梦见了先生，我想，这也许就是我与先生隔世交流的一种方式，是创作中的全心投入，是思想和灵魂的碰触与交集。认识他们、书写他们，是我的一个责任，我要用一个晚辈对长辈的敬仰，一个学生对老师的尊重，一个普通市民对科学家的爱戴，奋笔疾书，孜孜无怠。

在创作与书写的日子里，总会被先生与弟子之间的友情，与家人之间的亲情感动。他爱惜人才，视之为宝，他爱惜家人，珍之如玉。先生是大智之人，栋梁之才，也是有情有爱的热血男儿，他把满腔的爱都献给了他所热爱的大豆科研事业和像他一样热爱大豆科研事业的弟子们，他们就像是没有血缘的父子，忘年交的朋友，为了共同的梦想，承先启后，继往开来。

　　三个月一晃就过去了，我在感动与疲惫中顺利地完成了《大豆科学泰斗王金陵》的编写工作，当我为这部书画上句号时，先生也安然地走完了他九十六年的人生旅途，渐渐离我们远去了。我知道，不论我怎样的努力，都无法真正还原先生的曾经过往，但我能做到的，就是用我的书写方式，把先生的学术思想、教育理念和他温和处世的人生态度，以片段的形式呈现给读者，即使是零碎的，残缺的，但先生的思想和精神却永驻在我们心中，永远绽放！

虹　静

2017 年 7 月于东北农业大学